히츠지 가메이 지음
himesuz 일러스트
김보미 옮김

이세계 마법은 뒤떨어졌다! 3

"냐옹, 냐옹, 냐옹, 냐옹."

리리아나 잔다이크

"즐거워 보이네."

야카기 스이메이

목차 *contents*

이세계 마법은 뒤떨어졌다!
3

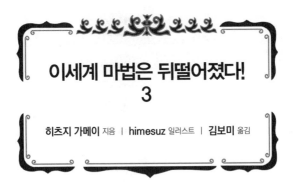

이세계 마법은 뒤떨어졌다!
3

히츠지 가메이 지음 | **himesuz** 일러스트 | **김보미** 옮김

커버 그림, 본문 일러스트 | **himesuz**

프롤로그

밤. 달빛에 비친 제도의 어느 골목은 부자연스러운 정적에 휩싸여 있다.

빼곡히 포석이 깔린 지면과 붉고 아름다운 벽돌집이 나란히 이어진 그곳은 밤이 내린 제도의 상류 구획. 흐릿한 달빛이 지면을 비추고 어둠에 잠긴 붉은 벽돌은 녹이 슨 듯 우중충하다. 큰 건물들이 비좁게 들어서 있어서인지 야심한 이 시간에는 인적이 없는 쓸쓸함보다 압박감이 더 두드러진다.

그렇게 일반 시민이 사는 목조 가옥이나 투박한 석조 거리와는 동떨어진 그곳에서 한 남자가 키가 큰 그림자와 키가 작은 그림자에게 붙잡혀 있다.

"이놈들! 나한테 이런 짓을 하고도 무사할 것 같으냐?!"

입에 거품을 물며 소리치는 남자. 제국에서도 인기 있는 양복점의 외투를 입은 그는 부와 자의식으로 똘똘 뭉친 느낌을 풍기지만 지금은 그것을 증명할 만한 여유가 없다.

그도 그럴 터. 초조감을 떨쳐내려 소리친 남자의 뒤에는 남자의 호위인 듯한 자들이 힘없이 쓰러져 있다.

"큭, 거기 누구 없느냐! 누구든 좋으니, 날 도와라!!"

남자는 오만하게 외쳤지만 돌아오는 대답은 없다. 그 거만한 외침만이 남자 앞에 선 두 개의 그림자 사이를 스쳐 지나갔을 뿐이다.

이윽고 목소리의 여운마저 사라지고 그림자 중 하나인 검은색 로브를 걸친 키가 큰 그림자가 남자의 행동을 부정했다.

"소용없어. 외쳐봤자 아무한테도 안 들릴 거거든."

"어리석긴……. 아무리 으슥한 골목이라도 이런 제도 한복판에서……."

불안을 부추기는 말에 당황한 걸까. 긴 그림자가 속삭인 말이 가능할 리 없다는 것을 알면서도 남자는 떨림이 멈추지 않는다. 하지만 그림자의 말은 옳았다. 아무리 외쳐도 순찰하는 헌병은커녕 주민조차 나오지 않았다. 남자의 외침도 말도 마치 두 사람 뒤에 존재하는 암막이 앗아간 듯했다.

숨길 수 없는 초조감에 남자가 소리쳤다.

"왜 이런 짓을 하는 거지?"

"그건 당신이 알 필요 없어."

긴 그림자의 말에 맞춰 남자에게 서서히 다다가는 두 사람.

"자, 잠깐! 너희들, 내 밑에서 일하지 않겠나? 돈이라면 얼마든지 주지."

"──호오?"

"마침 없애고 싶은 남자가 있다! 어떤가? 착수금으로 제국 금화 백 냥을 주지. 둘이 합쳐서 백 냥이 아니다. 한 명당 백 냥이다!"

살기 위해 그렇게 제안하는 남자. 그 발언에 키가 작은 그림자가 움찔한다. 물었구나, 하고 남자는 회심의 미소를 지었지만 대답한 쪽은 긴 그림자였다.

"금화 백 냥이라니 꽤 파격적인 제안이야."

"당연하지. 하지만 너희에게는 그만한 가치가 있다! 내 호위를 순식간에 쓰러뜨렸으니 말이야!"

"약하던데."

"정말이다. 비싼 돈을 주고 고용했는데 중요한 순간에 쓸모가 없다니. 그런 점에서 너희들은 다르다. 제국에서도 이름 높은 이 몸을 여기까지 몰아붙였으니 말이야."

긴 그림자의 말을 긍정하고 추켜세우면서 낚싯바늘을 끌어올리려는 남자. 그리고 바로 지금이 그때라고 판단하고.

"어떤가? 나쁘지 않은 제안이라고 생각하는데?"

넘어왔다고 생각한 걸까. 남자는 끈적끈적하고 기분 나쁜 미소를 지었다.

하지만 남자가 기대한 대답은 돌아오지 않았다. 작은 그림자가 남자의 말을 부정하듯 다가온다.

"뭐, 뭐야! 한 명당 금화 백 냥, 파격적이라고."

"그래. 하지만——."

처음 듣는 작은 그림자의 목소리는 꽤 어렸다. 성별조차 가늠할 수 없는 독특한 목소리의 다음 말을 남자는 숨을 죽인 채 기다린다.

"……하지만 뭐냐."

"당신은 말했지."

"……?"

"없애고 싶은 자가 있다고."

"그게 어쨌다는 거냐? 누구나 사라졌으면 하는 사람 한두 명쯤은 있잖아? 누구의 사주인지는 모르겠지만, 너희도 그런 의도로 이렇게 날 해치려는 거잖아. 어떤가? 조금 전의 그 액수가 부족하다면 더 줄 수도——."

남자가 그 다음 말을 입 밖에 내는 일은 없었다. 지금 남자가 구슬리려고 했던 작은 그림자가 강력한 분노와 증오를 발산한 것이다.

남자가 힘없이 얼어붙은 것도 잠시, 그리고——.

"……그 사람은 못 없애."

"——?! 너희들! 설마 그자의 수하냐?! 아니, 설마 네가——."

"대답할 필요는 없겠지. ——해치워."

무언가를 눈치챈 남자의 말을 자르고 긴 그림자가 작은 그림자에게 명령한다. 그러자 작은 그림자는 곧바로 스펠을 읊조리기 시작했다.

"——어둠이여. 그대 허무한 그 몸을 장막으로 내 적을 품고 안으로 잠겨라. 천박한 욕망에 빠진 자는 모두 그 장막 안의 포로가 되어라. 오르고, 르큐라, 라구아, 세쿤트, 라비에랄, 베이바론……."

작은 그림자가 스펠을 짠다. 그 영창은 누구나 두려워하는 암(暗)마법. 하지만 건언을 외칠 부분에서 건언 대신 전혀 들어본 적 없는 말을 읊조린다. 그것은 뜻을 알 수 없는 말, 아니, 말이 아니라 마치 인간이 아닌 무언가의 난폭한 울음소리 같은 그것 뒤에——.

"다크니스 토멘트(주는 것은 받는 것보다 사악하니)."

외쳐진 건언. 순간, 작은 그림자 주위에 드리운 암막에 불가해한 형상이 비치는가 싶더니 기분 나쁘게 꿈틀거리고—— 남자의 눈동자에 비친 두 개의 그림자도, 달빛도, 별빛도, 모든 것이 사라졌다.

"그만—— 끄, 끄아아아아아아아아아!!"

비장하게 울려 퍼진 남자의 절규는 어둠 속으로 허무하게 빨려 들어갔다.

이윽고 어둠에서 해방된 남자가 길 위에 쓰러진 모습을 확인하고 키가 큰 그림자는 나지막이 말한다.

"가자."

"……네."

그리고 다시 어둠 속으로 사라지는 두 그림자. 그와 동시에 부자연스러운 어둠의 장막과 정적도 사라졌다.

상류 구획의 골목에 남겨진 것은 길 위에 엎어져서 꿈쩍도 하지 않는 남자와 그 호위.

반짝이는 별빛과 하늘에 뜬 달만이 그 얼굴을 환하게 비추었다.

제1장　도시 입성과 소녀

　마장 라쟈스와의 전투로부터 열흘쯤 지났을 무렵. 스이메이와 레피르는 국경을 넘어 네페리아 제국의 수도인 필라스 필리아를 눈앞에 두고 있었다.

　포석이 깔린 큰길을 걷던 스이메이는 머지않아 도착할 목적지로 눈을 돌린다. 가볍게 위를 올려다보자 아스텔의 것과는 비교도 안 될 만큼 거대하고 이색적인 성문이 하늘을 찌를 듯 우뚝 솟아 있다.

　그 성문은 메테르와 크란트 시의 성문보다 훨씬 높고 견고하여 네페리아 제국의 국력을 짐작케 했다. 도시의 크기도 아스텔 왕국의 수도인 메테르의 두 배에 가깝고 성벽 밖에는 여인숙과 시장도 많다.

　손자(孫子)에서 말하는, 소위 국가 간의 교통 요충지로서 동서, 남으로 큰길이 뻗어 있고 유통이 활발하여 타국보다 부유하다고 알려져 있다.

　원래대로라면 스이메이는 크란트 시에 잠시 머무를 예정이었지만, 곧장 네페리아에 온 데에는 이유가 있다. 물론 그 이유는 옆에서 걷고 있는 레피르 그라키스 때문이다.

　어떠한 의도하에 수많은 군세를 이끌고 아스텔을 침입한 라쟈스와 격돌한 뒤 레피르는 정령의 힘을 너무 소진한 탓에 초등학생 정도의 어린 소녀로 변해버렸다.

그 때문인지 레피르는 전투력을 완전히 상실하고 길이가 5척 가까이 되는 대검도 들 수 없게 되었고, 결국 네페리아 제국까지 혼자 떠날 수 없게 되었다.

그런 이유로 스이메이도 서둘러 크란트 시를 떠나 레피르와 함께 국경을 넘었다.

게다가 레피르의 저주도 마음에 걸렸다. 도중에도 몇 번인가 저주가 발동해 억제 마술을 시행했다. 하지만 그때마다 배덕적인 감정을 완전히 떨쳐낼 수는 없었다.

"…………으."

떠올리자니 눈앞이 아뜩해지고 그런 생각 탓인지 얼굴도 화끈해진다. 딱히 나쁜 짓을 한 것도 아닌데. 역시 뭔가 나쁜 짓을 한 것만 같다.

만약 누군가가 그 상황을 보았다면── 마술을 건 것일 뿐이지만 로리콤이라는 비난을 피할 수 없었으리라. 실제로 레피르는 자신보다 나이가 많기에 설령 그것이 사실이 아니라고 할지라도 말이다.

하지만 그 사실을 포함하더라도──.

(이대로 모른 체할 수는 없어.)

역시 모른 척하는 것은 선택지 안에 없다. 약해진 그녀를 혼자 보낼 수도 없고, 저주도 그대로 두면 그녀는 불행한 일을 계속 당하게 된다. 현재 그 저주를 억제할 수 있는 사람은 자신뿐이다. 그러니 그녀가 원래의 몸을 되찾고 저주에서 풀려나든 확실히 억제할 수 있는 방법을 찾을 때까지 함께 있어야 한다.

(저주를 건 마족인지 뭔지…… 결국 그 녀석을 쓰러뜨려야 해.)

그녀를 바라보고 있자니 그런 생각이 어렴풋한 윤곽에서 서서히 형태를 갖추어간다.

라쟈스 외에 있었다던 여마족. 수마(睡魔)라고 했던가. 저쪽 세계에서는 서큐버스(몽마)에 속하는 마성의 종류. 유럽 전승에서는 남자들이 잠든 사이에 그들과 꿈속에서 관계를 맺고 남자의 정력을 완전히 빼앗는 악령이라고 전해진다. 수많은 인간의 욕망이 투사되어 그림자를 갖고 실체를 얻은 존재다. 이세계에서는 역시 마족으로 분류되는 걸까.

저주를 풀려면 그 수마와 동일성을 가진 매개를 없애야 한다. 필경 그 매개도 직접 가지고 있을 것이기에 저주를 건 본체를 겨냥하는 것이 가장 확실한 방법이다. 매개를 없앤다고 해도 다시 만들면 그만이기 때문이다. 그렇다면 그 뿌리를 잘라야 한다.

그렇다, 여기까지 왔다. 돌아가는 것이 늦어지더라도 그녀를 마지막까지 돕고 싶다.

"왜 그래? 스이메이."

"응? 아니……."

"후후, 혹시 나한테 반한 거야?"

여유로운 표정으로 그렇게 말한 레피르는 그 자리에서 빙그르 돈다. 질 좋은 어린이용 옷에 곁들여진 장식이 살랑 나

부끼고 눈에 들어오는 것은 만족해하는 얼굴. 늘 숙녀다웠던 그녀에게서는 보기 드문 행동이다.

그렇다는 것은 즉.

"마음에 드나 보네. 그 옷."

"아, 아니…… 응."

스이메이가 웃으면서 말하자 레피르는 볼을 발그스름하게 물들이며 고개를 숙였다. 마치 강한 척하던 것을 들킨 어린아이 같다. 그러니까 성인이 아이 옷을 입고 좋아하는 것이다. 부끄러움을 숨길 수 없는 걸까.

입은 옷은 평소의 기사복이 아니라 크란트 시에서 산 옷이다.

본인이 원한 대로 편한 복장이지만 가게 점원이 집요하게 추천하는 바람에 현재 레피르의 옷에는 깜찍한 장식이 달려있다. 레피르는 마지막까지 "어린애 취급하지 마!"라든가, "나는 어엿한 성인이라고!"라든가, "귀여운 거…… 그, 그런 거 관심 없어……"라고 발끈했지만, 점원이 들어주지 않아서 결국 세트로 구입했다.

이리저리 시선을 옮기면서 레피르가 묻는다.

"……괜찮아?"

"응, 점원도 말했지만 귀여워."

"귀, 귀엽다니…… 그런 말 들어도 하나도 안 좋거든."

말은 그렇게 했지만 발걸음이 무척 가벼워졌다. 귀엽다는 말을 들어서 내심 기쁜 것이다. 남자가 이성에게 멋지다는 말을 들으면 들뜨는 것과 마찬가지다. 칭찬을 들으면 누구나 기분이 좋아진다. 이런 모습을 보면 마음이 따뜻해진다. 몸이 작아져서인지는 잘 모르겠지만.

(그냥 말할 때는 평소의 레피르인데.)

대검을 고쳐 멘 스이메이는 콧노래를 부르며 걷는 레피르를 바라본다. 작아진 뒤로 그녀는 어쩐지 감정이 풍부해졌다. 그렇다고 그전까지 감정이 메말랐던 것은 아니다. 굳이 말하자면 조용한 모습만 봐와서 지금의 아이 같은 모습이 두드러져 보인다. 몸이 작아지면서 육체가 정신에 영향을 준 것일 수도 있지만 진상은 확실하지 않다.

하지만 이렇게 되고 보니 아무래도 그 나이 또래의 아이처럼 보여 어른인 척하려는 행동에 박차가 가해졌다. 그대로도 괜찮은데.

스이메이가 그런 생각을 하는데, 레피르가 갑자기 걸음을 멈추고 아이의 얼굴에는 어울리지 않는 심각한 표정으로 스이메이를 바라보았다.

"스이메이. 내가 작아진 거 말이야⋯⋯."

"아, 설명한다고 해놓고 완전히 잊고 있었네."

"나도."

레피르의 진지한 물음에 스이메이도 기억을 떠올렸다. 정신이 없어서 그것에 대해서는 까맣게 잊고 있었다.

레피르가 작아진 이유. 산을 내려오기 전에 나누었던 그 이야기다.

스이메이는 미간을 찌푸리고 턱을 문지르면서 말하기 시작한다.

"어디서부터 얘기할까…… 그래, 내가 살던 세계에서는 우리가 보는 모든 것은 그것의 본질이 비춘 유사한 영상이라는 사고가 있어. 이때 그 본질을 이데아라고 하고, 보이는 것을 이데아의 사상(似像) 또는 이데아의 환영이라고 해. 이런 사고를 이데아론이라고 하고."

"이데아론?"

"그래."

"으음, 그러니까…… 내가 보고 있는 게……."

레피르가 물음에 스이메이가 끄덕이자 그녀는 방금 들은 설명을 머릿속으로 되새긴다. 개념이 정착되지 않은 세계에서는 이해하기 어려운 걸까. 그럼 어떻게 이해시켜야 하나…….

"음—— 예를 들면, 지금 레피르가 보는 내 모습은 야카기 스이메이라는 이데아가 레피르의 시각에 야카기 스이메이를 시각적으로 나타낸 거야. 그 밖의 감각도 그 이데아가 정보를 전달하는 감각 기관에 그렇게 인식시키는 거야."

"이데아가 본질이라고 했지? 그러니까 우리가 보는 것은 그 본질과 영상이 다르다…… 이 말이야?"

"그런 거지."

"그럼 네 말처럼 우리가 보는 영상을 그 이데아라는 것이 보여주는 거라면 모두 똑같아 보이는 거 아니야?"

"잠재적으로 이데아는 각각의 특징을 내포하고 있어서 인식할 때는 외관이 달라져. 그러니까 나나 레피르가 똑같아 보일 일은 없어. 나무나 바위, 건축물도 똑같아 보일 일은 없는 거지."

"……자연적으로 생겨난 건 이해해. 만물에는 혼이 있으니까. 하지만 사람이 만든 건 어떻게 설명해? 사람은 형태나 역할을 만드는 거지 그 이데아를 만드는 건 아니잖아?"

"맞아. 사람에겐 이데아를 만들려는 의식은 없어. 하지만 사람은「이렇게 하자, 저렇게 하자」라고, 만들 물건에 여러 가지 특징을 부여해. 조금 억지스럽지만 그렇게 불어넣어진 혼이 이데아가 되는 거야. 그러니까 형이하학적인 것—— 요컨대 확고한 형태와 개념을 가진 물체를 만들어낼 때 이데아도 생성되는 거지."

"사람이 만드는 건 물체의 외관뿐이지만 실제로는 그 이데아도 만드는 거라서 그게 외관에도 영향을 미친다?"

"맞아."

레피르의 말에 스이메이는 고개를 끄덕이며 대답한다. 아무래도 조금은 이해한 모양이다.

그러자 레피르는 문득 심각한 얼굴로 묻는다.

"하지만 스이메이. 만약 우리를 그 이데아론 같은 걸로 해석한다면 실제로는 모든 게 다 허무한 거 아니야? 그런 걸 종이에 쓴 사람이나 물체의 특징을 보고 저마다 멋대로 인식한다는 거잖아!"

종이에 썼다는 비유는 예리하다. 꽤 핵심을 찔렀다고 할까. 확실히 이런 이야기를 처음 들으면 극단론처럼 받아들일 수도 있다.

그렇다——.

"그래. 우리가 존재하는 세계도, 그곳에 존재하는 우리도, 본래는 그렇게 얄팍한 거야. 시각도, 청각도, 미각도, 후각도, 촉각도, 그저 저마다 이데아(본질)를 인식하는 것일 뿐, 우리가 보는 것은 전부 환영이야."

"환영……."

납득이 가지 않는 걸까. 그럴 거다. 보는 것, 존재하는 것, 그리고 자신이라는 확고한 실체가 여기 존재하니 말이다. 혼란스러워하는 것은 자신을 부정당한 기분이 들어서일까.

"가설이라고 생각해. 그렇게 심각할 거 없어."

"무슨 소리야. 그 이론으로 나를 해명하는 거잖아? 단순히 넘길 수 없어."

"음—— 하긴 그러네. 어디까지나 자연철학설이니까 그렇게 신경 쓸 필요는 없다는 뜻이야…… 그래서 좀 이해가 됐어?"

"대충은. 하지만 그 학설이랑 내가 작아진 거랑 무슨 관계가 있는데?"

레피르의 물음에 스이메이는 눈을 감았다 떴다. 그리고.

"이제부터는 간단해. 이 세상에 존재하는 건 그렇게 종이에 적힌 거라고 가정할 수 있어. 정령과 인간의 피가 섞인 레피르는 평범한 인간보다 이데아가 강해. 평범한 인간은 육체와 영혼에 의존하기 때문에 그런 요소들이 흩어지면 육체나 영혼을 잃는 치명타를 입겠지. 하지만 레피르는 육체와 영혼 말고도 스피릿이라는 요소가 있어. 또 그 스피릿이 대부분을 차지한 존재라서 어떤 요인으로 스피릿이 사라져도 육체와 영혼은 말짱해. 하지만 이데아를 구성하는 요소가 적어진 것에는 변함이 없으니 평소보다 존재가 희미해지는 거지."

"나를 포함해서 이데아의 환영을 보는 너나 다른 사람들의 감각이 내 상태를 이치에 맞추고 있다. 그래서 이렇게 됐다? 스피릿의 힘이 약해져도 육체와 영혼에는 영향이 없지만 어떤 변동이 있는 것만은 분명하니까?"

"그래, 그래서 레피르는 지금처럼 변한 것 같아."

현재 레피르의 몸은 스피릿이 사라져서 완전한 형태가 아니다. 즉 이데아의 정보가 결여된 상태이며 그 결여되었다는 정보가 반드시 타인에게 전달되는 상황──표출된 상태여야만 한다. 하지만 스피릿의 결여는 눈으로 인식되는 정보가 아니다. 그리하여 레피르를 인식하는 개개인은 부득이 레피르를 자타 모두에게 아이처럼 인식시켜 정보의 차질을 없앤다.

레피르는 팔짱을 끼고 신음했다.

"이런 것까지 해명할 수 있다니 네가 살던 세계는 정말 엄청난 곳이네. 네가 이세계에서 소환됐다고 했을 때도 엄청

놀랐지만."

"응. 올해 내게 닥친 최고의 불행이지."

낙담한 표정으로 말하는 스이메이와 기묘한 운명에 쓴웃음을 짓는 레피르.

"네가 세계를 구할 용사가 아니라니 정말 이상한 일이야."

"대단한 것도 아닌데 뭐."

"그 정도가?"

"졸개만 제거했을 뿐이야. 그 정도는 마술사로서 그렇게 자만할 일이 아니야."

"이쪽 세계에는 그런 힘을 모토로 삼는 마법사도 있어. 기본적으로 넌 이상이 너무 높아."

"……그럴지도."

그 이상을 구현하는 남자를 머릿속에 떠올리는 스이메이. 분명 그 남자의── 아버지의 등을 봐왔기에 평균보다 이상이 높을지도 모른다. 아버지에 대한 동경이 여전히 강한 것이다.

한편 그 생각을 짐작했는지 레피르가 묻는다.

"너희 아버지도 그렇게 할 수 있어?"

"응? 아버지였으면 그 정도는 일도 아니었겠지."

"라쟈스도?"

그 물음에 스이메이는 잠시 생각한다. 아버지였으면 어땠을까 하고. 물론 무너뜨릴 수 있느냐 없느냐가 아니라 무너뜨리는 것을 전제로 해서다. 라쟈스는 분명 강했지만 정면 승부를 한다고 해도 아버지라면 눈썹 하나 까딱하지 않았을 것이다.

따라서.

"주먹 한 방으로 날려버렸을 거야."

"헉?! 주먹 한 방으로?!"

"응."

경악하는 레피르를 향해 끄덕인다.

마술사지만 오래전 전투에서 부상을 입고 휠체어 신세를 지게 된 아버지. 다리도 불편하고 몸이 단단한 편도 아니다. 라쟈스와 견줄 말한 체격은 결코 아니다. 하지만 오래전 마술을 적용시킨 격투술을 익혀 웬만하면 정면 승부를 하는 쪽이었다.

그렇다. 전투에서는 엄청난 능력을 발휘했다. 휠체어에 탄 상태로 마술 행사와 함께 잠깐이지만 휠체어에서 일어나 상대의 품을 파고든다. 그리고 전투술 중에서 유일하게 익힌 진전(震電)이라는 정권으로 급소를 찔러 무너뜨린다.

그 뒤에는 반드시 자신의 주먹을 보면서 이렇게 중얼거린다.

──흠, 아직 녹슬지 않았군.

"……가능할 거야, 그 사람이라면. 그 힘은 비상식적일 정도였으니까."

아버지라면 가능했으리라. 그 사람이라면 자신에게는 오래 걸린 마족의 특성도 단숨에 찾아냈을 것이다. 그리고 현대 마술 이론에 입각해 바로 마족에게 통하는 공격을 짰을 것이다. 시간이 걸린 데다 거의 곤죽이 된 자신은 설 자리가 없어지지만, 그만큼 아버지는 강했다. 다리가 불편해진 뒤에도 그 정도였으니 자유롭게 움직였던 시절의 파워는 쉽사리 상상할 수조차 없다.

"마장을 그렇게 간단히……?"

"어려운 일이지. 정말 어떻게 그렇게까지 강해질 수 있었는지. 지금은 물어볼 수도 없지만……."

그렇다, 이제는 물어보고 싶어도 그럴 수 없다. 아버지는 죽었다. 그날, 자신의 눈앞에서. 걸어왔던 길을 자신에게 넘겨주고서.

"뭐랄까, 네가 살던 세계는 터무니없는 차이가 느껴져."

"어쩔 수 없어. 저쪽과 이쪽은 문명의 발달 정도부터가 달라. 기술이 발전하면 당연히 거기에 사는 인간의 능력도 달라져. 레피르의 경우는 예외지만——."

"그거 비아냥이야?"

"마지막에 라쟈스를 검 하나로 압도했던 녀석이 예외가 아니면 뭐야. 넌 마술사의 천적 같은 힘을 지녔어."

정말이지, 하고 내뱉은 탄식은 마음속 깊은 곳에서 나온 것이었다. 레피르의 스피릿은 저쪽 세계에서도 규격 외였다. 그렇게 결론지은 스이메이는 끝없이 펼쳐진 푸른 하늘을 올려다보면서 말한다.

"언젠가 나도 그런 마술사가 되고 싶어⋯⋯."

★

다양한 행인들의 모습을 구경하면서 제도 필라스 필리아로 이어지는 큰길을 지나 이윽고 성문에 다다른 두 사람은 먼저 도시 안으로 들어가기 위해 검문소에서 진행되는 입시(入市) 검문 대열에 줄을 섰다.

이마 위에 손바닥을 붙여 뜨거운 태양을 가린 스이메이는 성문과 성벽을 둘러보며 레피르에게 묻는다.

"뒷북이긴 한데, 이 네페리아 제국은 대체 어떤 곳이야?"

너무나도 때늦은 물음에 레피르는 잠시 할 말을 잃었다는 듯 눈썹을 찡그렸다가 대답한다.

"정말 뒷북이네. 제국 영내에 들어온 지가 언젠데. 그런데도 대충 파악이 안 돼?"

"내 눈에는 어디든 다 비슷해 보여. 아스텔과 다른 점이라면 사람이 좀 더 많은 거랑 물건 종류가 다양하다는 정도야."

그렇게 말한 뒤 스이메이는 과장되게 어깨를 움츠렸다. 현대인이기에 분간하기 어려운 것도 당연하다. 레피르는 도중에 들른 여인숙의 인테리어나 마을을 보고 여러 가지 것들을 파악할 수 있을지도 모르지만 현대 일본에서 발전된 것들만 보며 살아온 스이메이는 이세계에서 접한 것을 신선하게 생각할 수는 있어도 차이점 같은 것은 알 수가 없다. 있다고 해도 옷의 디자인이 다르다는 것 정도다——.

"아스텔의 서고에서 조사한 거 아니었어?"

"내가 아는 건 책으로 얻은 지식뿐이잖아. 레피르가 느낀 점이 궁금해."

"내가 느낀 제국의 인상이라……."

스이메이의 말에 레피르는 잠시 생각에 잠긴다. 이 세계에 사는 사람의 솔직한 의견이다. 판단 재료로서는 이만한 것이 없다.

이윽고 레피르는 생각이 정리되었는지 크게 끄덕인 뒤 대답한다.

"——네페리아 제국은 한마디로 말하자면 국력이 강한 나라야. 응."

그게 뭐야, 하고 맥이 탁 풀린 스이메이는 어색한 쓴웃음을 지었다.

"……채, 책에서 본 대로라면 확실히 그런 분위기긴 했지."

"응. 네페리아는 윤택한 곳으로 유명해. 군사력도 다른 나라에 비해서 훨씬 뛰어나고."

"하지만 왠지 그 정도로 제국이라는 느낌은 안 드는데. 네 생각은 어때?"

그렇게 불쑥 지적한 것은 스이메이가 이전부터 품었던 의문이었다.

기본적으로 제국은 다양한 민족과 지역, 세력 따위를 지배하는 국가를 일컫는다. 그렇게 불리는 이상 주변 국가에 끊임없이 압력을 가할 법도 하다. 하지만 의외로 이 제국은 통치 방법이 다른 국가와 동맹을 맺고 있다.

확실히 여러 민족을 세력권 안에 두고 있으니 제국으로 불림직할지도 모르지만 아무래도 잘 이해되지 않는다.

그 밖에도 제국이라고 하면 대부분의 일본인이 그렇게 생각하는 것처럼 근대에 들어 확립된 제국주의 이미지가 강한데——.

"그건 어쩔 수 없어. 원래는 많은 주변국을 제 것으로 만든 강국이었는데 수백 년 전 일어난 전쟁에서 국력을 거의 잃었거든. 그래서 지금 같은 상태로 정착된 것 같아."

"정착됐다……. 야심 가득한 나라였는데 몇백 년이 지나도록 그대로라니."

"응. 네페리아는 그때부터 3개국 동맹 체제였어. 또 그 전쟁을 계기로 위기감을 느낀 타국이 네페리아와 비슷한 정도의 군대를 갖추게 되었거든."

"국력을 회복해도 섣불리 전쟁을 일으킬 수 없는 상태라는 거네."

"응. 그리고 가장 큰 이유는 역시 영걸 소환 의식 때문일 거야."

생각지도 못한 레피르의 발언에 스이메이의 표정이 심각해진다.

"영걸 소환? 국가 간의 전쟁에 용사가 무슨 관계가 있는데?"

"그때 전쟁에 소환됐었거든. 용사가."

"응……?"

이어지는 레피르의 말에 스이메이는 더욱 당황하고 만다. 분명 용사는 세계에 위기가 닥쳤을 때 소환한다고 들었다. 각국의 국가원수와 마법사 길드, 그리고 구세교회 최고 기관과의 협의를 통해 승인되어야 비로소 소환이 이루어진다고 했다. 그런데 어째서 인간끼리 일으킨 전쟁에 용사가 불려 온 걸까.

스이메이가 의아한 표정으로 고개를 기울이자 곧바로 레피르가 대답했다.

"이건 전승으로 널리 알려진 이야기야. 당시, 현재의 사디어스 연합 산하인 자치주의 한 군주가 갑자기 독재정치를 펼치고 주변국의 주민들을 대량 학살한 적이 있었어."

"학살이라니, 살벌하네. 왜 그런 짓을 했어?"

"글쎄, 그렇게까지 자세히 알려진 건 아니라서 나도 잘 몰라. 다만 그 방식이 너무 잔혹해서 당시의 사람들은 이대로 가다가는 전 세계인들이 그 왕에게 살해당할 거라고 생각하고 두려워했대."

"응……."

레피르의 이야기를 듣던 스이메이는 그러고 보니, 하고 머릿속에 저장해둔 기억을 떠올렸다. 그렇다, 그 전승이라면 아스텔 왕국의 재상 그레스와 땅거미 정의 직원 드로테

아에게 들은 적이 있었다. 수백 년 전, 세계를 자신의 손아귀에 넣으려 했다던 폭군의 이야기다. 그때 다른 세계에서 소환된 용사 세 명이 폭군의 야망을 꺾었다는 영웅담이 있다고 했다. 하지만.

"그렇게 용사가 불려 와서 그 뒤에 제국의 침략 전쟁에도 영향을 끼쳤다…… 아!"

"눈치챘구나. 맞아. 그 전쟁으로 침략 국가에 대항하기 위한 영걸 소환이 가능하다는 것이 증명된 거야. 당시의 네페리아 제국은 그 폭군처럼 대량 학살까지는 하지 않은 모양이지만, 그 나라처럼 주변국을 정복하려 한다면 주변국이 의견을 모아서——."

"용사가 소환되면 자신들도 당할 거라고 생각했다."

"맞아, 당시의 네페리아 황제는 그때 소환된 용사의 힘을 직접 보고 두려워했대. 용사를 적으로 만드는 짓은 하면 안 된다는 말까지 남길 정도로."

"흐음."

거기까지 듣고 보니 그 관련성을 납득하지 않을 수 없다. 타국의 왕보다 우수한 군사력과 막대한 영향력을 행사할 수 있는 황제가 그렇게까지 말할 정도이니, 그만큼 당시에 불려 온 용사의 힘은 절대적이었을 것이다.

"그런 면에서도 영걸 소환 의식은 중요한 거네."

"그래, 마왕이나 마족, 강력한 마수를 쓰러뜨릴 수 있는 전력이야. 한 나라의 군대와 맞먹을 정도이니 정치적으로 이용되지 말란 법도 없겠지?"

"그렇지."

"그래서 국가 간의 소규모 충돌은 있어도 대규모 전쟁은 하지 않아."

"그 정도구나."

"있었다면 2년 전 아스텔과 샬독이 충돌한 것 정도인데, 그것도 아스텔 왕국의 티타니아 왕녀 전하의 활약으로 아스텔이 이겼어."

티타니아의 활약. 예기치 못한 곳에서 뜻밖의 이야기가 튀어나오자 스이메이의 눈이 동그래진다.

"티아가?"

"티아…… 아아, 티타니아 왕녀 전하 말이구나. 응, 당시에 꽤 활약했대."

"힐── 그 왕녀님이…….."

얼빠진 듯 연거푸 한숨을 내쉰 스이메이는 감탄했다. 뜻밖이었다. 아스텔의 공주인 티타니아. 활발하지만 청초하며 늘 레이지 옆에 찰싹 붙어 걷던 그 왕녀님이 전장에서 맹활약을 펼치는 모습은 상상조차 되지 않았다. 마술사로서는 페르메니아만큼 역량이 없어 보였는데 사실은 대단한 실력을 감추고 있었던 걸까.

──단정할 수는 없다. 전쟁에서는 책략을 짜는 등 다양한 방법으로 활약할 수 있다.

하지만.

(티아가 실력자라서 그녀가 떠난다고 했을 때도 다들 아무 말도 하지 않은 건가?)

스이메이는 성을 떠나기 전의 일을 떠올린다.

레이지 일행을 배웅할 때 국왕과 첫째 왕자 및 신하들은 그녀의 행동을 치하하거나 떠남을 아쉬워하기는 했지만 위험하다고 말리지는 않았다. 즉, 그런 이유가 있어서 누구도 우려하지 않은 걸까. 왕녀의 역량을 믿기 때문——인가.

"——다음 분, 들어오세요."

그런 생각을 하고 있을 때, 검문소 직원의 목소리가 들렸다. 들어갈 차례였다. 대화 도중이었지만 스이메이도 레피르도 일단 거기서 대화를 끊고 검문소 안으로 들어갔다.

아담한 실내에는 네페리아 제국의 헌병이 몇 명 서 있고, 먼저 들어온 사람을 도시 안으로 통하는 문으로 안내하고 있었다.

그때 서류나 징세를 담당하는 청년이 말을 걸었다.

"입시하시는 겁니까?"

"네."

"음."

두 사람이 그렇다고 말하자 서류를 내미는 청년. 명부 기입이다. 메테르를 나올 때나 크란트 시에 들어갈 때도 똑같은 것을 했기에 스이메이도 익숙했다.

"그럼, 여기에 이름을 기입해주세요. 그리고 신분증을 제시해…… 어이쿠, 글은……."

그렇다, 느긋하게 걷는 스이메이와 그 옆에서 아장아장 걷는 레피르를 본 담당자 청년은 미흡했던 질문을 정정하듯 그렇게 묻는다.

"아, 쓸 수 있어요."

"문제없어."

"실례했습니다. 그럼 이걸 기입해주세요. 아래에 적힌 입시세와 통행료를 지불하면 모든 절차는 끝입니다."

담당자 청년의 친절한 응대를 받으며 스이메이가 기입하려고 하자, 청년이 레피르를 향해 부드러운 미소를 지었다. 아이를 좋아하는 건지 다정한 성격인 건지는 몰라도 참 친절하구나, 하고 생각하는데 청년은 살짝 허리를 숙이며 말한다.

"그럼 꼬마 아가씨도 이 서류에 기입해줄래?"

청년의 친절한 응대에 레피르는 무엇이 마음에 안 드는지 어깨를 움찔하더니 갑자기 사나운 표정을 지었다.

"이것 봐요. 나는 꼬마 아가씨가 아니야. 그 부분은 정정해줘."

"아이쿠, 하하. 제가 실례를 했군요, 공주님."

"뭐야, 그 말투! 어린애 투정이라고 생각하는 거야?!"

담당자 청년의 능숙한 대응에 레피르가 버럭 화를 낸다. 크란트 시에서 쇼핑을 할 때도 그랬지만 어린애 취급을 당하면 상당히 예민하게 반응한다. 평소처럼 가벼운 농담은 적당히 받아넘기면 좋으련만, 그렇게까지 부정하고 싶은 걸까.

"——스이메이! 스이메이도 뭐라고 말 좀 해봐!"

"내, 내가?!"

"그래!"

그렇게 말해도 어떻게 해야 하나. 설마 여기서 "실은 이 아이, 마족과 싸우다가 작아져버렸어요"라고 설명해주기를 바라는 걸까. 그랬다간 웃음거리가 된다. 그때, 담당자 청년이 스이메이에게 미소 띤 표정으로 말했다.

"하하하, 에너지가 넘치는 아이군요. 힘드시겠어요."

"아, 예, 뭐…… 하하하."

결국 스이메이도 그렇게 대응할 수밖에 없다. 이대로 자연스럽게 넘어가자고 생각한 순간, 갑자기 레피르가 두 손으로 멱살을 잡았다.

"스이메이! 왜 너까지 내 말을 무시하는 거야!"

"아니…… 그건 당연히."

어쩌지 못할 이 상황을 제발 좀 눈치채주라, 라고 말하고 싶다. 스이메이가 레피르 때문에 난처해하고 있을 그때였다.

"이맘때쯤의 아이들은 어른 흉내를 내고 싶어 하잖아요. 나도 나이 차이가 많이 나는 여동생이 있어서 잘 압니다."

고개를 끄덕이는 것은 경험이 있어서일까. 주위를 둘러보니 레피르의 행동을 지켜보던 다른 헌병들도 미소를 짓고 있었다. 어느 정도의 긴장감은 필수인 검문소 안이 훈훈한 공기로 가득 찼다.

"쳇…… 관둬. 얼른 쓰고 나갈 거야."

드디어 체념했는지 레피르는 그렇게 말한 뒤 서류를 작성하기 시작한다. 하지만…….

"으— 으—, 으— 으."

"왜 그래?"

책상에 달라붙어 서류를 향해 손을 뻗고 끙끙대는 레피르. 스이메이가 물어도 레피르는 눈앞의 무언가와 격투를 벌일 뿐 아무 대답이 없다. 여전히 끙끙대며 실체 없는 무언가와 싸우고 있다.

"으윽, 이게, 이게!"

"……?"

"천만에! 나는 포기 안 해! 나한테도 긍지가! 버릴 수 없는 게 있다구!"

그런 거창한 말로 스스로를 북돋우며 고군분투하는 작은 레피르. 한바탕 최선을 다한 듯하지만 결국 어쩌지 못한다는 것을 깨달았는지 그 자리에 풀썩 주저앉아 절망적인 말을 한다.

"조, 종이에 손이 안 닿아……."

레피르는 코를 훌쩍이면서 귀여운 목소리로 말했다. 책상 위에 키는 닿지만 애매한 위치 때문에 지금의 그녀에게는 꽤 쓰기 힘든 듯하다. 그런 걸로 그렇게까지 끙끙댄 걸까.

그때, 조금 전의 담당자 청년이 레피르에게 다가와 그녀에게 의자를 건넸다.

"자, 꼬마 아가씨. 발판 대신 이걸 써."

"나! 나는……."

담당자 청년의 호의에 레피르는 다시 흥분한다. 하지만─.

"나는……."

책상과 의자를 번갈아 바라보며 서서히 의기소침해진다. 이윽고 그 이상은 말하지 않고 쓸쓸히 고개를 떨군 레피르는 맥없이 의자에 올라 서류를 적어나가기 시작했다.

포니테일이 흔들리는 작은 뒷모습에서 슬픔이 느껴진다. 무슨 일이 있어도 작아진 자신을 인정하기 싫은 것이다. 스이메이가 위로하듯 레피르의 어깨를 두드리자, "한심해……" 하고 말하면서 조용히 깃펜을 놀렸다.

이윽고 기입이 끝났을 때 도시로 통하는 또 하나의 문에서 한 소녀가 들어왔다.

담당자의 허가도 없는 입실에 의아하게 생각하면서 쳐다보자, 헌병들이 그녀를 향해 즉각 경례를 올렸다.

"잔다이크 소위님!"

담당자 청년으로부터 소위라고, 계급으로 불린 십대 초반쯤의 소녀. 붉은 기가 섞인 바이올렛 트윈 테일, 다소 창백한 피부, 오른쪽 눈에는 안대. 왼쪽 눈은 졸린 건지 퀭한 느낌을 준다. 고딕 앤드 롤리타풍의 옷에 군장 코트를 걸치고 손에는 주름 장식이 들어간 장갑을 꼈다.

그렇게 어딘가 이계(異界)스러운 소녀의 복장을 보고 스이메이는 눈썹을 움찔했다.

묘한 스타일이다. 저쪽 세계에서도 특이한 옷차림을 한 사람은 여럿 봤지만, 이렇게 자기주장이 강한 스타일은 오랜만이다. 어울리지 않는 것이 아니다. 너무 어울려서 오히려 튀어 보이는 쪽이다.

레피르도 같은 생각을 했는지――.

"예, 예뻐."

아니었던 모양이다. 과하게 하늘거리는 옷에 감탄하는 타입이다.

스이메이와 레피르가 그런 반응을 보이는 가운데 소위라고 불린 군인인 듯한 소녀는 담당자 청년에게 다가가 사무적이라고는 하기 어려울 만큼 쌀쌀맞게 말한다.

"전일 명부를 받으러 왔다."

"……네!"

담당자 청년은 군기가 바짝 든 자세로 경례한 후, 신속히 책장 서랍에서 가죽 장정이 된 책을 꺼내 소녀에게 건넸다. 소녀는 건네받은 책을 쓱 훑으면서 "수고"라고 말한 뒤, 책을 탁 덮었다.

……제국의 군대 체계는 타국과 다른 걸까. 호칭은 계급의 존재를 연상시키고 근대적인 느낌을 준다―― 어쨌든. 다시 소녀다. 보기에는 열두 살에서 열세 살 정도일까. 혹은 그보다 몇 살 위일 것이다. 이렇게 어린 나이에 군인인 것도 드물다. 완전히 차일드 솔저(소년병) 레벨이다.

시선을 느낀 걸까. 졸린 듯한 눈동자가 스이메이에게로 향한다.

"……군인을 처음 보나요?"

"아니, 그게 아니고……."

딱히 그런 건 아니다. 스이메이가 사과하려는 순간, 레피르가 대신 입을 열었다.

"군인치고는 꽤 어린 것 같아서."

그러자 그 말에 내포된 무언가가 거슬렸는지 소녀는 냉랭한 표정으로 레피르를 쳐다본다.

"나보다 어린애한테 그런 소리는 듣고 싶지 않은데."

"뭐?! 나 안 어리거든!!"

스이메이는 "하아……" 하고 크게 한숨을 쉰다. 또 이 이야기인가. 최근에는 툭하면 이 이야기다. 별것 아닌 일에 발끈하지 말라고 나중에 일러줘야겠다고 생각한 그때였다.

두 소녀가 난데없이, "승부할까?", "……얼마든지"라고 말하면서 서로를 노려보았다.

그러더니 어떤 승부를 할 생각인지 위치를 잡듯 두 사람이 앞으로 나왔다.

설마 여기서 싸움이라도 할 생각일까.

"야, 레피르."

"……막지 마. 스이메이. 물러설 수 없는 싸움이야."

"지금 이럴 때가 아니잖아──."

레피르가 스이메이의 말을 끝까지 듣는 일은 없었다.

서로를 눈빛으로 견제하면서 원을 그리며 도는 두 사람. 걸음걸이에 완급을 붙여 상대방의 예측에 혼란을 주고 있다. 머지않아 기회를 포착한 레피르가 튕기듯 돌진하자 소녀도 그에 호응하듯 움직였다. 두 사람이 부딪칠 거라고 생각한 순간, 충돌 직전에 급정지했다——.

　"흥······."

　"쳇······."

　코끝이 닿을 듯한 거리에서 서로 노려본다.

　그리고 다시 떨어져 조금 전과 같은 움직임을 반복하고 또 달려드나 했더니 이번에는 옆으로 나란히 서서 시선을 부딪친다.

　——뭐하는 거야, 이 녀석들.

　그것은 두 사람을 바라보는 스이메이의 솔직한 심정이었다.

　레피르와 소녀. 마치 무슨 경쟁이라도 하듯 등을 쭉 펴고 서로를 노려본다. 승부라고는 하나 물리적인 충돌은 아니고 설마 키로 우열을 가리겠다는 걸까. 고개를 갸웃하는 주위 사람들과 마찬가지로 스이메이도 그렇게 추측했지만 그런 것은 아닌 듯하다. 두 사람은 얼굴을 맞대었다가 옆으로 나란히 섰다가 팔짱을 꼈다가 하면서 도통 이해할 수 없는 행동만 반복한다.

　(아아, 경쟁하고 있었네. 가슴으로.)

　그런 것이다. 갓 이차성징이 시작된 두 사람이기에 그야말로 도토리 키 재기 같은 상태지만, 그게 가장 알기 쉬워서일 것이다. 솔직히 비교하는 부분이 이상하긴 하다.

하지만 비교하는 타이밍 전후에 하는 행동은 무슨 의미인지 영문을 알 수 없다. 기합을 넣거나 힘을 주면 커지기라도 하는 걸까. 어쨌든 두 사람의 대결을 보고 있자니 소녀와 비교해서 현재 레피르 쪽이 살짝 작다.

당사자들끼리도 그렇게 결론이 났는지 소녀는 우쭐하지도 않고 당연하단 듯 말한다.

"어때. 내가 너보단 숙녀 같은데."

"쳇, 어린애한테 크기로 지다니……."

레피르가 분하다는 듯 그렇게 말하자 소녀는 이미 쓰러진 상대에게 킥을 날리듯.

"이제 그렇게 부르면 안 되지. 언니라고 불러. 알겠니?"

"시, 싫어! 나도 원래 모습으로 돌아가면!"

아직 지지 않았다고 소리치는 모습이 너무 구차하다. 원래 레피르의 가슴은 누구나가 인정할 만한 것이지만 지금 그 이야기를 꺼내는 것은 어른스럽지 못하다.

그러자 레피르의 말을 들은 소녀는 의아한 표정을 지으며, "원래 모습? ……아아" 하고 이내 이해했다는 듯 끄덕였다. 그리고.

"너."

"뭐, 뭐?"

"그런 공상은 그만두렴. 네 나이대의 아이들은 현실인지

몽상인지 모를 말을 자주 하는데, 계속 그러면—— 언젠가 후회한다?"

"히익——?!"

그건 그러니까 중2병을 말하는 걸까. 확실히 사정을 모르는 사람이 본다면 레피르의 행동을 그렇게 오해할 만도 하다.

소녀에게 비수 같은 말로 공격당한 레피르는 소녀에게서 등을 돌려 긴 의자가 놓인 곳을 향해 비틀거리며 걸어간다.

"레피르?"

"……스이메이. 잠시만 내버려 둘래?"

"나는 알아. 그러니까."

"위로하지 마. 더 비참해지니까."

웃는 얼굴로 굳어버리는 스이메이. 레피르는 긴 의자 위에 몸을 동그랗게 말고 앉아 무릎에 얼굴을 묻고 꼼짝도 하지 않는다. 지금 그곳에만 마족이 품은 기운보다 훨씬 거무튀튀한 기운이 고여 있다. 레피르의 오늘은 안타까운 사건의 연속이다.

그때 그 소녀가 스이메이에게 다가온다.

"근방에서는 못 보던 씨족 출신 같은데, 어디서 오셨죠?"

"아아, 나는 동방 출신. 레피르는 아는 사람의 딸이고."

"동방이라면 아스텔은 아니죠? 더 동방. 그렇죠?"

"그렇지."

캐묻는 듯한 시선과 질문은 아스텔에 있는 인종과 그 주변에 있는 인종을 떠올려서일 것이다. 스이메이가 그렇다고 하자 소녀는 눈을 감고, "역시, 그렇군요"라고 하더니, 이번에는 그 졸린 눈을 매처럼 날카롭게 뜨고 노려보았다.

"……무슨."

"소, 소위님?!"

스이메이의 소심한 반발과 담당자 청년의 곤혹스러운 외침.

동맹국 출신이 아니라고 하니 스파이쯤으로 생각하는 걸까. 그녀가 내뿜는 살기와 마력에 의해 순식간에 긴장감이 고조된다.

"여긴 무슨 일로 왔죠?"

"그런 것까지 대답해야 하나."

스이메이가 그렇게 말하자 소녀는 더욱 강력한 마력을 방출한다. 평범한 인간이 정면으로 상대한다면 혼절해도 이상하지 않을 레벨이다.

"소, 소위님! 지, 진정하세── 히익?!"

"나서지 마라."

그 말과 함께 흘긋 노려보며 살기와 마력을 그쪽으로 향한다. 그 위압에 눌려 책상에 부딪히는 담당자 청년. 그쪽은 제국의 아군이다. 함부로 적의를 흩뿌리는 건 어째서일까. 헌병들도 잔뜩 굳었다.

풀이 죽어 있던 레피르도 심상치 않은 분위기를 느끼고서 달려왔다.

"무슨 일이야, 갑자기."

"어린애가 나설 자리가 아니란다. 저쪽에서 얌전히 있으렴."

"얌전히라니…… 이렇게 험악한 상황에, 얌전히?"

"그래, 이건 제국에 위해를 가할 우려가 있는 자에 대한——."

"——호오?"

소녀의 말을 듣던 레피르가 차갑게 숨을 내뱉더니 조금 전에 무참히 패배한 사람이라고는 생각되지 않을 만큼 씩씩하고 엄한 투로 말한다.

"제국이 정한 올바른 절차에 따라 입시하려는 사람에게 살의를 보내는 건 어느 나라 법이지? 죄 없는 사람을 이런 취급하다니 제국군은 그렇게 파렴치한 교육을 하나?"

"뭐라고?"

"제국군은 다른 어떤 군대보다 청렴하다고 알려진 바. 제국 군무 요강 제12조 제3항은 어떻게 된 거냐고 묻고 있다. 지금 네 행위는 그 요강을 올바르게 따랐다고 할 수 있어?"

레피르의 말을 듣고 소녀의 얼굴이 일그러진다. 지금 말한 것은 제국 군대의 규율일까. 지적당한 소녀는 잠시 레피르와 날카로운 시선을 주고받은 뒤, 군율에 따르는 쪽을 택한다.

"……그래요. 여기선 내가 물러나도록 하죠. 하지만……."

그렇게 말한 뒤 소녀는 다시 스이메이를 향해 차가운 시선을 던졌다.

"——여기는 제국입니다. 수상한 행동은 삼가주시길."

소녀에게는 어울리지 않는 어투와 위압에 스이메이는 살짝 장난스럽게 말한다.

"한다고 하면?"

"죽일 겁니다."

소녀는 조금도 망설이지 않고 말했다. 매우 차갑게. 소녀에게는 그런 말이 익숙한 걸까. 혹시나 하고 도발해본 것인데 너무 살벌하다. 자신이 사는 세계라면 갓 중학교에 입학했을 나이다. 그런 소녀가 이리도 완벽한 위협을 한다는 사실에 스이메이는 복잡한 기분이 들었다.

물론 그것이 타인의 행복을 강요하는 일본인다운 오만인 것은 안다. 문화가 다르면 윤리 의식도 다르고 시대가 바뀌면 징용되는 연령도 다르다. 하물며 이곳은 이세계다. 이곳에서 차일드 솔저에게 연민의 감정을 느끼는 것은 본인의 의사를 무시한 독선이다. 물론 차일드 솔저의 존재를 긍정하는 것은 결코 아니다.

한순간 스이메이의 눈동자에 연민의 빛이 어렸지만 금세 추가 발언을 감행한다.

"오오, 무서운 아이네."

"아이라니요. 거기 진짜 아이는 그렇다 쳐도 분별 있는 성인이 그런 말을 하다니…… 소송감이군요. 제국 군사 재판소에 연행하겠어요."

스이메이를 향해 화가 난 얼굴로 휙 하고 검지를 내미는 소녀. 화가 나서 씩씩거리는 모습이 의외로 귀엽다. 한편 레피르는 "저게 또……" 하고 세모눈을 뜬다.

분위기가 다소 누그러진 것을 느낀 담당자 청년이 쭈뼛거리며 "자, 자" 하고 끼어들었다. 소녀 역시 농담이라고 받아들였는지 조금 전처럼 정색하지 않고 등을 돌렸다.

"……그럼."

소녀는 그렇게 말한 뒤 명부를 들고 도시 안으로 통하는 문으로 사라졌다.

"휴…… 이거 들어가기 전부터 조짐이 안 좋네."

긴박했던 시간이 끝나고 스이메이가 안도의 한숨을 내쉰다. 그러자 담당자 청년이 스이메이가 내쉰 한숨보다 더 큰 한숨을 내쉬며.

"당신도 그런 식으로 도발하는 행동은 그만두세요. 상대는 잔다이크 소위님이라고요."

"미안합니다."

스이메이가 주눅이 들어 뒤통수를 긁적이자 레피르가 생각났다는 듯 말한다.

"그래, 어디서 들어봤다 했더니, 저 사람이 리리아나 잔다이크였어?"

"아는 사람이야?"

"칠검 중 하나인 로그 잔다이크의 딸이고, 제국에서도 유명한 마법사야. 어린 나이지만 제국 십이 우걸에도 이름을 올린 실력자라고 들었어."

"우와. 미즈키가 좋아할 만한 이야기네."

45

칠검에 제국 십이 우걸. 미즈키가 좋아할 듯한 귀에 익숙
지 않은 단어가 튀어나왔지만, 그 어감으로 짐작건대 실력
자들에게 붙는 칭호일 것이다. 지구에도 마술사나 검사의
실력을 나타내는 비슷한 표현이 있는데 이 세계에도 그런
것은 존재하는 걸까.

레피르의 이야기가 정확한 듯 담당자 청년이 고개를 끄덕
인다.

"네, 맞아요. 그러니 조금 전처럼 튀는 행동은 하지 않는
게 좋아요."

주의를 들은 스이메이가 "조심하겠습니다"라고 말하는
것으로 이 이야기는 마무리됐다.

담당자 청년은 긴 의자가 있는 쪽으로 스이메이와 레피르
를 안내했다.

"그럼 저쪽에서 최종 확인을 도와드릴 테니, 잠시만 기다
리세요."

스이메이가 소녀가 남기고 간 마력의 잔재를 살피고, 레
피르가 의자에 앉아 다리를 흔들며 대기 시간의 무료함을
달래고 있을 때였다. 대기 중이던 사람들이 안으로 들어왔
다. 여행자인 듯한 그들은 건네받은 서류를 기입하면서 담
당자 청년에게 말을 걸었다.

"이봐, 들었어? 아스텔에서 용사가 소환되었다는 얘기."

"네, 레이지 님이라죠? 들었습니다."

레이지라는 익숙한 친구의 이름이 들리자 스이메이의 귀

가 쫑긋해진다. 스이메이의 사연을 아는 레피르도 스이메이를 바라보았다.

(스이메이. 분명…….)

(응. 내 친구 얘기 같아.)

길을 떠난 지 얼마 되지도 않았을 텐데 벌써 이렇게 화제가 되다니. 행객들의 대화를 장식할 정도라니 뭔가를 해낸 것 같다. 아무렇지 않은 얼굴로 뭐든 척척 해내는 건 여전하구나, 하고 속으로 칭찬하는데 두 남자는 담당자 청년과 대화를 이어나갔다.

"마법사 길드에서 모든 속성의 최고위자들에게 인정받고 붙여진 별명이 어트리뷰트 마스터(전속의 패자)라지."

"그래, 모든 속성의 마법을 다룰 수 있다니 굉장해. 어트리뷰트 마스터."

"멋진 별명이군요. 어트리뷰트 마스터. 저는 문관 출신이지만 동경하게 되네요."

세 번 연속으로 언급된 그 표현에 스이메이의 웃음보가 터진다.

"푸읍…… 크큭…… 제발, 그만…….."

"……?"

터져 나오는 웃음을 겨우 참는 스이메이를 레피르가 의아하게 쳐다보자, 그들은 이제 입이 제대로 풀렸는지 다소 흥분한 어조로 놀랄 만한 이야기를 했다.

"──최근에는 글쎄 크란트 시를 공격하려던 마족군을 아스텔 군대를 이끌고 섬멸했다더군."

"게다가 그때 마족 장군도 쓰러뜨렸대. 아마 그 장군 이름이 라쟈스였다지?"

그 말에 먼저 놀란 쪽은 레피르.

'응?!'

'나 참…… 이건 또 무슨 소리야.'

표정이 굳어진 쪽은 스이메이였다.

담당자 청년은 "그거 정말 굉장하네요. 아직 소환된 지 얼마 되지도 않았는데 벌써 그런 공적을……" 하고 감탄했다. 그리고 두 사람은 그것과는 또 다른 놀라움에 사로잡혀 얼굴을 마주 본다.

아무래도 모르는 사이에 이야기가 이상해진 것 같다.

마침 내리기 시작한 비로 질퍽해진 길 위를 말이 가로지른다. 땅에서 튄 진흙이 채 땅에 떨어지기도 전에 또 다른 말이 뒤를 잇는다. 뒤늦게 일어난 자잘한 물보라는 아직 흐린 날씨 때문인지 회색빛 결정처럼 희끄무레했다.

──스이메이와 레피르가 제도 필라스 필리아에 도착하기 며칠 전.

그레고리에게 스이메이의 위기를 들은 레이지는 말을 몰았다. 뒤따라온 미즈키와 티타니아 일행과 합류해 네페리아와 아스텔 사이의 국경을 넘었다. 지금은 크란트 시의 동쪽으로 펼쳐진 삼림지대를 코앞에 두고 있었다.

길조차 나지 않은 광대한 옥야도 끝이 보일 무렵. 그곳에 있던 모든 사람의 눈앞에 조엽수림이 펼쳐졌다.

레이지 옆에서 말을 타던 티타니아는 고삐를 꽉 잡고 레이지에게 말한다.

"도중에 말을 빌릴 수 있어서 다행이었어요. 안 그랬다면 레이지 님을 따라잡지 못했을 거예요."

안도의 표정으로 그녀가 들려준 것은 합류하기까지의 경위다.

친구인 야카기 스이메이의 위기를 듣고 도리를 알면서도 길을 떠난 레이지. 그런 그를 쫓는 형국이 된 티타니아 일행은 아스텔로 돌아가는 도중에 운 좋게 말을 빌렸고, 길가에서 잠시 쉬고 있던 레이지를 따라잡았다.

그런 그녀에게 레이지는 미안해하면서 말한다.

"응…… 그런데 티아는 괜찮아? 나 때문에 괜히 휘말리게 되었잖아……."

"괜찮고 말고가 어디 있어요. 레이지 님께서 가신다는데 어쩔 수 없죠. 이렇게 된 이상, 저는 따를 수밖에 없어요."

"미안해, 이번 일은……."

그렇다, 이번 일은 자신에게도 책임이 있다. 마족이 아스텔에 쳐들어온 것도 따지고 보면 자신에게도 원인이 있다. 거기에 휘말리게 한 이상 그 부채감은 떨쳐낼 수 없다.

하지만 티타니아는 그런 생각 따위는 해선 안 된다는 듯 웃는 얼굴로 고개를 저었다.

"아니에요. 이번 일은 레이지 님 잘못이 아니에요. 스이 메이를 위기에 빠뜨린 건 우리나라의 귀족이고 애초에 저희 가 레이지 님과 친구들을 이 세계에 불러들이지 않았다면 이번 사태는 일어나지도 않았을 거예요. 그리고 저 역시 아 스텔의 왕족으로서 레이지 님을 보좌할 책임이 있어요. 그 러니 레이지 님이 그런 걸로 힘들어하실 이유는 없어요."

"……응, 고마워."

"저는 신경 쓰지 마세요. 그것보다——."

티타니아가 말 위에서 뒤를 돌아보았다. 그녀의 걱정스러 운 눈빛이 향한 곳이 어딘지는 말할 필요도 없다. 그곳에는 자신의 이기적인 행동으로 위기에 빠진 또 한 명의 소녀가 있었다. 그렇다.

"미즈키……."

아직 혼자서는 말을 탈 수 없는 미즈키는 여성 기사인 루 카 뒤에 꼭 붙어 있었다. 아직 전투 경험도 부족하고 여전 히 두려워했지만, 마족 군대가 있는 곳으로 간다는데도 따 라왔다.

레이지도 그 마음만은 기뻤다. 하지만.

"미즈키. 무리하지 마요. 안 될 것 같으면 반드시 피해야 해요. 알았죠?"

"하지만……."

미즈키의 입에서 나온 말은 그래도 되는 걸까, 라는 솔직한 심정. 친구가 위험하다는 것을 알고 따라왔는데 아무것도 하지 않고 물러나도 되는 걸까, 라는 어쩌지 못할 양심의 가책이다.

두려움과 책임감 사이에서 갈등하는 미즈키에게 레이지도 티타니아와 마찬가지로 신경 써서는 안 된다고 말한다.

"미즈키는 무리하지 마. 미즈키한테까지 무슨 일이 생기면, 난……."

그렇다, 이 이상 무슨 일이 생긴다면 자신을 용서하지 못할 것 같다. 그러니 망설이지 말고 물러나주길 바랐다.

"레이지……."

"그러니까 우리가 무리라고 판단하면 미즈키는 루카 씨와 함께 안전한 곳으로 피해. 알았지?"

"……응, 알았어. 레이지도 무리하면 안 돼. 약속해."

"그래, 약속할게."

미즈키의 걱정하는 표정에 레이지는 그녀를 안심시키려 거짓말을 한다. 그렇다, 지금 한 말은 거짓말이다. 당연하다. 그 약속을 반드시 지킬 수 있느냐고 묻는다면 자신에게는 그럴 자신이 조금도 없었다.

레이지와 미즈키의 대화가 끝나고 티타니아가 묻는다.

"레이지 님. 이제 어떻게 하실 거예요?"

"우선 마족이 있을 것 같은 곳 근처까지 가보려고. 정찰할 여유는 없겠지만 우리는 아직 스이메이가 어디에 있는지도 모르니까. 먼저 마족의 규모를 파악한 다음에 몸을 숨길 곳을 찾아보는 게 좋겠어."

그렇다, 첫 번째 목적은 스이메이를 구하는 일이다. 무리해서 마족에게 덤빌 필요는 없다. 상황을 파악하고 신중히 수색하는 것이 지금 자신들의 목적에 맞는 행동이다.

스이메이가 동행한 상대(商隊)를 찾을 가능성은 극히 낮다. 하지만 그렇다 해도——.

"후후후, 정면 돌파는 안 하시는 거예요?"

"무슨?! 그게 무리인 건 나도 알아."

"저도 그렇게 생각해요…… 아무래도 냉정은 잃지 않으신 것 같네요. 괜한 걱정이었어요."

"떠본 거였어? 티아도 참……. ——그래서, 어떻게 생각해?"

"으음. 상황을 파악한 뒤에 움직이는 건 좋다고 생각해요."

그렇게 말한 티타니아에게 레이지는 그러지 않았을 때의 경우를 묻는다.

"……있잖아, 티아. 만약 내가 돌파한다고 했으면 어떻게 할 생각이었어?"

"그때는 또 함께하는 거죠."

"그건."

"——레이지 님, 떠나기 전에 말했었죠. 레이지 님을 따르는 건 제 임무라고요. 만에 하나 레이지 님이 잘못되는 때가 제 마지막 순간이기도 한 거예요."

앞을 향해 무엇을 보고 있는 걸까. 마치 눈앞의 고난을 확인하는 듯한 눈동자. 티타니아의 담담하지만 진지한 결의에 레이지는 할 말을 잃는다. 그렇다, 그녀의 목소리에는 강건함과 올곧은 마음이 깃들어 있었다. 그것이 각오라는 것이리라. 역시 티타니아는 누군가가 지시하는 대로 따라나선 소녀가 아니었다. 자신이 해야 할 일을 확실히 정하고 마지막 순간까지도 정해두고 그 모든 것을 각오하고 지금 그녀는 자신의 곁에 있는 것이다.

"왜 그러세요?"

"아니, 티아는 굉장해. 나 같은 건 비교도 안 될 만큼, 훨씬."

"……?"

느닷없는 그 말의 의미를 이해하지 못한 걸까. 티타니아는 말 위에서 의아하다는 듯 고개를 갸웃한다. 그녀는 일국의 공주로서 자신보다 훨씬 강한 각오를 품고 있다. 아니, 그녀의 결의 앞에서는 자신의 각오 따위 급하게 갖다 붙인 허식에 불과하다. 지금 그녀의 모습을 보고 있자니 열등감을 느끼고 만다.

하지만 지금은 그런 생각을 할 때가 아니다. 레이지는 마음을 다잡고 묻는다.

"티아, 지금 이 계획대로라면 어디로 방향을 잡는 게 좋을 것 같아?"

"우선은 북쪽으로 올라가요. 크란트 시의 동쪽으로 펼쳐진 삼림지대는 북동 측이 남동부보다 좀 높은 편이니 상황을 파악하는 데 좋을 것 같아요."

"그래, 가자."

★

말을 타고 북으로 우회한 레이지 일행은 나무숲에 둘러싸인 산간까지 이동했다.

올려다본 하늘에는 먹구름이 잔뜩 끼어 있다. 마치 앞으로 닥칠 불안과 불온을 예견하기라도 하듯 주변은 우중충했고 나무숲인데도 녹음의 기운은 느껴지지 않는다. 그곳에 존재하는 모든 것이 어두운 그늘과 잿빛 배경 위에 떠 있을 뿐이었다.

지금까지 서둘러왔던 것과는 반대로 신중히 말을 몰았다. 앞에서부터 전해져 오는 낌새를 눈치채고 더욱 속도를 늦추었다. 그때 전방에서 아스텔 병사로 보이는 소수 편성 부대가 길을 막아섰다.

그리고 그 부대장인 듯한 남자가 레이지 일행을 향해 외친다.

"멈춰라!"

충돌을 피하기 위해 고삐를 당겨 그들의 바로 앞에서 멈추었다. 나무숲에 히히이잉, 하고 말의 울음소리가 울려 퍼졌다. 남자가 그런 레이지 일행에게 험악한 표정으로 묻는다.

"너희는 누구냐! 대답해라!"

"우리는……."

레이지가 순순히 대답하려던 그때, 뒤에 있던 장년의 기사 그레고리가 앞으로 나와 길을 막아선 병사에게 호통을 치기 시작했다.

"이 자식들! 감히 누구의 앞을 가로막는 것이냐! 여기 계신 이분들은 티타니아 전하와 소환 용사이신 레이지 님이시다! 예를 갖춰라!"

"아니?!"

그레고리의 일갈에 병사들은 곧바로 기가 꺾였다. 쭈뼛대며 확인하는 여러 명의 시선. 이윽고 본 적이 있다는 것을 깨달은 걸까. 기억 속에 있는 영상과 눈앞에 있는 자가 머릿속에서 맞아떨어진 순간, 병사들은 조금 전의 무례를 만회하려는 듯 일제히 무릎을 꿇고 티타니아와 레이지에게 예를 갖추었다.

"죄, 죄송합니다! 부디 무례를 용서하십시오."

"괜찮아요. 초계 근무 중인 듯한데 당신들은 크란트 시의 주둔군인가요?"

"예. 하드리어스 공작 각하의 군대입니다."

티타니아의 질문에 몸 둘 바를 몰라 하며 대답하는 병사. 그의 말을 들은 순간 레이지 일행 사이에 미묘한 공기가 감돈다.

하지만 티타니아는 표정 관리에는 익숙한지 전혀 동요한

티를 내지 않는다.

"하드리어스 경이 계셨군요."

"이 앞에서 진을 갖추고 계십니다."

"안내하세요."

병사는 다시 한 번 "예" 하고 말한 뒤, 땀도 닦지 않고 다른 병사들과 함께 앞장섰다.

병사들의 군화가 나뭇잎을 바스락거리게 했다. 그 뒤를 티타니아가 따랐다. 그 뒤를 따르던 레이지에게 루카가 탄 말이 유유히 다가왔다. 그러자 루카 뒤에 타고 있던 미즈키가 레이지에게 몸을 기울여 작게 소곤거린다.

"레이지, 하드리어스 경이라면."

"응, 스이메이를 미끼로 만든 귀족이야. 이런 데 있을 줄은 몰랐어."

"지, 지금 그 사람이 있는 곳으로 가는 거네……."

"……그래."

어딘가에 있을 원수. 그 원수를 바라보듯 가느스름하게 눈을 뜨자, 미즈키의 몸이 긴장으로 굳는 것이 보였다. 친구를 함정에 빠뜨린 사람을 만나러 간다. 당연히 불안한 것이다.

레이지는 그렇게 생각했지만 정작 미즈키는 염려하는 표정으로 강하게 말한다.

"……레이지, 서두르면 안 돼. 아무리 티아가 있다고 해도 귀족에게 손을 댔다간 무슨 일이 벌어질지 몰라."

"아…… 응, 알고 있어. 걱정해줘서 고마워, 미즈키."

미즈키는 무엇보다 자신이 참지 못하고 덤비는 상황을 걱정한 걸까. 하지만 그럴 일은 없다. 그래서는 안 된다. 자신은 그렇다 쳐도 그런 행동을 하면 그 사실을 알려준 그레고리가 위험해진다. 자신이 위험해질 것을 알면서도 진실을 알려준 그레고리를 생각한다면 그것만은 참아야 한다.

……이윽고 떡갈나무 숲 사이로 펼쳐진 장소에 기사와 병사와 마법사로 구성된 무리가 보였다. 울퉁불퉁한 지형과 조금 전에 내린 비 때문에 진창이 된 탓에 마땅히 발 디딜 곳도 없었지만, 아랑곳하지 않고 의연히 대열을 갖추고 있다. 얼마나 숙련이 된 걸까.

긴장감이 감도는 그 중심에는 지휘자로 보이는 칠흑색 갑옷을 입은 장년의 남자가 있었다.

나이는 사십대 전후, 아니면 그레고리와 같거나 조금 아래일까. 깔끔하게 수염을 길렀으며, 이마부터 왼쪽 뺨까지 이어진 큰 상처가 있다.

2미터에 가까운 장신에 다부진 체격. 존재 자체만으로 사람을 긴장하게 할 만큼 위압적이다.

사람들로 하여금 이 무리의 장이 누구인지 대번에 알아맞히게 하는 사람이다.

레이지 일행을 이끌었던 부대원이 도착을 알리기 위해 무리 쪽으로 다가갔다. 그리고 지휘자인 듯한 그 남자와 두세 마디 정도 대화를 주고받았다. 그러나 남자는 주위에 밀집해 있는 기사와 병사들에게 길을 열라는 듯한 손짓을 했다. 남자의 지시에 곧바로 길이 열렸다.

그 사이를 지나 레이지 일행에게 다가오는 남자. 남자는 지체 없이 티타니아 앞으로 와 여전히 무위를 발산하며 무릎을 꿇고 신하의 예를 갖추었다.

티타니아가 "하드리어스 경, 일어나세요"라고 하자, 남자── 하드리어스 경은 몸을 일으켰다.

"전하, 오랜만에 뵙습니다. 몇 달 전 밤 연회 때 뵌 것이 마지막이었지요."

"오랜만입니다. 하드리어스 경. 여전히 살벌하시군요."

"이 정도는 전하께 산들바람에 지나지 않겠지요. 외람되오나 이 루카스 드 하드리어스, 비가 온 뒤 불쾌해하실 전하께 시원한 바람을……."

"무슨 말씀을. 쓸데없는 걱정이군요."

티타니아와 하드리어스의 대화를 듣고 있던 일동은 입을 딱 다물었다.

시원시원하지만 혐오하는 말투. 티타니아의 인사도 그 직후의 거침없는 표현도 우호적인 것과는 거리가 멀었다. 어쩌면 말 위에서 멸시의 시선을 보내고 있을지도 모른다.

냉랭한 말에 주위에는 다른 성질의 긴장이 감돈다. 하지만 하드리어스는 아랑곳하지 않고 그렇다고 농담으로 받아들인 것도 아닌 듯 웃음기 없는 표정으로 말했다.

"전하께서도 여전하시군요. ──함께 계신 분은 소환 용사 레이지 샤나 님이지요?"

"예."

레이지가 대답하자 하드리어스는 그쪽을 바라보았다. 오만한 눈동자만이 가진 타인을 위압하는 듯한 시선이었다.

티타니아의 살벌하다는 표현은 이런 걸 두고 한 말일까. 레이지는 그렇게 생각하면서 역시 지지 않겠다는 듯 똑바로 마주 본다.

(이 남자가…….)

──이 남자가 스이메이와 상대를 위험에 빠뜨린 남자다. 마치 자신의 행동에 한 치의 의심도 품지 않는 듯 오만함을 감추지 않는 남자. 극악무도한 짓을 저지른 남자에게 분노가 치밀었지만 가까스로 분노를 억누른다.

……이윽고 하드리어스는 눈을 감고 입을 열었다.

"인사가 늦었군요, 용사님. 폐하의 명을 받고 서쪽 영토를 관할하는 루카스 드 하드리어스라 합니다. 마족이 국내에 침입했다는 소식을 듣고 군대를 이끌고 가던 중입니다."

그렇게 자신의 이름과 현재의 목적을 오만하게 알린 하드리어스는 계속해서.

"티타니아 전하, 소환 용사님. 오늘은 어쩐 일로 이런 곳에 오셨지요?"

하드리어스의 물음에 레이지는 미리 준비해뒀던 이유를 댄다.

"……마족의 움직임이 활발해져서 아스텔이 염려되어 네

페리아 제국에서 서둘러 돌아왔습니다."

"그렇습니까. 따로 하달받은 어명도 있으신데, 죄송하게 되었군요."

"아뇨, 이 또한 용사인 제가 할 일입니다."

레이지가 사무적인 말투로 대답하자 곧바로 티타니아가 하드리어스에게 묻는다.

"하드리어스 경, 마족은 이 앞에 있나요?"

"아마도 그런 듯합니다."

"그럼 조금 전에는 작전을 짜고 있었다는 건가요?"

"네, 척후병이 돌아오는 대로 움직일 생각입니다."

척후. 소위 정찰병을 뜻한다. 마침 그들은 자신들이 하려고 한 일을 하고 있었다. 전개된 군대의 규모를 파악하고 이제부터 공격하려 했던 모양이다.

하지만 그 말을 들은 레이지는 이상함을 느끼고 티타니아와 하드리어스의 대화에 끼어든다.

"마족을 공격…… 그런 것치고는 인원이 적은 듯한데요?"

그렇다, 지금 이곳에 있는 것은 이상할 만큼 적은 인원이었다. 어림짐작으로 백에서 이 백. 천이 넘는 군세를 공격하기에는 터무니없는 인원이라는 생각을 떨칠 수 없다.

"용사님. 제 군대의 규모는 이것이 다가 아닙니다. 여러 곳에서 동시 공격을 하기 위해 남북에도 병사를 배치했고 이 주변에도 아직 많은 병사들이 잠복해 있습니다. 안심하십시오."

"그렇군요. 괜한 걱정이었네요."

"원래는 메테르 쪽의 병사와 미리 의논한 뒤 진격하는 것이 마땅하지만 전투 준비와 악천후, 크란트 시와 메테르가 분단된 상황에서는 그것도 여의치 않지요. 해서, 이런 형국이 되었습니다. 그 부분은 널리 이해해주시길."

하드리어스의 대답에 레이지는 앞으로 자신들이 할 행동을 알린다.

"척후병이 돌아오면 우리도 움직일까 합니다."

"혈기가 왕성하시군요. 이번에는 돌아가는 상황을 지켜보기만 하셔도 됩니다만."

하드리어스가 그렇게 말한다. 그런데 지금 표정은 비웃는 것일까. 미묘하게 올라간 입꼬리가 레이지의 두 눈에 들어왔다.

"사양하겠습니다. 대신 경이 지켜보시죠. 나는 용사입니다. 해야 할 일을 할 뿐입니다."

"후, 그러지요. 이 루카스, **용사님의 목적이 무엇인지 도무지 짐작할 길 없으나**, 혹시 마족군을 뚫고 가신다면 도중까지 동행하지요."

처음으로 딱딱한 표정을 지우고 대담하게 웃는 하드리어스. 그의 말에 레이지의 몸이 긴장으로 굳어진다. 자신들이 이곳에 온 이유를 이 남자는 이미 알고 있는 걸까.

문득 그레고리 쪽으로 돌아보고 싶은 충동에 휩싸이지만 참고 하드리어스를 계속 응시한다.

그러자 그는 "척후가 돌아올 때까지 잠깐 쉬시지요"라고
한 뒤, 병사들이 있는 곳으로 돌아갔다.

　이대로 내버려 두는 걸까. 왕녀와 용사를 대하는 태도가
무례하기 그지없다.

　그때 티타니아가 눈을 가느스름하게 뜨고 말한다.

　"여전한 사람이네요."

　레이지도 그녀와 마찬가지로 하드리어스의 뒷모습을 계
속 바라보면서 아니, 노려보면서 말한다.

　"티아가 그런 식으로 말하는 건 처음이네. 역시 저 남자가
싫은 거야?"

　"보신 대로예요. 아첨하지 않는 건 마음에 들지만, 늘 사
람을 내려다보는 듯한 태도가 싫어요."

　그녀의 평가에는 뜻밖인 데가 있었다.

　"……티아는 꽤 지기 싫어하는 성격?"

　"에?! 그건…… 그것보다 레이지 님은 하드리어스 경을
보고 어떤 느낌을 받으셨어요?"

　"솔직히 의외였어. 저런 남자였구나."

　레이지는 솔직한 감상을 말한다. 루카스 드 하드리어스.
비열한 방법으로 타인을 함정에 빠뜨린 사람인 만큼 훨씬
악랄하고 젠체하는 귀족── 비곗살이 오른 너구리같은 이
미지를 떠올렸는데 그런 예상은 빗나갔다.

　물론 상상했던 것보다 최악이라는 의미로 말이다.

　"참아주기 힘들 만큼 비열한 자라고 생각했는데, 실제로

는 그 이상으로 질 나쁜 남자라고요?"

"그 정도까지는 아닌데, ……티아는 정말 저자가 싫구나."

"레이지 님도 그런 것 같은데요? 레이지 님이 『저자』라는 표현을 쓴 건 오늘이 처음이라구요."

"응……."

티타니아의 지적에 레이지는 그러고 보니 하고 생각한다. 그러고 보니 자연스럽게 그런 말을 썼다. 언동에는 조심할 생각이었는데 역시 혐오는 감출 수 없는 걸까.

그때 미즈키가 곤혹스러운 표정으로 티타니아에게 묻는다.

"……저, 저 사람도 싸워? 저 사람, 귀족이잖아?"

"하드리어스 공작가는 아스텔에서도 유명한 무인 가문이에요. 그래서 하드리어스 경도 무예 실력이 뛰어나죠."

역시 그런 거였을까. 심상치 않은 위압감에 최전선까지 나서는 기백, 그리고 체격까지. 무인이라고 해도 의심할 여지가 없다.

한편 미즈키는 날카로운 표정으로 다소 엉뚱한 말을 한다.

"어, 얼굴에 커다란 상처가 있었잖아!"

"네, 그 상처도 꽤 오래전에 전투에서 다친 거래요. 저도 직접 본 적은 없지만 어쨌든 상당한 실력자라고 들었어요."

티타니아는 그렇게 말할 뒤 능숙한 솜씨로 말을 돌려 모두를 향한다. 그리고 주변의 귀를 의식하면서.

"방금 봐서 알겠지만 하드리어스 경은 방심할 수 없는 인물이에요. 레이지 님, 미즈키, 저 남자를 절대 믿지 마세요.

그리고 루카, 로프리, 두 분을 잘 보필하세요."

티타니아가 명령하자 두 기사는 "예" 하고 즉각적으로 대답한다.

"그리고 그레고리. 당신은 이대로 나를 따르세요."

"하지만 공주 전하……."

"걱정할 거 없어요. 하드리어스 경이 당신을 어떻게 하려고 한다 해도 내가 있어요. 그러니 안심하세요."

"……공주 전하…… 감사합니다."

티타니아의 믿음직한 말을 듣고 그레고리가 머리 숙여 절한다. 한편 어째서인지 뒤에 있던 로프리가 감정이 격해져 눈물을 글썽이고, 루카는 티타니아를 향해 존경의 눈빛을 보냈다.

"오늘의 티아는 뭔가 멋있네."

"그러게."

"그렇다고 좋아하게 되면 곤란해!"

"에? 응?"

그 말에 레이지가 당황하자 미즈키는 얼굴을 휙 돌렸다. 그런 미즈키의 앞에 탄 루카는 레이지와 마찬가지로 의아한 표정을 지었다.

그때 숲에서 병사로 보이는 남자가 몇 사람을 데리고 달려왔다. 척후병일 것이다. 줄을 맞춰 하드리어스가 있는 곳으로 향하는 그들을 보며 레이지 일행도 무리의 중심으로 향했다.

그곳에 도착하자 무릎을 꿇은 병사에게 하드리어스가 물었다.

"마족군의 상황은 어떻지?"

"네! 말씀드리겠습니다! 마족의 군세는——."

땀도 닦지 않고 헐떡거리면서 보고를 시작하는 병사. 상황을 듣기 직전의 그 순간, 하드리어스 이외의 모든 이들이 숨을 삼켰다. 어느 정도로 전개해 있는지 어떤 마족인지 제각각 그 상황을 머릿속에 그린다.

그리고 그 직후, 병사가 알린 것은.

"저, 전멸해 있었습니다……."

그런 경악할 사실이었다.

"——?"

"전멸이라고?!"

"……무슨 말이냐, 분명 천을 넘는 군세라고 했는데? 그런데 맞붙기도 전에 전멸했다?"

레이지의 목소리에 이어 하드리어스의 경악한 목소리가 울려 퍼진다.

레이지가 옆을 보자 역시 경악한 표정이. 천하의 하드리어스도 이런 보고를 듣게 될 줄은 상상도 못 한 걸까. 주위에서도 웅성거리는 소리가 들리기 시작한다.

그때, 티타니아가.

"틀림없는 건가요?"

"에, 아……?"

병사는 그녀의 존재를 지금 깨달은 걸까. 잠시 당황하더니 하드리어스의 목소리에 재촉당해 초조하게 대답한다.

"트, 틀림없습니다. 평원이었던 곳에는 마족과 마물의 시체만 있었습니다."

"그럴 수가……."

티타니아의 목소리를 끝으로 무거운 침묵이 그곳을 감싼다. 나쁜 소식은 아니지만 의문이 더 큰 상황. 다들 무슨 말을 해야 할지 모른 채 곤혹스러워하고 있다.

그때 하드리어스가 짐작 가는 데라도 있는지 티타니아 쪽으로 고개를 돌린다.

"전하, 혹시."

"……아뇨, 우리는 네페리아 제국에서 오는 길입니다. 마족이 나타났다는 곳과는 반대 방향이고, 또 설사 그랬다면 이런 연극을 할 필요가 어디 있겠어요?"

"……어리석은 질문을 했군요."

조금 전의 애매한 질문을 스스로 부정하는 하드리어스.

하드리어스는 자신들이 마족군을 전멸시켰다고 생각한 것이다. 하드리어스 역시 이 세계의 인간. 즉, 용사에게서 희망을 찾는 사람이다. 용사가 있으니 그렇게 생각하는 것도 무리는 아니다.

자신은 결코 상상하지 못할 이야기지만.

곰곰이 생각에 잠긴 하드리어스를 티타니아가 재촉한다.

"하드리어스 경, 일단은 그곳으로."

"……네, 가보죠."

★

——그곳에 도착하기 전에 터무니없는 것들이 있을 거란 것은 레이지도 예감했다. 그곳에 가까워질수록 역겨운 냄새가 코를 찌르고, 알 수 없는 무언가로 공기가 후텁지근해졌다. 레이지는 소름이 끼쳤다.

다른 이들은 느끼지 못하는 걸까. 아니면 알면서도 겉으로 드러내지 않는 걸까. 불안이 극에 달한 병사들을 제외하고는 다들 냉정한 척하고 있었다. 하드리어스는 태연하기만 하고 티타니아의 눈빛은 삼엄했다.

문득 말 아래로 시선을 떨구었다. 떨어진 잎에서 흘러나온 물방울이 빛 때문인지 때때로 붉게 점멸하듯 보여 눈을 문질렀다.

이윽고 나무가 사라지고 평원이 펼쳐졌다.

"……이건."

하드리어스의 목소리와 숨을 삼키는 소리. 척후병의 말대로 마족들이 있었다는 현장에 도착한 레이지 일행 앞에 그야말로 눈을 의심케 하는 광경이 펼쳐졌다.

"뭐야, 이게…….."

레이지 역시 그 광경을 필설로 다 표현할 수 없다는 듯 공포 섞인 한숨만 토할 뿐이었다.

척후병을 따라 멀리 산맥이 보이는 광대한 평원에 들어섰다. 거대한 땅의 균열과 고온에 녹은 땅이 다시 얼어 굳어진 것, 거대한 빙산, 무엇인지조차 알 수 없는 거무튀튀한 늪지대와 무수히 흩어진 마족과 마물의 잔해가 그곳에 있었다.

──대체 이곳에서 무슨 일이 있었던 걸까. 밝은 빛이 비치는 고층운 아래, 보통 때라면 결코 볼 수 없는 심상치 않은 광경과 사체들. 자연재해 때문이라고는 도무지 생각할 수 없는 참상이었다.

참혹이라는 표현이 적합할 것이다. 귀를 기울이면 마족이 내질렀을 단말마의 여운이 들려올 것만 같은 처참한 광경이었다. 아무리 적이라고 해도 이런 꼴을 당한 그들에게 동정심마저 일었다.

지옥도와 비교해도 손색없을 듯한 그곳은 지옥이 벌어진 뒤였다.

척후병과 기사들을 선두로 하드리어스 경을 뒤따르던 레이지는 누구에게랄 것도 없이 물었다.

"이거, 길인 거지……?"

눈앞에 이어진 길이 일직선으로 갈라져 있었다. 그곳만은 피의 흔적도, 살점도, 깎여 나가거나 파괴당한 흔적도 없이 깨끗하다. 마치 무언가가 이 외길을 가로질러 가기라도 한 것처럼 오로지 일직선으로 쭉 갈라져 있다. 길은 산기슭의 삼림까지 뻗어 있으며 그 옆에는 사체가 나뒹굴고 있다.

그때 뒤에서 따라오던 미즈키가 불쑥 누구에게랄 것도 없이 중얼거린다.

"마법의 흔적……."

"미즈키?"

"틀림없어. 이건 전부 마법의 흔적이야."

단언하는 것은 확신이 있어서일까. 겁에 질린 표정으로 주위에 부자연스럽게 존재하는 얼음과 타다 남은 물질들을 바라보는 미즈키. 그것을 가리키며 마법의 결과라고 말한다.

그런 미즈키의 단정적인 말에 티타니아가 감탄했다.

"미즈키, 눈치챘군요……."

"응, 아주 희미하긴 하지만 마력의 잔재도 있고, 저기 얼음이나 타다 남은 것에까지 술식의 흔적이 있어."

"……정말이네."

똑바로 쳐다보면서 신경을 곤두세우자 레이지에게도 그 『흔적』이 느껴졌다. 조금 전까지는 몰랐지만 그것들이 내포한 것이 술식임을 깨닫자 자욱했던 안개가 순식간에 걷힌 것처럼 생각이 명료해졌다.

하지만 타다 남은 불이나 얼음에까지 일일이 술식이 부여되어 있다니 상당한 일이다. 마술의 근간인 술식이 필요한 것은 마족을 쓰러뜨릴 때의 한순간뿐이다. 그런데도 이렇게 꼼꼼히 게다가——.

"미즈키, 이건."

"응. 사용된 술식이 너무 고차적이라서 전혀 뭔지 모르겠

69

어……. 어쩌면 우리가 다루는 마술이 아닐지도 몰라."

"그것도 그렇지만 그런 고도의 술식을 이만큼이나 쓸 수 있다니."

——보통이 아니다. 혹시 엄청난 대군이 마족을 섬멸한 걸까. 레이지의 머릿속에서 그런 말도 안 되는 추측이 떠올랐다가 곧바로 사라졌다. 이 정경을 눈으로 보고 있는 한, 대군끼리의 격돌은 결코 생각할 수 없다. 그 정도의 충돌이 있었다면 당연히 다른 한쪽 세력의 시체도 있어야 한다. 하지만 없다. 눈에 보이는 평원에는 저 너머까지 마족의 사체만 널려 있다. 애초에 대군을 모으고 그 대군의 대부분을 고위 마법사로 구성하는 일도 불가능하다. 이것은 압도적인 무언가가 휩쓸고 간 흔적이라고밖에 생각할 수 없다.

주변의 공기에 민감한 말은 끊임없이 울어댔다. 흥분한 말들을 달래면서 아직 채 마르지 않은 좁은 길을 나아가는데, 이번에는 티타니아가 깜짝 놀라며 말했다.

"이건……?!"

티타니아의 목소리에 이어 하드리어스의 목소리가 들렸다.

"베이머스까지……."

신음하듯 울려 퍼진 목소리에 레이지 일행도 시선을 돌렸다. 그곳에 있는 것은 거대한 마물의 유해였다.

"크, 크다……."

경악인지 공포인지 모를 미즈키의 목소리가 들려왔다.

전체 길이는 약 2백 미터 이상. 마치 검은색 지프차를 연상시키는 그것은 두껍고 주름진 피부를 가지고 있었다. 팔다리와 짧은 몸집에 어울리지 않을 만큼 거대했다.

붉게 충혈된 눈을 뜨고 있어 공포감을 자아냈다. 힘에 대한 공포보다 기분 나쁜 느낌이 등골을 서늘하게 했다.

다만 지금은 이 마물도 미즈키가 말한 어떤 마법에 의해 몸의 절반이 비스듬히 땅 아래로 묻혀 있었다.

"트, 특2급 마물이에요. 이런 마물까지 쓰러뜨리다니······."

마물을 구분하는 명칭을 설명하는 것도 잊어버리고 경악하는 티타니아. 어이없는 한숨을 토했다.

다른 마족이나 마물을 봤을 때보다 더 놀라는 것으로 보아 이 베이머스라는 괴물은 상당한 마물인 것 같다. 주위의 병사와 그레고리, 하드리어스마저 심각한 표정이다.

그렇게 모두가 경악해 있을 때 상황 파악을 떠났던 병사가 돌아왔다.

비틀거리는 모습은 지쳐서가 아니라 이 참혹한 광경에 질렸기 때문이리라.

"보, ······보고합니다. ······역시 마족은 전멸했습니다. 그 수는 대략."

무릎 꿇은 병사의 다음 말을 일동은 마른침을 삼키면서 기다렸다.

일부러 기다리게 한다기보다 이제부터 이야기해야 하는 내용에 자신도 당혹스러워하는 듯하다. 그때 하드리어스는 여전히 딱딱하게 굳은 표정으로 재촉했다.

"어느 정도지."

"네! 대략 1만은 넘을 것으로……."

순간 모두의 시간이 멈추었다. 1만이라는 귀를 의심케 하는 엄청난 숫자에 그 자리에 있던 전원이 숨을 삼켰다.

그리고 이성을 되찾을 무렵 하드리어스가 경악한 목소리로 말했다.

"1, 1만이라고……?"

"하, 하지만 1만이 넘는 마족이 있었다고 해도 사체의 수와 맞지 않는데요?"

"송구하오나 마족이나 마물이 움직인 흔적과 공격이 미친 범위로 볼 때, 그 숫자가 타당한 것으로 생각됩니다."

척후병의 말을 듣고 다시 하드리어스가 험한 표정으로 말한다.

"천 전후가 아니라니……."

경악에 더해 어쩐지 황망한 감정이 뒤섞인 목소리. 만약 그 숫자와 싸웠다면 하고 상상해본 것이다. 아무리 최악의 상황을 예상한다 한들 그 숫자는 예상 밖이었다.

티타니아가 그런 하드리어스를 쳐다보자 그는 표정을 바로 했다.

"마족의 규모를 잘못짚다니. 녀석들이 만약 메테르나 크란트 시를 공격했다고 생각하면 오싹하군요──."

"대체 누가 어느 틈에 이런 일을 한 걸까요. 하드리어스 경은 짐작 가는 데라도 있나요?"

"……누구인지는 모르겠으나 일주일 전쯤 엄청난 천둥이 친 날이 있었지요. 마족이 전멸한 날은 아마 그때일 겁니다."

"천둥이 치던 날……."

티타니아가 중얼거리는 소리에 이어 하드리어스는 미심쩍다는 말투로 "구세교회의 주교는 여신이 노한 거라고 하더군요"라고 덧붙였다. 이 세계에서도 하늘의 뜻을 구현한 것이 천둥이라고 생각하는 걸까.

하지만 정말 아르주나 여신이 섬멸한 걸까. 아니다. 그런 행운이 실제로 일어날 리 없다. 그런 일이 가능하다면 우선 용사도 필요 없다.

의문은 깊어만 갔다. 언제인지는 짐작이 가지만 결국 무슨 일이 있었는지는 알 수 없다.

그때 문득 미즈키가 걱정스러운 표정으로 중얼거렸다.

"스이메이, 괜찮은 걸까."

"어쩌고 있을까……."

불안한 듯 고개를 떨구는 미즈키를 보자 레이지도 동요했다.

스이메이는 대체 어떻게 되었을까. 그들이 마족과 만나기 전에 마족이 무너진 것이면 좋을 텐데——.

"마족이다! 아직 살아남은 것이 있다!"

"——?!"

뒤쪽에서 들려온 목소리에 일동이 뒤돌아본다. 주변을 수색하던 병사가 마족의 존재를 비명을 지르듯 알려왔다. 사체 속에 섞여 있었던 걸까. 아니면 근방에서 날아온 걸까. 잔당인 듯한 마족 몇몇이 맹렬한 기세로 거리를 좁혀왔다.

가장 먼저 소리친 사람은 하드리어스였다.

"——이쪽으로 온다! 전원 전투태세를 갖춰라!"

말 위에서 검을 뽑아 들면서 주위의 병사들을 향해 호령한다. 그의 목소리를 듣자마자 신속히 행동으로 옮기는 병사들. 창을 든 병사가 앞장서서 진형을 갖추고 마법사들이 그 뒤에서 줄지어 스펠 영창을 시작한다.

하드리어스의 명령에 이어서 레이지는 즉시 루카 쪽을 바라보았다.

"루카 씨, 미즈키를 부탁해요!"

"알겠습니다."

"레, 레이지?!"

"나도 싸울 거야. 미즈키는 루카 씨와 여기서 기다려—— 티아!"

"네! 레이지 님!"

"티아는 내 뒤에서 마법을 준비해줘! 말을 타고 옆을 노리자!"

황급히 외친 뒤 레이지도 검을 뽑는다.

보이는 것은 마족과 공격 준비를 마친 병사들. 그 옆을 노리며 레이지도 말을 몰았다. 그 뒤를 따르는 티타니아와 로프리, 그레고리. 그러는 사이에도 하드리어스가 병사들을 지휘했다.

레이지 일행의 말이 따라붙었을 때 병사들은 이미 마족을 둘러싸고 있었다. 창을 든 병사가 달려들려는 마족을 견제하고 마족이 망설이는 틈에 마법사가 마법을 퍼부었다. 통제하에 이론대로 전투를 끌고 가는 훌륭한 용병술이다. 병사의 숙련도도 높고 이대로만 간다면 아무런 타격도 입지 않고 마족을 봉쇄할 수 있을 것이다.

(아니…….)

그렇게 보였지만 마족 역시 필사적이었다. 주축 군대가 전멸하고 그들은 이미 사병(死兵)이었다.

사병. 전장에서 그 존재를 확인할 수 있다. 패배가 결정났는데도 이곳이 죽을 곳이라고 정하고 오직 적에게 보복하려는 일념으로 달려든다. 결국 기다리는 것은 죽음뿐이기에 죽는 것을 두려워하지 않는 자들. 죽음을 각오한 병사들은 강하고 상대하기 어렵다.

웬만하면 사병에는 맞서지 마라, 라는 말까지 있을 정도로 전장에서 그들은 위험한 존재다.

이윽고 목숨을 아까워하지 않는 그들의 투지가 진형에 빈틈을 만들고 병사들의 울타리를 무너뜨렸다.

저승길 동무를 한 명이라도 더 만들고 싶은 것인지 마구 날뛰는 마족. 혼전 양상이 펼쳐지고 병사들이 동요했다.

"후퇴하라!"

그 모습을 본 하드리어스가 거대한 흑마를 타고 달렸다. 병사들을 지휘하면서 정면에 있는 마족을 단칼에 두 동강 냈지만 몇몇 마족이 옆을 뚫고 지나갔다.

루카와 미즈키가 있는 곳을 향해서.

"젠장!"

반대쪽을 뚫렸다. 그렇게 생각했을 때는 이미 늦었다. 마족들은 순식간에 미즈키를 향해 날아들었다. 미즈키까지 포함해도 2 대 3. 미즈키를 지키면서 싸우기에는 루카에게 너무 불리한 숫자다.

"그레고리!"

티타니아의 외침을 듣자마자 그레고리가 말을 회전한다. 하지만——.

"크윽! 미즈키 님, 꼭 붙잡으세요."

"으, 응!"

루카가 말을 조종해 달아나려 했다. 하지만 진창이 된 땅이 말의 다리를 붙잡았다. 진창 정도는 작은 방해물이지만 이곳에서는 치명타였다. 말은 제대로 움직이지 못했다.

"젠장—— 스테인 스칼렛!"

레이지는 욕을 퍼부으며 불꽃 마술을 행사했다. 티타니아도 합세하지만 죽기를 각오한 마족에게는 당해낼 수 없다.

(위험해! 이대로라면…….)

마족이 미즈키에게 가까워졌다. 미즈키도 마족을 향해

마법을 썼지만 마족은 전신에 불을 휘감고 달려들었다. 도우러 가기에는 너무 멀다. 불길한 예감에 등줄기가 서늘해졌다.

그때였다. 시야 끝에서 흰 불꽃 줄기가 소용돌이치며 날아왔다. 새하얀 불꽃. 그것이 미즈키와 루카를 공격하려는 마족들을 순식간에 감쌌다.

흰 불꽃이 공중으로 치솟더니 순식간에 마족을 재로 만들었다.

"응······?"

"설마 이 마법은?!"

레이지와 티타니아의 목소리는 놀라움과 깨달음의 목소리.

그 불꽃이 무엇인지, 무엇에 의한 것인지 깨달은 순간, 멀리서 말발굽 소리가 들려왔다. 누군가가 말을 타고 다가왔다. 그리고 그 속도는 심상치 않다. 말에게 마법이라도 건걸까. 마치 유성처럼 빠른 속도였다.

이윽고 또렷이 보일 정도로 가까워진 인물을 확인한 티타니아가 환성을 질렀다.

"──백염님!"

그렇다, 말을 타고 달려온 사람은 레이지 일행을 이 세계로 불러들인 젊은 궁정 마도사, 페르메니아 스팅레이였다.

레이지가 페르메니아를 향해서 외친다.

"선생님?! 여긴 어떻게 오셨어요?!"

"용사님! 이야기는 나중에 해요! 우선 남은 마족들을!"

"아, 네!"

페르메니아의 말에 레이지는 말을 돌려 아직 남아 있는 마족을 공격한다.

스쳐 지나면서 한 놈을 검으로 두 동강 내자 또다시 하드리어스의 목소리가 울려 퍼졌다.

"마법사들은 2차 공격을 준비하라!"

우렁찬 지휘였다. 이윽고 병사들은 능수능란한 솜씨로 마족을 포위하고 마족은 마법을 대기하고 있던 마법사들에게 섬멸당했다.

마법이 한꺼번에 작렬한 탓에 흙먼지와 연기가 솟구쳐 시야를 가렸다. 더 이상 주변에 마족은 없었다. 가려진 시야 너머에도. 생물의 기운은 전혀 느껴지지 않았다.

이윽고 말에서 내린 페르메니아가 말을 끌고 다가왔다.

"공주 전하, 그리고 레이지 님, 미즈키 님. 오랜만에 인사드립니다."

눈을 감고 끄덕이는 티타니아. 응답하는 레이지와 미즈키.

"오랜만이에요. 선생님."

"페르메니아 씨. 고마워요. 덕분에 살았어요."

페르메니아는 "별말씀을, 마침 지나던 길이어서 다행이에요"라고 말하며 미즈키의 손을 부드럽게 잡았다. 그러자 미즈키는 미소를 지으면서 다시 한 번 고마움을 전했다.

그 뒤, 페르메니아는 하드리어스를 향해 한두 마디를 건낸 뒤 머리를 숙였다. 그와는 안면이 있는 정도일까. 친근함도, 티타니아와 같은 혐오도 없는 사무적인 인사였다.

티타니아가 페르메니아에게 다시 한 번 고마움을 전했다.

"백염님. 고맙습니다. 그런데 여긴 어쩐 일인가요?"

"흠, 분명 폐하께서는 귀공을 궁정 마도사 직위에서 해임하셨다지요?"

대화에 끼어든 하드리어스에게 페르메니아가 차분한 태도로 대답한다.

"네. 현재, 궁정 마도사라는 직무 대신 국왕 폐하의 명령을 받고 그 임무를 수행 중입니다."

"폐하의 명령이라……."

그것은 레이지도 뜻밖이었다. 하지만 분명 이유가 있을 것이고 국왕 알마디아우스의 직접적인 명령이 개입되어 있다. 그렇다는 것은──.

"혹시 우리를 돕기 위해선가요?"

"예? 아뇨, 그건 아닙니다……."

"그럼 어째서죠?"

"그, 그게, 부, 부득이한 사정이 있어서……."

"백염님. 무슨 일이에요?"

티타니아의 물음에 페르메니아는 우물거렸다……기보다 어딘지 모르게 안절부절못했다. 무슨 일인지는 모르지만 그 명령은 왕녀의 물음에도 대답하기 어려운 것일까. 국왕으로부터 받은 명령이라면 그런 것도 있을 테지만.

그때 병사 한 명이 숨을 헐떡이면서 달려왔다.

"보, 보고 드립니다!"

또 마족이 나타난 줄 알고 주위에 긴장이 스쳤지만 모두들 의아하게 생각했다. 보고를 하러 달려온 병사가 어째서인지 자신들이 왔던 숲에서 나타났기 때문이다. 그곳에는 마족이 없다.

하드리어스가 묻는다.

"무슨 일이냐."

"제, 제국의 셋째 황녀 그라체라 필라스 라이젤드 전하가 군대를 이끌고 국경을 돌파했다고 합니다!"

위급한 소식. 병사의 보고에 티타니아의 얼굴이 순식간에 새파래졌다.

"뭐라고요?! 그라체라 황녀 전하가요?!"

"예! 전하는 주둔군의 제지에도 아스텔 국경을 강제로 돌파하시고 이미 크란트 시를 넘어 빠르게 이쪽을 향해 오고 있다고 합니다."

"그럴 수가, 어째서."

"──그건 자명한 일일 텐데? 백염."

갑자기 날아든 목소리에 티타니아가 깜짝 놀라 돌아보았다.

걷히기 시작한 연기 속에서 한 여자가 나타났다.

★

(레이지! 또 모르는 사람이 나타났어! 어떡해!)

(글쎄, 이건 우리가 어떻게 할 수 있는 일이…….)

아니다. 자신들은 아무것도 할 수 없다. 심상치 않은 분위기를 느끼고 불안한 표정으로 바라보는 미즈키에게 레이지는 달래듯이 대답한다.

눈앞에는 말을 탄 여자가 있었다.

그렇다. 도발하는 듯한 목소리와 함께 걷힌 연기 사이로 나타난 자는 화려한 군장에, 어깨에 코트 같은 상의를 걸친—— 젊은 여자였다. 웨이브가 들어간 긴 금발에 자신만만하게 올라간 입꼬리. 눈은 타인 위에 군림하기 위해 태어난 사람 특유의 엄정한 빛을 띠고 있다.

그 여자는 자신의 동료인지 부하인지 모를, 군장 차림의 무리와 함께였다.

하지만 신경 쓰이는 것은.

(……말을 타고 왔는데 아무도 눈치채지 못한 거야?)

그들도 자신들처럼 말을 타고 있다. 그런데도 말발굽 소리는 들리지 않았다. 이 정도의 말과 거리에서. 그것은 절대 있을 수 없는 일이다.

의문에 사로잡힌 레이지가 중얼거리는 소리를 들었는지 페르메니아가 그 의문에 대답한다.

(레이지 님. 저기 계신 분은 네페리아 제국의 셋째 황녀 그라체라 필라스 라이젤드 전하십니다. 그리고 전하는 지오 마

리피엑스로 불리는 제국 최강의 흙 속성 마법사입니다. 그런 전하께 말발굽 소리를 없애는 건 일도 아니겠지요.)

(하지만 왜 일부러 소리를 없애고…….)

(저도 거기까지는 모르겠습니다. 상황상 이쪽을 해할 목적은 아닌 듯하지만…….)

레이지와 페르메니아는 그라체라의 등장에 눈썹을 찡그린다.

그때, 티타니아가 여전히 심각한 표정으로 그라체라에게 다가갔다.

"그동안 격조했습니다. 그라체라 전하."

"그러게, 티타니아. 무탈해 보여서 다행이네."

황당하고 화도 나지만 정중하게 인사하는 티타니아와는 대조적으로 그라체라는 여전히 강압적인 태도로 대응했다. 그런 그라체라의 태도에 티타니아도 참을 수 없었는지 충고 섞인 항의로 되받았다.

"전하께서는 조금 전 자명하다고 하셨지만 그전에 먼저 해야 할 말이 있지 않으신가요?"

"할 말? 나는 도무지 모르겠는데, 무슨 일이 있었나?"

"──아무리 동맹국이라고 해도 아무 소식도 없이 국경을 넘고 군대까지 이끌고 오는 건, 옳은 행동은 아니지요. 먼저 그 부분에 대해 하실 말씀이 없으신가요?"

티타니아의 날카로운 시선에 되돌아온 것은 그라체라의 조소.

"그래. 보통 때라면 사과 한마디는 해야 마땅한 일이지. ──하지만 그건 피차일반 같은데?"

"……무슨 뜻이지요?"

"굳이 설명할 만큼 어려운 이야기는 아닌 것 같은데."

왕녀와 황녀의 시선이 부딪친다. 이윽고 그라체라가 콧방귀를 뀌면서.

"자국에 마족군이 나타났어. 인접국에 끼칠 피해를 염려해야 할 상황인데도 동맹국인 우리나라에 보고 하나 없이 수습하려 하는 건 동맹국으로서 문제가 없다고 할 수 있을까?"

"그건…… 마족의 진공이 너무 빨라 알리지 못한 것뿐입니다."

"그런 것치고는 준비가 철저하네. 게다가 당신과 아스텔의 용사는 우리나라에 있었을 텐데. 그런데도 연락이 닿지 않았다고 변명하다니. 아스텔 왕국의 왕녀님은 얼굴이 두꺼우시군."

"으──."

얼굴을 일그러뜨리는 티타니아. 티타니아가 보인 반응에 기분이 좋아졌는지 그라체라는 유쾌하게 코웃음을 친다.

"하긴 당신은 마왕 토벌 도중에 우리나라에 왔지. 자국에서 무슨 일이 벌어지고 있는지는 몰랐을 거야. 그러니──."

"그러니 이번 건에 대해서는 묵인하라고요? 하지만 전하가 우리나라에 무단으로 침입한 정당한 이유는."

"동맹국이 위기에 처한 걸 알고서 서둘러 지원을 온 거다.

충분히 합당한 이유지. 설마 그걸 부정할 셈은 아니겠지?"

그라체라는 조금 전보다 더욱 고압적인 투로 밀어붙였다.

도우러 왔다는 것은 마족과의 전투에 급습해서 도우려 했다는 걸까. 상황상 아마도 그런 것이리라.

하지만 티타니아는 여전히 괴로운 표정으로 그라체라를 노려보면서.

"······이번 건에 대해서는 후일 정식으로 항의하겠습니다."

"좋을 대로. 허나 이번 일이 마족의 진공 때문이었던 이상, 사디어스 연합과 자치주, 교황청은 우리 편일 것 같은데?"

아랑곳하지 않는 그라체라. 철면피인 것은 대체 어느 쪽일까. 티타니아의 충고 따위는 전혀 신경 쓰지 않는다는 듯 그라체라는 그렇게 말했다. 그리고 이번에는 레이지 쪽으로 고개를 돌린다. 고압적인 여자의 날카로운 시선이 머리에서 발끝까지 꽂혔다.

"당신이 아스텔에 소환된 용사인가?"

"······네."

"다정한 성격은 아닌 것 같군."

"원래 이런 성격입니다."

그렇게 말하며 레이지는 가볍게 머리를 숙였다.

틈을 보여서는 안 될 상대다. 그것을 직감하고 사무적으로 대한다. 그라체라는 썩 유쾌하지 않다는 듯 웃더니 레이지의 얼굴을 빤히 들여다본다.

"얼굴이 깨끗하네."

"……그런데요."

"얼굴에 상처 하나 없어서 하는 말이야. 혹시 저쪽 세계에서는 싸움과는 전혀 무관한 쪽이었나 싶어서. 용사라 불리는 남자치고는 살짝 못 미덥다고 할까."

초면에 느닷없이 그런 말을 하다니. 호탕하다고 해야 하나. 너무 무례하다.

그때 듣고 있던 티타니아가 화가 난 얼굴로 나섰다.

"그라체라 전하, 세계를 구할 용사님께 말씀이 너무 지나치지 않나요?"

"후. 느낀 것을 그대로 말한 것뿐이다. 게다가 이 참상, 아무리 생각해도 당신들이 한 일 같지도 않고."

그렇게 말하자마자 번뜩이는 눈빛으로 티타니아를 바라본다.

"──그래서, 마족은 있었겠지? 무슨 일이 일어났던가?"

"……글쎄요. 무슨 일이 있었던 걸까요. 저도 잘 모르겠군요."

"호오?"

티타니아가 쌀쌀맞은 투로 대답하자 그라체라는 눈썹을 찡그린다. 이쪽도 모른다. 설명할 방법도 없고 티타니아도 말하고 싶지 않을 것이다. 역시 지기 싫어하는 성격이다.

그때 문득 레이지는 신경이 쓰여 하드리어스 쪽을 바라본다. 그는 어째서인지 아까부터 침묵으로 일관하고 있다. 그의 성격이나 입장을 고려하면 그라체라에게 한두 마디쯤은 할 법한데 아스텔의 귀족으로서 항의도 하지 않고 그라체라가 나타난 뒤로 너무 조용하다. 오불관언의 태도로 도대체 무슨 생각을 하고 있는 걸까.

혹시 처음에 품었던 이미지와는 또 다른 걸까. 그렇다 해도 어쩐지 부자연스럽다는 느낌을 떨칠 수 없다.

레이지가 그런 의구심을 품은 순간, 갑자기 이변이 일어났다.

이변의 정체를 느끼고 그 자리에 있던 전원이 그곳으로 돌아보았다.

가장 먼저 페르메니아가 어딘가를 올려다보았다.

"이건……."

그녀는 정확한 방향을 신속히 특정할 수 있는 걸까. 긴 은발을 휘날리며 빠르게 날아오는 그것을 노려보자 그 옆에서 하드리어스의 목소리가 들려왔다.

"아직 잔당이 있었나. 하지만──."

"──조금 전 마족들보다 강해."

하드리어스의 다음 말을 이은 것은 레이지. 상황의 심각성을 깨닫고 그들처럼 전투태세를 갖춘다. 느껴지는 마족의 마력은 강력했다. 그렇다, 지금까지 싸워온 마족들과는 비교할 수 없을 만큼. 그리고 그 마족은 틀림없이 이쪽을 향해 오고 있다.

조금 전의 마족들처럼 인간을 발견하는 즉시 가만두지 않겠다는 듯.

온다. 누가 말해줄 필요도 없었다. 그 순간, 번개가 땅에 꽂히며 레이지 일행의 눈앞에 굉음이 작렬했다.

물보라가 섞인 먼지와 함께 연기가 피어올랐다. 마력의 파동이 이슬비처럼 내려앉고 강력하고 난폭한 바람이 불어 닥친다. 경질적인 바람이 몸을 마구 때렸다.

이윽고 시야 안에 2미터가 넘는 거대한 마족이 나타났다. 붉은 피부색의 거구. 굵은 팔다리는 마치 힘이 전부라고 온몸으로 말하는 듯하다.

"인간놈들…… 벌써 전력을 갖추었나."

"크, 크다……."

거구에서 뿜어져 나오는 엄청난 기운에 모든 이가 숨을 삼켰다. 누군가가 겁에 질린 목소리로 말했다.

"레이지 님! 조심하세요!"

"응. 알고 있어, 티아. 그런데……."

티타니아의 경고에 레이지는 눈을 가느스름하게 뜬다.

날아올 때부터 심상치 않은 기운을 느끼긴 했지만 가까이에서 본 마족은 만신창이였다. 온몸 여기저기에 상처가 있고 상처에서는 거무튀튀한 오라 같은 것이 아지랑이처럼 희미하게 피어올랐다. 그리고 움직임에 생동감이 전혀 없다. 약해져 있는 것이 명백했다.

말하자면 먹다 남은 찌꺼기 같았다. 한바탕 치열한 전투를 끝낸 듯. 아니, 끝낸 뒤인 것이 틀림없다. 이 마족도 분명 이곳에서 싸웠을 것이다.

약해져 있다. 하지만 그럼에도 이 마력 양과 물리적인 바람을 동반한 무위에 비추어볼 때, 지금의 자신들에게는 충분히 강적이었다.

그 거대한 마족에게 하드리어스가 묻는다.

"너는 일개 마족은 아닌 것 같군?"

"그래…… 내 이름은 라쟈스. 마족 일군을 통솔하는 마장 중 하나……."

마족이 라쟈스라고 자신을 소개하자 티타니아와 그라체라가 소리쳤다.

"마장이라고……?!"

"호오…… 그냥 크기만 한 게 아니었나 보군."

술렁거리는 소리가 들리는 가운데 하드리어스는 방심하지 않고 라쟈스를 주시하면서 물었다.

"너도 꽤 당한 것 같은데, 여기서 누구와 싸웠지?"

"닥쳐라. 그런 건 너희가 알 바 아니다……."

라쟈스는 하드리어스의 말을 불쾌하다는 듯 무시한다. 목소리에는 상처로 인한 통증과 고통 이외에도 패배로 인한 울분이 섞여 있었다.

말을 하는 사이에도 라쟈스는 전투태세를 잡았다. 먼저 공격할 생각일까.

다른 이들도 라쟈스의 움직임을 보고 무기를 들었다. 하지만. 마장을 만난 이번 기회를 놓쳐서는 안 된다고 생각한 레이지가 라쟈스에게 묻는다.

"……물어볼 게 있다."

"뭐지?"

"너희는 왜 인간을 공격하는 거지?"

그렇다, 마족이 인간을 공격하는 이유. 그것은 레이지가 줄곧 알고 싶었던 것이었다.

못마땅하다는 듯 얼굴을 일그러뜨린 라쟈스가 내뱉듯 말했다.

"그야 뻔하잖아. 너희가 만드는 질서가 눈에 거슬릴 뿐이다. 그러니 인간은 모조리 죽어야 해."

"인간의 질서? 그런 게 거슬리다니, 그런 건 다른 지역에 사는 타종족의 사정이잖아."

"아니. 인간은 구더기처럼 아무 데서나 들끓거든. 그것들이 죄다 질서랍시고 설쳐대면 그것만큼 화가 나는 게 없어. 그러니 싹 다 쓸어버려야 해."

"인간도 마족도 모두 똑같은 생명이잖아? 고작 그런 이유로 서로 죽여서 무슨 의미가 있지?"

"의미?"

"그래."

그것은 이 싸움에 대한 시비(是非). 겉만 번지르르한 이야기를 하려는 것이 아니다. 대화를 통해 이해할 수 있다거나 누구나 친구가 될 수 있다거나 하는 말은 어리석은 자들이 만들어낸 환상이다. 결코 용인할 수 없는 것들은 반드시 존재한다.

레이지도 충분히 알았다. 하지만 확실한 명분이 있는 게 아니라면 싸워서는 안 된다. 손을 맞잡으라는 뜻이 아니다. 서로 간섭하지 않으면 될 일이다.

티타니아는 걱정스러운 눈빛을 보냈고 그라체라는 콧방 귀를 뀌었다. 하지만 남들이야 어떻든 이 대답만은 꼭 듣고 싶었다.

그러자 라쟈스가 미심쩍어하는 시선으로.

"……혹시, 네가 용사인가?"

"그렇다면."

"크…… 크크, 그랬군……. 함부로 건방진 말을 하나 했 더니 역시…… 하지만 마침 잘됐어. 이렇게 목적을 달성할 수 있게 됐으니."

소모한 것을 숨길 수 없을 만큼 안 좋은 상황인데도 라쟈 스는 기세 좋게 말했다.

그런 라쟈스를 본 그라체라는 실소를 터뜨렸다.

"뭐야, 마족. 다친 데는 괜찮은 거야?"

"상관할 바인가. 아무렴 이대로 염치없이 돌아갈 수야 없 지. 이번 실패를 만회하기 위해 용사, 네 목을 가져가야겠 다! 더 이상 인간 것들에게 등을 보이지 않겠다!"

어딘지 모르게 괴로워하는 듯한 호통에 이어 라쟈스의 무 위와 마력이 다시 강해진다.

레이지는 검을 들었다. 뒤이어 하드리어스가 검을 들자

병사들도 전투태세에 들어갔다. 미즈키는 뒤로 물러났고 티타니아도 뒤쪽에서 마술을 준비했다. 페르메니아는 곁을 지켰다.

한편 그라체라는 조용히 지켜보겠다는 건지 그 자리에서 팔짱을 낀 채 움직이지 않는다. 다만 전장에는 익숙한지 오만한 분위기는 여전했다.

"이봐, 질문에."

"네 이야기에 어울려주는 것도 끝이다. 용사!!"

라쟈스가 움직인다. 2미터가 넘는 거구가 레이지를 향해 엄청난 속도로 달려들었다.

그것은 가공할 만한 속도였다.

"크윽――."

그에 호응하듯 레이지도 뛰어오른다. 이 세계에 불려 오기 전까지는 상상하지도 못할 도약력으로 라쟈스의 위로 날아올라 있는 힘껏 검을 내리쳤다.

"하아아아아아!"

기합과 함께 내리친 칼에 라쟈스의 주먹이 부딪친다. 손에 전해지는 충격을 견디며 레이지는 검을 쥔 손에 힘을 풀지 않는다. 한 팔 공격이 영걸 소환의 가호를 받은 양손 공격에 필적하다니. 소모한 상태에서 이 정도라면 멀쩡했을 때는 대체 어느 정도란 말일까. 허공에 있을 때 라쟈스의 다른 한 팔이 옆에서 날아온다. 불리하다고 판단하고 검을 쥔 손에 힘을 풀고 그대로 몸을 숙여 착지했다. 그러자 호쾌하게 뻗은 팔이 궤도를 변경해 머리 위를 노렸다.

그 움직임은── 보지 않는다. 틈은 없다. 느낄 수 있는
것은 오로지 비범한 감각이 만들어낸 직관이었다. 레이지
는 엎드린 상태에서 한 손으로 땅을 짚은 채 몸을 굴렸다.
간발의 차로 내리친 손이 진흙을 튀긴다. 레이지는 진흙이
눈에 들어가지 않도록 검으로 얼굴을 막았다. 그리고 지체
없이 검을 내리치려던 그 순간, 라쟈스가 엄청난 기세로 땅
을 으깼다.

"으악!"

땅이 뒤흔들렸다. 내디딘 레이지는 그대로 균형을 잃었
다. 그와 동시에 거대한 몸뚱이가 덮쳐 왔다.

도망치긴 늦었다고 깨달았다. 그러니 몸부림치기보다 검
을 겨눈 채로 온몸으로 충돌을 견뎠다. 튕겨져 날아갔다. 착
지와 동시에 격렬한 통증이 덮쳐 왔다. 영걸 소환의 가호가
아니었다면 온몸은 간단히 부서졌을 것이다. 원호의 여지
조차 없을 만큼 순간적으로 행해진 공격은 라쟈스에게 승리
의 깃발을 들어주었다. 이윽고 멈췄던 시간이 다시 움직이
기 시작한 듯 미즈키의 비명이 들려왔다.

"레, 리이지!!"

"……괜찮아, 미즈키. 걱정하지 마."

얼얼한 통증이 전신에 파고들었지만 그것을 극복하고 일어
서자, 라쟈스는 어째서인지 분노 섞인 목소리로 소리쳤다.

"이게 용사의 힘이냐! 겨우 이게 우리 마족의 대망을 위협

하는 힘이라고! 이 정도로 우리를 쓰러뜨리려고 하다니 건 방진 것도 정도가 있다!"

그 분노 속에 존재하는 실망은 대체 무엇일까. 마치 무언가와 비교당하는 듯한 착각마저 든다.

다시 레이지를 공격하려는 라쟈스를 하드리어스가 가로막고 섰다.

"방해하지 마라!"

귀를 먹먹하게 하는 소리에도 하드리어스는 아무 말도 하지 않고 대치한다. 포탄처럼 날아드는 주먹을 피하면서 라쟈스를 농락하는 하드리어스. 장년이라고는 생각되지 않을 만큼 강하고 민첩하다. 틈을 발견하고 라쟈스의 가슴께에 있는 커다란 상처에 정확히 검을 찌른다.

"크, 으윽!"

"흥……."

다친 부위를 찔려 희미하게 얼굴을 일그러뜨린 라쟈스를 보고서도 하드리어스는 썩 유쾌하지 않아 보였다. 시시하다는 듯 콧방귀를 뀌면서 멸시하는 시선으로 쳐다볼 뿐. 이 강한 마족과 승부를 하다니 역시 이 남자는 상당한 실력자일까.

"크윽! 인간 주제에——."

라쟈스가 날벌레를 쫓듯 팔을 마구 휘둘렀다. 하지만 하드리어스는 가뿐히 뒤쪽으로 뛰어올라 안전거리를 확보했다.

"비켜라——."

울려 퍼진 것은 냉정한 여자의 목소리. 그렇다, 그때 움직인 것은 뜻밖이게도 그라체라였다. 지금까지 조용히 있었던 것은 기회를 엿본 걸까. 그라체라가 땅을 박차면서 마법을 짠다.

"──흙이여! 그대는 나의 포악의 결정(結晶)! 파란의 위세로 쳐부숴라! 그리고 산화를 기리는 비석이 되어라! 크리스털 레이드!"

영창과 건언을 라쟈스의 코앞에서 행사했다. 그라체라가 바로 아래의 지면을 강하게 때린다. 순간, 작은 진동이 일어나는가 싶더니 지면이 깨지고 바위가 솟구친다. 마치 석영이나 셀레나이트(투명 석고)가 말려 일어나는 것처럼 거대한 바윗덩어리가 솟구쳤다. 그 직후 그라체라의 손짓에 라쟈스에게로 쇄도한다.

바위 끝을 칼끝으로 한 묵직한 마법. 그것이 라쟈스에게 달려든다──그 직전, 거무튀튀한 오라가 라쟈스의 몸을 휘감았다.

……거대한 바위산에 파묻힌 마장. 머지않아 바위가 산산조각 나고 그곳에는 이전과 변함없는 모습으로 라쟈스가 있었다.

"호오, 효과가 없다니."

조금 전에 생긴 오라는 라쟈스의 방어술이었던 것일까. 오라로 휘감긴 거구에 새로 생긴 상처는 없다. 라쟈스를 습격했던 마법도 중급 이상의 마법. 저 정도로 강력한 마법에도 끄떡없다니 맷집이 심상치 않다.

하지만 그랴체라는 뜻밖이라는 듯 놀랐을 뿐, 조금도 초조해하지 않았다.

그때였다.

"오오오오오오오오오오!"

라쟈스가 우렁찬 소리로 외쳤다. 마치 몸속 깊은 곳에서부터 억지로 힘을 끌어내는 듯, 목숨을 깎아내는 듯한 포효였다.

이윽고 라쟈스의 오른손 위에 응집된 어두운 에너지가 팽창하더니 주변의 모든 것을 뒤덮으면서 터졌다. 그 충격으로 어두운 에너지가 섞인 파동이 가까워졌다.

(위험해……!)

라쟈스와 자신 사이의 거리를 재확인하자 입안에 쓴 침이 고였다. 10미터라는 피아의 거리는 너무 가깝다. 맞으면 간단히는 끝나지 않을 위력이었다. 몸에는 여전히 마비 증세가 있었다. 아직 움직일 수 없다. 방어 마법을 쓰기에도 시간이 부족하다.

핏기가 가실 듯 서늘한 감각과 초조로 인한 열기가 마비된 팔을 침범했다.

그렇게 체념하는 심정으로 이를 악문 순간, 누군가가 자신의 몸을 획 낚아챘다.

"레이지 님! 조심하세요!"

"응? 티아……?"

바로 옆에서 들려온 목소리에 눈을 깜빡이자, 경치가 조금 전까지의 경치와는 완전히 달라져 있었다. 뇌를 자극했던 경고의 목소리는 티타니아의 목소리였다. 자세히 보니 그녀에게 매달린 상태로 안겨 있다.

상황을 머릿속에서 정리한다. 움직이지 못하는 자신을 낚아채서 공격 범위에서 떨어뜨려놓은 걸까.

문득 확인하니 라쟈스로부터 거리가 상당히 떨어져 있다. 마법을 쓴 걸까. 간발의 차였다.

"젠장…… 전력을 다해도 이 정도인데, 그 천둥은 대체 얼마나 센 거야."

라쟈스는 숨을 헐떡였다. 쉰 목소리로 무언가에 대해 마구 욕을 했다. 괴로움보다 분한 감정이 더한 듯, 신체적 고통은 분노에 밀린 상태였다.

머지않아 주위에서 마력의 고조가 느껴졌다. 이어서 마법의 기운이 팽창하고 마법사들이 일제히 마법을 행사했다.

여러 종류의 마법이 라쟈스를 감싼다. 그 마법은 불꽃이나 천둥처럼 서로 부정할 수 없는 속성의 마법이 조합된 것이다. 게다가 여러 명의 강력한 마법사가 행사했기에 그 위력은 그라체라의 마법을 훨씬 능가했다.

그럼에도 라쟈스는 건재했다. 마법은 전혀 효과가 없었다.

그것을 눈앞에서 확인한 티타니아가 경악한 목소리로 말했다.

"……대체 얼마나 강한 거야."

"크, 으으……."

얼마나 강한 걸까. 결국 대미지를 준 것은 하드리어스뿐
이다.

하지만 라쟈스는 여전히 신음했다. 처음부터 중상이었던
것이리라. 명백히 죽음이 가까워진 듯했다.

"꺾이지 마라! 마법을 계속 퍼부어라!"

하드리어스의 지휘와 병사들의 함성이 울려 퍼졌다──.

★

"다들……."

──레이지 일행이 라쟈스와 싸우고 있을 때 혼자 떨어져
서 이를 악문 것은 미즈키였다.

땅을 박살 내버릴 만큼 강력한 마족 앞에서 레이지도 티
타니아도 스이메이를 함정에 빠뜨린 귀족도 갑자기 나타난
제국의 황녀까지도 싸우는데, 자신만 함께 따라온 기사에
게 보호받으면서 상황을 지켜보고만 있다. 그 사실. 기사의
등 뒤에 달라붙어 몸을 움츠리고 있는 그 사실이 그녀는 너
무나도 고통스러웠다.

친구가 위험한 상황인데도 마족이 두려워서 움직이지 못
하는 것이 가책이 되어 마음속을 짓누른다.

이전에 자신이 위험에 처했을 때 레이지도 스이메이도 자
신을 도와준 적이 있었다. 저쪽 세계에 있었을 때의 이야기

97

지만 그래서 더욱 자신의 양심이 지금의 자신을 용납하지 못하는 것이다.

——그런데도 자신은 아무것도 하지 않는가, 라고.

스이메이가 위험하다는 사실을 알았을 때는 떨면서 움직이지 못하고, 지금은 레이지와 티타니아가 고전하고 있는데도 루카의 등 뒤에서 떨고 있다. 그저 시간이 지나기만을 기다리고 있다.

자신은 계속 이 상태로 있을 것인가. 소중한 사람의 힘이 되고 싶어서 따라왔으면서 아무것도 하지 않고 계속 보호만 받을 건가. 지금 그 사람은 눈앞에 있는 거대한 마족을 상대로 힘겨워하고 있는데 자신은 아무것도 하지 않을 건가. 그런 생각들만 든다.

(아니야…… 안 돼…… 그런 건…….)

그렇다, 그런 건 안 된다. 그것은 자신이 했던 말을 부정하고 책임을 회피하는 일이다. 그리고 그것은 다름 아닌 레이지 곁에 있는 것을 스스로 포기하는 일이다.

자신과 함께 따라온 소녀, 아스텔의 왕녀 티타니아는 레이지뿐만이 아니라 자신, 그리고 얼굴도 모르는 수많은 사람들을 위해서 싸우고 있다.

(뭔가…… 뭔가 내가 할 수 있는 일은 없는 거야……?)

그러니 자신도 무언가 해야 한다고 생각한다. 지금 이대로 아무것도 하지 않는다면 앞으로도 계속 그럴 것이다. 그저 보호받아야 할 존재로 또 누구에게도 필요하지 않은 존재로 몰락하고 만다. 스스로에 대한 의문은 아무래도 좋았다. 온 힘을 다해 자신이 할 수 있는 것을 생각한다.

그렇다, 자신이 할 수 있는 일은 무엇인가, 라고.

자신은── 자신에게는 마법밖에 없다. 이 세계에 와서 혼자 힘으로 익힌 것은 마법뿐이다. 그러니 전장에서 도움이 될 만한 것은 마법밖에 없다. 하지만 평범한 마법은 안 된다. 그라체라의 마법을 뛰어넘는 더욱 강력한 마법만이 저 거대한 마족을 쓰러뜨릴 수 있다.

(내가 쓸 수 있는 마법은…….)

──모든 불의 숨결에 종언을 알릴 얼음의 지옥이여…….

"아……."

문득 떠오르는 명확한 이미지와 단어. 지금껏 들어본 적 없는 목소리가 머릿속에 울려 퍼지고 직관이 확신을 불렀다. 이 마법이라면 쓰러뜨릴 수 있다고.

하지만 왜 지금인가, 라고 생각했다가, 바로 지금이기 때문인 건가, 라고 생각한다.

이전에 티타니아도 페르메니아도 마법은 머릿속에 갑자기 떠오르는 것이라고 말했던 적이 있다. 처음으로 레이지가 마법을 썼을 때도 그랬었다고 들었다. 그렇다면 이것은 반드시 그것이다.

하지만 이 상태로는 그것을 쓸 수 없다. 이제는 저 장소에

설 수 있는 용기만이 필요하다. 그런 용기만 낼 수 있으면 된다.

그렇게 생각했을 때 어느새 자신은 말 위에서 뛰어내려 있었다.

"미, 미즈키 님?! 안 됩니다!"

"미즈키?!"

위험한 곳으로 뛰어드는 것을 본 루카와 레이지가 자신을 제지했다. 그래도 멈출 수 없다. 자신을 위해서 레이지의 곁에 있기 위해서 그리고 레이지를 포함한 친구들을 위해서. 그리고 섰다. 전장의 한가운데에. 라쟈스의 등이 보인다. 병사들과 대치하느라 자신의 존재를 눈치채지 못하고 있다. 이대로 무방비한 등에 마법을 퍼부으면——.

"뭐냐…… 꼬마 계집."

"흐, 아……."

마법을 쓰는 것보다 먼저 라쟈스가 뒤돌았다. 시선이 마주친 것만으로 서늘한 무언가가 몸을 얼어붙게 만들었다. 손가락 하나도 까딱할 수 없다. 모두들 이런 존재와 맞서고 있었던 걸까. 어떻게 이런 존재와 아무렇지 않게 싸울 수 있는 걸까. 이런 존재 앞에서는 그 어떤 폭력도 가소롭게 보인다.

"뭐하는 거예요! 미즈키, 물러나요!"

"흥, 평범한 계집 주제에 겁도 없이 덤비다니——."

티타니아와 라쟈스의 목소리가 머릿속에서 뒤엉켜 마구

날뛴다. 말을 알아들을 수조차 없다. 보이는 것은 거대한 팔. 스치기만 해도 자신은 박살 날 것이다. 통나무 같은 팔과 자신이 산산조각 나는 망상이 점점 커져간다. 움직일 수 없다.

……불가능이었다. 마음만── 용기만 내면 어떻게든 될 것이라는 생각은 무른 생각이었다.

"거슬려."

돌아온 말은 차갑고 배려 없는 말이다. 듣기 싫은 말. 자신을 벌레나 다를 바 없다고 생각하는 오만함과 냉혹함이 밴 말이다.

"오, 오지 마……."

가까스로 짜낸 것은 날벌레의 숨소리처럼 작은 목소리. 들리지 않고, 들렸다 해도 들어주지 않을 것이다. 이대로라면──.

"──크, 끄아아아아아아아아아아!"

미즈키가 그 무위에 압도되어 있을 때 라쟈스가 갑자기 비명을 내질렀다. 포효하면서 가슴을 부여잡고 허우적거리는 것은 그 부분이── 아니, 그 깊숙한 곳에 괴로움의 원인이 있어서일까. 마치 무언가가 몸속에서 날뛰는 듯하다.

이윽고 라쟈스의 상처와 관절에서 푸른 번개가 뱀처럼 꿈틀거리면서 솟구쳤다.

"으, 아, 까아아아! 너는 아직 나를 괴롭히는 것이냐!"

그 말은 번개에 하는 말일까, 아니면 다른 존재를 향한 것일까. 누구, 무엇을 향한 건지 모를 분노가 계속되는 사이에도 새파란 번개는 독사처럼 라쟈스의 몸을 갉아먹었다. 울려 퍼지는 천둥소리. 귓가에 울리는 날카로운 스파크 소리. 그 와중에 희미하게 들려오는 무기질적인 비명 소리. 라쟈스는 속수무책이다.

그때 레이지가 움직였다.

이 기회를 놓쳐서는 안 된다. 다시 움직이기 전에 쓰러뜨려야 한다는 듯. 몸은 회복한 걸까. 티타니아의 팔 안에서 빠져나온 레이지는 순식간에 라쟈스의 품을 파고든다. 몸에는 어느샌가 불꽃으로 된 띠가 휘감겨 있어, 강화 마법을 행사한 사실을 알았다. 그것을 막으려고 라쟈스가 팔을 휘둘렀지만 번개에 속박당한 팔은 느리기만 하다. 바닥을 향해 있던 오리할콘의 검을 역풍을 일으키며 힘껏 쳐들었다. 그와 동시에 라쟈스의 팔은 정확히 공중에 떠올랐다.

"하아아아아아아아아아아아!"

레이지의 기합이 대기를 뒤흔들었다. 그리고 라쟈스의 가슴에 오리할콘의 검이 꽂혔다.

"크…… 아…… 바보 같군. 이런 걸로…….”

라쟈스가 놀란 것은 레이지의 일격을 완전히 무시하고 있어서였을지도 모른다. 조금도 신경 쓰지 않았던 작은 바늘이 자신의 심장을 뚫고 들어온 듯한 기분.

한편 라쟈스의 가슴에 검을 꽂은 레이지는 침묵했다.

아직 힘을 풀지 않고 있는 걸까. 칼끝이 라쟈스의 몸에 깊

숙이 박히다가 마침내 전기에 닿은 것인지 레이지는 검을 놓고 그대로 뒷걸음질 쳤다.

"끄으, 으윽……, 그 남자만 아니었어도, 너희 같은 것들한테 밀리지 않았다고."

"그건 이 참상을 만든 사람인가?"

"그래! 처음 보는 마법을 쓰고 내 군대를 혼자서 괴멸시킨 그 흑의를 입은 남자—— 녀석만 아니었어도! 이 몸이 너희 따위에게!"

라쟈스는 마지막 힘을 쥐어짜내 소리쳤다. 레이지의 검과 천둥 때문에 더는 날뛰지는 못할지언정 저주만은 남기겠다는 듯. 그때 페르메니아가 갑자기 라쟈스를 향해서 나아간다.

"뭐야…… 넌……."

흰 로브를 걸친 아름다운 마법사의 뜬금없을 정도로 느긋한 활보에 라쟈스가 신음하며 묻는다. 그러자 라쟈스의 물음에 대답하듯 페르메니아가 나지막한 목소리로 되물었다.

"마족, 너에게 한 가지 묻고 싶은 게 있다."

"묻고 싶은 거?"

"네가 방금 말했던 흑의를 입은 남자에 대해서."

"무슨……?"

진땀이 흐르는 라쟈스의 얼굴에 의아한 빛이 어린다.

페르메니아는 사안에 대해서 망설이는 것처럼 잠시 눈을

감았다가 다시 물었다.

"마족. 그 흑의를 입었다는 남자. 혹시, 자신을 마술사라고 하지 않았어?"

"──이 계집!! 그 녀석을 알고 있었어?! 이런 망할 계집!!"

페르메니아의 말을 듣고 라쟈스가 보인 반응은 이상할 정도였다. 적을 아는 사람은 이유를 불문하고 관련자라는 듯 원망이 담긴 짐승의 소리.

이윽고 저주를 퍼붓는 것도 고통스러워졌는지 숨소리밖에 들리지 않았다.

한편 페르메니아는 호박색 눈동자를 동경의 빛으로 빛내며 중얼거렸다.

"……그랬어, 역시 그분이었어."

"대답해라…… 녀석은…… 녀석은 대체…….."

"마술사라고 말했다면서? 그럼 내가 더 해줄 말은 없을 것 같은데."

"그, 그 남자만 없었으면…… 내가, 내가 이런 하찮은 것들한테 지는 일은…….."

없었다는 걸까. 분명 그랬을 것이다. 그만큼 라쟈스라는 마족은 강적이었다. 격전으로 인한 소모와 그 몸 안에 침범한 번개만 없었다면 자신들은 이기지 못했다. 강한 육체와 압도적인 폭력 앞에 철저히 무너졌을 것이다.

이윽고 새파란 번개가 몸 안쪽에서부터 흘러넘치듯 라쟈

스의 몸이 푸르스름한 빛으로 빛났다. 그 와중에도 누군가의 이름을 외쳐댔지만 압도적인 기세로 용솟음치는 번개와 천둥소리 때문에 목소리는 들리지 않았다. 강력한 에너지에 버틸 힘을 잃었는지 더욱 강력한 천둥소리와 함께 라쟈스의 몸뚱이는 날아가 버렸다.

라쟈스에게 꽂혀 있던 오리할콘의 검이 전투의 종말을 알리듯 검게 타버린 땅 위에 툭 소리를 내며 떨어졌다.

★

"미즈키!"

라쟈스가 불꽃에 타 소멸한 직후, 티타니아가 미즈키의 이름을 부르며 달려갔다.

아직 멍한 미즈키는 땅바닥에 주저앉아 꼼짝도 하지 않았다. 움직여지지 않았다. 그만큼 라쟈스의 살기와 무위는 그야말로 독 같았다. 축 처진 손의 떨림이 그녀가 아직 두려워한다는 사실을 알려주었다.

레이지도 미즈키에게 다가가 뜻밖의 행동에 대해 추궁했다.

"미즈키! 왜 그런 거야……."

"미안해. 나, 계속 보고만 있었잖아. 그래서 뭐라도 해야겠다고 생각해서, 그래서……."

미즈키는 창백한 얼굴로 레이지를 바라보며 자신이 부린

만용의 이유를 설명한다. 그렇게 말한 뒤 자신의 두 손을 바라본 것은 어쩌면 일어났을지도 모를 만에 하나의 일을 떠올렸기 때문일까.

미즈키와 시선을 맞추려는 듯 웅크리고 앉는 티타니아.

"조금만 잘못됐어도 그 라쟈스라는 마족에게 살해당했을 거예요."

"머릿속에 주문이 떠올라서…… 그거라면 그 거대한 마족도 물리칠 수 있을 것 같아서. 그래서……."

그렇게 했다고. 그리고 두 사람에게 다시 한 번 사과하는 미즈키. 그런 미즈키를 레이지는 안도의 한숨을 내쉬면서 끌어안았다.

"무사해서 다행이야……."

"……응."

……하드리어스가 병사들을 재정비시키고 주변 지역으로 초계병을 보냈다. 다시 모인 장소에서 티타니아가 페르메니아에게 물었다.

"백염님. 귀공에게 묻고 싶은 말이 있는데 해도 될까요?"

티타니아가 정중하게 묻자 페르메니아는 "네" 하고 대답했다. 모든 이가 「그것」에 대해서라고 예상하고, 이제부터 티타니아가 할 질문을 마른침을 삼키면서 지켜보았다.

"백염님. 귀공은 조금 전 라쟈스에게 물었지요. 백염님은 그 마족을 공격하고 이 상황을 만든 사람을 아는 건가요?"

페르메니아는 조용히 끄덕이는 것으로 이 자리에 있는 전원의 추측을 긍정했다.

"그럼 그 남자는 대체 누구지? 이름은?"

그때 불쑥 튀어나온 것은 그라체라였다. 흥미가 있는 걸까. 없을 리가 없다. 마음이 급했던 그라체라는 두 사람의 대화에 끼어들어 고압적으로 다그쳤다. 하지만 페르메니아는 절대로 말하지 않겠다는 듯 무표정으로 일관했다.

"죄송하지만 그것에 대해서는 말씀드릴 수 없습니다."

"……뭐라?"

"이는 국가 기밀 사항입니다. 타국의 중진이신 그라체라 황녀 전하께 말씀드릴 수 없습니다."

"그 라쟈스라는 마족은 네가 안다는 그 사람이 이 많은 군세를 괴멸했다고 했다. 이것은 바보도 알 만큼 중대한 사건이다. 그런데도 말할 수 없다고?"

페르메니아의 대답에 그라체라는 물러서지 않는다. 물러서기는커녕 불편한 심기를 노골적으로 드러내며 압력을 행사한다. 주변을 휩쓴 불온한 분위기. 잠시라도 정신을 팔면 그 페이스에 말려들 정도로 강한 다그침이었다.

"그러합니다. 아무리 중대한 일이라고 해도 기밀은 기밀. 설령 동맹국으로서 마족에 관한 정보는 긴밀해야 한다고 해도 이번 건은 말씀드리기 힘든 이유가 있습니다."

얼굴을 일그러뜨린 탓에 그라체라의 눈썹이 파르르 떨린다. 당장에라도 손이 나갈 것만 같은 분위기였지만 그라체라는 혀를 끌 찬 뒤 마음을 진정시켰다. 페르메니아는 국가

기밀이라고까지 말했다. 무력을 써서까지 추궁하는 것은 나라의 중진인 티타니아와 하드리어스가 허락하지 않을 것이다. 묻는 말에 대답하지 않는다고 해서 손을 댔다가는 그것이야말로 큰 사건이 될 것이다.

그 대신 티타니아가.

"그건 나에게도 해당하는 건가요?"

"송구합니다."

페르메니아가 정중하게 머리를 숙인다. 그러자 이번에는 하드리어스가 나섰다.

"스팅레이 경. 티타니아 전하께도 말할 수 없다는 것은 국왕 폐하의 칙명이라는 뜻이겠지?"

"그것에 대해서는 제가 말씀드리기 어렵다는 것밖에는 드릴 말씀이 없습니다."

"역시……."

부정하지 않는 것은 암묵적으로 인정한다는 뜻이다. 하지만 안다는 것은 무슨 뜻일까. 레이지는 의아하게 생각하면서 눈썹을 찡그린다. 그 정도로 강한 사람은 아스텔 왕국에 없었다. 단순히 자신들이 모르는 것일 수도 있지만 티타니아나 하드리어스도 모른다는 것은 역시 납득이 가지 않는다.

레이지가 그런 생각을 하고 있을 때 하드리어스는 시선을 오른쪽에 고정시킨 채 생각에 잠겼다가 놀랄 만한 말을 했다.

"그럼 이번 마족 건은 용사님이 해결한 걸로 하면 되겠군요."

"무슨——?!"

가장 먼저 경악한 것은 당연히 용사 본인인 레이지였다. 한편 하드리어스는 레이지의 놀란 모습을 보고 다소 의아하다는 듯 묻는다.

"왜 그렇게 놀란 표정을 짓지요?"

"다, 당연히 놀라죠. 내가 한 일이 아니니까요."

"물론 압니다. 하지만 이번 일을 용사님의 공적으로 하면 우리에게 어떤 이익을 가져다줄지 모르지는 않을 텐데요?"

"그건……."

하드리어스의 말을 듣고 반론을 주저하는 레이지. 그리고 그것에 대해서 이의를 제기한 또 한 명이 있었다. 그라체라였다.

"공작, 그걸 내가 허락할 거라고 생각해? 이곳에서 마족과 싸운 건 당신들뿐만이 아닐 텐데?"

그라체라는 사실을 알고 있다. 그라체라가 입을 열면 레이지의 공적으로 하는 것은 불가능하다.

그러자 하드리어스는 대답을 미리 준비해두었다는 듯 막힘없이 정중하게 말한다.

"그라체라 황녀 전하. 이번 건에 대해 함구해주신다면, 전하의 **진공**에 대해서는 항의하지 않겠다고 약속하겠습니다."

"진공?"

"그렇지 않습니까? 전하께서는 휘하에 군을 이끌고 오셨으니 말입니다."

"당신……."

"전하께서도 지금은 안 좋은 소문이 도는 것은 곤란하실 터. 이번 일은 눈감아 주시는 게 좋을 것 같군요."

"……좋을 대로 해."

하드리어스가 승리를 굳히며 은근히 무례하게 나오자, 그라체라는 불쾌한 듯 시선을 피했다. 티타니아도 공적에 관해서는 생각하는 바가 있는지 의심하는 눈빛으로 하드리어스를 바라보았다. 하지만 하드리어스는 아랑곳하지 않고 부하에게 지시를 내리기 시작했다.

제2장 여신님은 그녀에게 무척 가혹하십니다

제도 필라스 필리아. 제국 최대의 도시이며 거대한 수정을 깎아 만든 여신의 흉상으로 유명한 필라스 필리아 대성당, 삼국 최대 장서량을 자랑하는 제립 대도서관, 아스텔 왕국과 사디어스 연합의 협력으로 세워진 마법사 육성 및 마법 연구소인 마도원이 있는 곳으로 세계에서도 1, 2위를 다툴 만큼 거대한 도시다.

변두리 쪽은 목조나 회색 벽돌로 지어진 집이 대부분이지만 거리에는 전체적으로 따뜻한 색조의 붉은 벽돌집이 많고 귀족이 사는 상류 구획은 고급스럽고 선명한 붉은 벽돌로 통일되어 있다.

붉은색이 많이 사용된 이유는 5대 전의 황제가 붉은색을 좋아했기 때문이다.

개인적 취향의 연장일 뿐이지만 붉은색은 저쪽 세계——특히 유럽에서는 성인(聖人)이 흘린 피의 색으로서 고대 때부터 소중히 여겨졌다. 그 밖에도 기사나 군대에서 사용되는 색으로서 전투의 이미지도 있다. 이세계에서도 붉은색이 즐겨 쓰인 곳이 군사를 중시하는 나라의 수도이니 꽤 흥미롭다.

그런 생각을 하던 스이메이는 문득 높은 곳을 올려다본다. 번화가로서 규모가 큰 제도에는 고층 건물이 많다. 변

방을 지키는 벽이 높은 만큼 건물 높이도 다른 도시에 비해 높다.

스이메이도 아스텔 왕국의 수도 메테르와는 상당히 다르다고 생각했다. 메테르도 인구수는 많지만, 확실히 이쪽이 근대적인 이미지에 가깝다. 물론 메테르에도 가게나 공원 같은 것이 있지만 도시 정비나 상하수도 정비 측면에서 보자면 역시 이곳이 한 수 위다.

하지만 잘 정돈된 거리를 걸어도 물장난을 치면서 노는 아이들을 봐도 스이메이는 답답한 마음이 가시지 않았다. 한숨을 토하듯 중얼거린 데는 이유가 있다.

"설마 레이지 일행에게 뒷수습을 하게 할 줄이야……."

그렇게 혼잣말을 한 것은 벌써 몇 번째일까.

검문소에서 행객들이 나눈 대화는 제국에서 아스텔 영내로 돌아간 레이지 일행이 왕국의 군대를 이끌고 라쟈스라는 마장과 그 부하 1만을 무너뜨렸다는 소식이었다.

스이메이로서는 아닌 밤중에 홍두깨 같은 이야기였기에 놀란 것은 당연했고, 그 뒤에는 자연히 분한 마음이 들었다.

얼굴을 일그러뜨리고 있자, 레피르가 걱정하는 투로 말을 걸었다.

"스이메이. 아직 그 이야기는 행객들 사이에 퍼진 소문일 뿐이잖아? 진짜 그들이 쓰러뜨린 건지는 아직 확실하지 않아."

"그래, 하지만 나는 녀석이 확실히 소멸한 것을 보지는 못했어. 게다가 라쟈스와 레이지의 이름이 함께 거론되기도 했고. 이건 분명 그때 그 마장을 쓰러뜨리지 못했다는 뜻이 겠지⋯⋯."

그렇다, 한숨과 번뇌의 이유는 이것이다. 레이지 일행에게 뒷수습을 하게 한 점도 미안하지만 그때 완전히 결판 짓지 못했다는 사실이 마술사로서의 자존심에 상처를 입혔다. 전력을 다해 행사한 대(對)사령, 대악마용 마술. 이쪽도 소모한 상태였다고는 하나 일격에 날려버리지 못한 것은 상당히 분하다. 라쟈스의 몸에 침투한 성스러운 번개가 라쟈스를 무너뜨리는 것은 시간문제였다고 해도 역시 뒤끝이 개운치 않다.

"진짜 한심해. 큰소리쳤으면서 이렇게 되다니."

"무슨 소리야. 그것만으로 충분하지. 네 친구는 약해진 라쟈스를 상대한 거야. 만약 네가 라쟈스와 싸우지 않고 그들이 라쟈스와 싸웠다고 생각하면⋯⋯."

레피르가 하려는 말처럼 만약 그랬다면 그들은 살아남지 못했을 것이다. 하지만──.

"그래, 하지만 그런 문제가 아니야⋯⋯ 하아."

"어쨌든 쓰러뜨리지 못했다, 이 말을 하고 싶은 거야? 기분은 이해하지만 계속 한숨만 쉬는 건 좋지 않아. 계속 우울해하면 사람들은 널 멀리하게 될 거야."

"그래, 네 말이 맞아."

레피르의 충고에 스이메이는 반성한다.

『한숨만 쉬면 사람들이 떠나간다』는 말은 『한숨만 쉬면 행복이 달아난다』라는 말과 같은 맥락일 것이다. 행복은 사람이 옮겨다주는 것. 사람이 다가오지 않으면 행복도 다가오지 않는다, 로 바뀐 이야기.

확실히 레피르가 말한 대로다. 계속 툴툴거린다고 달라질 것은 없다.

"그래, 이 이야기는 그만할래. 깔끔하게 털어내야지."

"그래, 좋은 생각이야."

그리고는 "파이팅──" 하고 그녀답게 웃으며 주먹을 불끈 쥐는 레피르. 이럴 때 밝은 기운을 불어넣어 주는 레피르는 굉장하다.

"그건 그렇고, 레피르. 가고 싶은 곳이 있다더니 어디로 가는 거야?"

"응. 구세교회로."

"……헐?"

★

레피르의 바람대로 도착한 곳은 외벽 문에서 멀리 떨어지지 않은 한 구역. 제도 내에도 여러 군데가 있다는 구세교회의 부지였다.

이세계의 일대(一大) 신앙 시설에 온 것은 이번이 처음이다. 발을 들이자 다른 곳과는 또 다른 인상이다. 더욱 안으로 들어가자 벽돌이 깔린 길에서 둥근 돌이 여기저기 박힌 길로 바뀌었고, 깔끔하게 손질된 화단과 작은 연못이 나왔다. 빽빽하게 심긴 나무들은 숲을 이루고 있고, 이 한 구역만을 위해서 녹음이 남겨져 있는 듯하다. 귀를 기울이면 작은 새의 지저귐이 들려온다. 그야말로 신록의 성역이다. 건너편에는 그에 걸맞은 흰 건물도 있다.

그리고 그 안으로 난 좁은 길. 그곳을 레피르와 함께 걷고 있을 때 스이메이는 자신의 얼굴이 점점 일그러지는 것을 느꼈다.

"교회…… 교회라……."

"아까부터 이상한 표정으로 계속 중얼거리는 것 같은데. 왜 그래?"

"아니, 아무래도 이런 분위기에 익숙하지 않아서."

"익숙하지 않아? 이렇게 녹음이 짙고 평온한 장소가?"

"아— 확실히 음이온도 팍팍 나오고, 마나도 강하긴 하네."

"응……. 그런데 왜 불편한 건데?"

"마술사로서의 천성일지도 모르지만, 아무래도 교회는 천적들의 거성처럼 보이거든."

그렇다. 저쪽 세계에는 마술사의 천적이 많다. 그중에서도 교회는 최고의 상극으로 꼽는다. 일반적으로 교회를 가진 종교—— 여기서는 저쪽 세계에 있는 어느 일신교를 예로 들면 이해하기 쉽다. 그 종교는 신이 사람의 몸을 빌려 나타난 구세주, 그 가르침을 가장 중요하게 여기는 집단이며, 일반적으로 그들이 인정한 사람만이 기적을 행사할 수 있다고 여긴다. 그 기적이라는 것이 마술사에게 있어서는 신비이며 마술이다. 하지만 그런 종교 중에는 그들의 종교 안에서 발생한 마술이 존재하는데도 신으로부터 받은 힘 이외의 신비를 모두 외법(外法)의 힘으로 여기는 과격한 종파가 있다.

그리고 그곳에서는 인간 외부의 적, 즉 외적의 힘을 빌려 행사되는 것을 마술이라고 본다.

그래서 그 종교에서는 마술을 올바른 법—— 즉 그들이 말하는 기적으로 인정하지 않고, 인류를 불행하게 하는 법으로 판단하고 마술사—— 즉 외법을 다루는 자들을 뿌리 뽑기 위해 움직인다.

무서울 만큼 대단한 사명감이라고 해야 할 것이다.

그것이 그 악명 높은 마녀사냥이 시작된 계기가 되었고, 헬렌 던컨으로 유명한 마법 행위 금지법 등으로 이어지기도 했으니 그 신심의 힘은 우습게 볼 것이 아니다. 물론 이는 다른 종교에도 똑같이 적용되며 타종교에 대한 그들의 과격성을 상상해본다면 여기서 예로 든 종교만을 과격한 것이라고 할 수 없다. 어느 종교든 그 종교가 인정하는 기적이 존재하며 타종교의 기적을 인정하는 곳은 한 곳도 없다.

더욱이 마술을 다루는 사람 중에는 악의를 품은 자도 많고, 영적 정보를 이용한 사기도 횡행하고 있으니, 일괄적으로 그들 모두를 맹신주의자라고 할 수도 없다.

하지만 마술이 곧 이단이라는 이미지를 만든 것은 틀림없이 그곳이라고 해도 좋다.

검사 성성 에이전트(대리인). 물론 일반 교회에 있을 리 없는 집단이다.

하지만 그렇다 하더라도 방심은 금물. 절대로 마음을 놓아서는 안 된다고 마음먹었기에 좀처럼 긴장을 풀 수 없다.

"네가 살던 세계의 얘기야?"

"그래."

"그렇게 치면 나는 완벽하게 너하고는 양립할 수 없는 사람 같은데……."

"아니, 절대로 그런 뜻으로 한 말 아니야. 미안, 미안."

스이메이는 쩔쩔매면서 레피르에게 사과했다.

볼을 부풀리고 시선을 떨군 레피르. 그 모습을 보면 사과하지 않을 수 없다.

"……그건 그렇고, 정말 여기면 되겠어?"

"여기면 되겠냐니?"

"제국에는 여기보다 더 큰 성당이 있다고 했잖아. 다른 나라에서도 관광객들이 많이 온다는 곳."

"필라스 필리아 대성당 말이구나. 전에도 말했던 곳이지만…… 솔직히 그렇게 큰 곳에는 별로 가고 싶지 않아."

레피르는 눈썹을 찌푸리면서 그렇게 말했다. 마치 그곳에 가면 머릿속이 번뇌로 가득 찰 것이라는 확신이라도 있는 것처럼.

"왜 그렇게 생각해?"

"그런 곳에는 반드시 고덕한 신관이 있거든. 그러니까 여신에게 축복을 받은 강한 힘을 가진 자 말이야. 그런 자의 힘이 미치는 범위나 파급력에 관해서라면 나보다 스이메이 네가 더 잘 알 거라고 생각해…… 그런 사람에게 내 정체가 탄로 나면 어떻게 될 것 같아?"

"응……? 딱히 이 세계에서는 스피릿으로 밝혀져도 그렇게 큰 문제는 안 될 것 같은데, 그렇지 않은 거야?"

그렇게 물은 것은 이전에 레피르에게 들은 바가 있어서다. 이 세계에서 정령은 가까이에 있는 존재이고, 이전에도 레피르 때문인지 미정령의 기운을 가까이에서 느낀 적도 있다. 그래서 그렇게 이질적인 존재는 아니라고 생각했는데, 아닌 걸까.

그러자 레피르는 눈에 가시라도 들어간 것처럼 얼굴을 찌푸리면서.

"나는 이래 봬도 전쟁과 비색의 남(嵐)정령, 이샤크토니의 피를 이어받은 존재야. 이샤크토니는 아르샤리아 성(聖)신화에서 여신 아르주나의 오른팔로서 사신 제카라이아와 싸웠다고 전해져. 요컨대 여신의 직속 부하라는 거지. 다시 말해……."

"그걸 알면 엄~청 고마워하겠다. 음, 그렇겠어."

"그래, 노시어스에 있었을 때는 괜찮았어. 내가 반 정령이라도 똑같은 인간이라는 걸 다들 알았으니까. 하지만 다른 지역에서 그것도 구세교회의 신앙이 깊은 곳에서 내 정체가 들통 나면 아마 말도 안 되는 일이 벌어지고 말 거야."

그 우려하는 상황이 실제로 일어났을 때의 정경을 떠올린 것인지 레피르는 얼굴이 창백해져서 몸까지 떨었다. 예상할 수 있는 말도 안 되는 상황. 그것은 컬트 교단의 집착과는 비교도 안 될 것이고, 살아 있는 신 취급을 당하는 일은 상상하기 어렵지 않다. 사람들 틈에 끼어 곤란해하는 레피르의 모습이 떠올랐다.

"하하하, 그런 것도 좋지 않아?"

"웃을 일이 아니야! 매일같이 기도하러 오거나 감격해서 울어버리거나 졸졸 따라다니거나 세계의 앞날은 어떻겠냐는 둥 그런 바보 같은 질문을 받아봐! 이건 단순히 질리기만 하는 게 아니라 우울증에 걸릴 판이라구!"

"음. 듣고 보니 그건 좀…… 싫겠다, 하하하……."

레피르의 호소에 스이메이가 어색한 웃음만 짓고 있을 때 교회 건물 쪽에서 경첩이 스치는 소리가 들렸다.

자연스럽게 시선이 그곳으로 향했을 때 입구에서 한 남자가 나왔다.

회색이 섞인 흑발을 올백으로 넘긴 남자. 체격이 좋다고 할 정도는 아니고 그렇다고 마른 것도 아니다. 평범해 보이지만 어딘지 모르게 평범하지 않은 분위기. 잘은 몰라도 어쩐지 교회의 이미지와는 어울리지 않았다. 엄격해 보이는 얼굴에 자리 잡은 눈은 감겨 있고, 걸음걸이에는 흔들림이 없다. 예복인 듯한 옷의 끝자락이 바람에 나부꼈다.

길은 두 사람이 나란히 걸으면 꽉 찰 만큼 좁았기에 스이메이와 레피르가 지나가기 쉽도록 조용히 길을 비켜주자 남자는 가볍게 목례를 하면서 그대로 스쳐 지나갔다.

그러자 레피르가 고개를 가볍게 돌려 남자의 뒷모습을 바라보았다. 아이의 얼굴과는 조금도 어울리지 않는 날카로운 시선.

"스이메이. 저 남자."

"저 사람이 왜?"

"아니, 상당한 고수 같아서······."

상당한 고수. 하지만 조금 전에 스쳤을 때는 마력이나 신비적인 것, 현상의 이질적인 뒤틀림 따위는 느껴지지 않았다. 그러므로 레피르의 뜻은.

"그 말은── 검객이라는 거야?"

"응····· 못 느꼈어? 너도 검에 대한 소양은 있잖아?"

"물론 다룰 줄은 알아. 하지만 미묘한 사정까지 꿰뚫을 만큼 전문가는 아니야. 강한 자는 겉으로 드러내기보다 안으로 감추는 경우가 많으니까. 그런 미묘한 선을 읽어내는 수준까지 가려면 아직 한참 멀었어."

"음····· 그렇구나."

하지만 그렇다는 것은 꽤 실력자라는 의미이리라. 스피릿이라는 것을 논외로 하더라도 비범한 힘을 지닌 레피르가 그렇게 말하고 자신이 꿰뚫을 수 없을 정도의 상대라면 그건 즉 그렇다는 거다.

그렇게 따지자면 이전에 검문소에서는.

"일전에 리리아나라고 했었나, 그 녀석도 꽤 고수 같던데."

리리아나 잔다이크라는 마법사 소녀. 그녀의 마력은 무시할 수 없는 것이었다. 그때 본 것만으로도 마력 양이 상당했다. 마력로도 없을 텐데 용케도 그만한 마력을 보유하고 있다.

"리리아나 잔다이크 말이네. 정보는 많지 않지만 남방 국가와의 소규모 전투에 여러 번 참전해 공적을 쌓은 모양이야. 그래서 붙은 별칭이 제국의 인간 병기."

"별칭이 꽤 살벌하네."

"맡은 임무를 냉철하게 수행한다고 해서 붙여진 것 같은데, 감정 기복도 적다고 하니 그것도 하나의 요인일지도 모르지."

확실히 레피르가 말한 대로 검문소에서 본 리리아나는 감정의 동요가 적었다. 그래봐야 두세 마디 정도 나누어본 대화가 다여서, 실제로는 어떨는지 모르지만.

"──참, 이러고 있을 때가 아니네. 빨리 기도하러 가야지."

그렇게 말한 레피르는 앞장서서 달려가더니 계단을 아장아장 올라 새하얀 문을 열었다. 그리고 성당 안으로 들어가기 무섭게 곧장 여신상 앞을 향해 돌진한다.

신심이 깊네…… 아니, 아르주나 여신은 이 세계 사람들에게 존재하는 것이니 살짝 다른가. 그렇게 생각하면서 스이메이도 성당 안으로 들어가 천장을 올려다보았다.

구세교회의 성당. 저쪽 세계에 있는 일반적인 교회와는 다르게 스테인드글라스도 파이프오르간도 없다. 하지만 정숙한 분위기이고 흉상도 있어 성당다운 정취는 있다.

천장 가까이에 있는 창문에서 들어온 햇빛이 마루 여기저기를 비추고, 그 빛이 닿지 않는 곳에는 마법으로 따뜻한 조명이 켜져 있었다. 교회 안에는 당연히 사람들이 있었다. 그다지 유복해 보이지 않는 옷차림을 한 어린아이, 온화해 보이는 노부인, 말쑥하게 차려입은 초로의 남성. 저마다 흉상을 향해서 기도를 올리고 있다.

그야말로 버젓한 성당이었다.

"안녕하세요."

이세계의 교회를 마음속으로 평가하면서 둘러보고 있는데 한 여성이 말을 걸었다. 고개를 돌려 대답하는 스이메이.

"아— 안녕하세요…… 이잉?!"

스이메이는 인사 끝에 튀어나온 비명을 막을 수가 없었다. 우스꽝스러운 비명과 함께 눈을 희번덕거렸다. 그런 스이메이를 보고 먼저 인사를 건넨 묘령의 여성—— 수녀는 의아한 듯 고개를 갸웃했다.

"왜 그러세요?"

"귀, 귀가 달렸어!"

스이메이는 쉽사리 경악에서 벗어나지 못했다. 그저 눈에 보이는 특징을 흥분한 목소리로 주절댈 뿐이다.

"그건 당연하지요. 당신에게도 귀는 있는 걸요?"

"그게 아니고, 그러니까, 그, 그거."

"──아아. 수인종을 처음 보신 거군요?"

"아…….."

──수인(獸人). 그렇다, 제국에는 다양한 인종이 모여 산다고 했다. 그 말인즉슨 그녀는 소위 수인이라는 걸까. 짐승의 특징을 가지고 태어나며 인간보다 강력한 힘을 지닌 이세계의 고유 종족.

이제야 그 생김새가 납득이 갔다. 수인종이라면 짐승의 귀를 달고 있어도 이상한 일이 아니다. 구세교회 특유의 수도복인 걸까. 하늘거리는 푸른색 옷. 뒤집어쓴 베일 아래에는 가볍게 웨이브진 핑크색 머리카락. 머리 위에는 살짝 처진 고양잇과의 귀가 톡 튀어나와 있다.

자연스럽게 시선을 얼굴로 옮기자 온화한 표정이 보인다. 하지만 그 너머에는 범상치 않은 재기가 느껴졌다.

그런 수녀에게 스이메이는 조금 전의 무례를 정중히 사과했다.

"귀를 보고 저도 모르게 그만…… 죄송합니다."

"그랬군요. 놀라는 것도 당연해요. 수인을 처음 보는 분들의 일반적인 반응이니까요."

수녀는 가볍게 웃는다. 연상의 여성에게 그런 식으로 대접받으면 왠지 모르게 부끄러워진다── 어쨌든.

짐승의 귀를 가진 수녀는 검지로 뺨을 찌르면서 고개를 갸웃한다.

"당신은 기도를 드리지 않나요?"

"저는 여자 친구를 따라왔어요."

그렇게 말하면서 무릎을 꿇고 기도하는 레피르를 쳐다보자 수녀는 다시 싱긋 웃으면서.

"어머, 무척 어린 여자 친구를 두셨네요."

"예? 그게 무슨――."

"하지만 바람직하지 않답니다. 당신 정도 나이의 남성과 어린 여자아이가 사귀는 것을 제국에서는 별로 권장하지 않으니까요."

"하―― 아니, 오해예요!! 그게 그런 의미의 여자 친구가 아니라!!"

"후후후, 농담이에요. 알고 있어요."

느닷없이 농담이라고 말하는 수녀. 흐뭇하다는 듯 미소 짓는 모습은 괜한 일에 펄쩍 뛰는 남자를 비웃는 것처럼 보인다. 완전히 한 방 먹은 그림이다. 어깨가 무겁다.

　그리고 그녀는 레피르를 향해 돌아서더니 나지막한 목소리로 말한다.

"신심이 깊은 아이군요."

"……네. 제국에 도착하자마자 어디에 가고 싶냐고 물었더니 제일 먼저 교회라고 해서 여기 온 거예요. 기도할 수 있을 때는 되도록 교회에 와야 한다면서…… 저는 끌려왔고요."

"여신님의 가르침을 소중히 여기는 거겠지요. 어린데도 참 야무지네요."

"아하하…… 저 아이 앞에서 나이 얘기는 하지 말아주세요……."

"……?"

스이메이의 말을 듣고 수녀는 귀를 쫑긋거리면서 의아한 표정을 짓는다.

레피르도 빨리 본래의 모습을 되찾지 못하면 곤란하다.

스이메이가 그런 생각을 하면서 뒤통수를 긁고 있는데, 문득 레피르의 옆에 생긴 줄이 눈에 들어왔다. 예배가 끝난 뒤 신부 앞에 서서 다들 기대에 찬 표정으로 무엇을 기다리는 걸까.

수녀에게 물어보기로 한다.

"저 줄은 뭐예요?"

"아르주나 여신님의 신탁이랍니다. 예배가 끝나고 나면 주교님이 여신님의 계시를 저렇게 알려주지요. 없는 경우가 대부분이지만요."

"헤에……."

과연 저것이 레피르에게 엉뚱한 일을 시켜 자신과 만나게 한 신탁이라는 걸까. 신부가 흉상 옆에 서서 책을 가슴에 두고 뭐라고 중얼거리는 모습이 보인다. 그리고 보니 분명 그런 작용이 느껴진다. 마술적인 술식이나 마력의 이동은 느껴지지 않지만, 국소적으로 저곳에만 테우르기아(신비)가 작용해 마나가 강하다.

필시 저 신부가 자신의 몸을 매개로 여신의 뜻을 전하고 있는 것이다. 진짜 신탁이다.

스이메이가 신탁의 본질을 간파하고서 감탄하자 수녀가 의아하다는 듯 묻는다.

"그래도 신탁을 모르시다니 뜻밖이군요. 신탁은 어느 성당이든 비슷한 형식일 텐데요……."

"제가 살던 곳에는 구세교회 같은 신앙이 없었거든요."

"어머, 신기하네요. 하긴 제가 살던 마을에도 여신님의 신앙은 없었어요. 어쩐지 조금 친근하게 느껴지는걸요?"

뜻밖의 우연이라는 듯 손뼉을 치며 웃는 수녀. 부드러운 미소다. 동물적인 느낌도 합쳐져서 왠지 모를 온화한 분위기가 마음을 끌어당긴다.

"그러고 보니."

"예?"

"혹시 필라스 필리아에는 오늘 도착하신 건가요?"

"어떻게 아세요?"

"수인종을 처음 본 것 같기도 하고, 왠지 그래 보여서요."

"크…… 무식이 들통 났네요."

신기한 듯 주변을 두리번거리고 상식적인 것을 물어보았으니, 수녀에게는 시골뜨기처럼 보였을 것이다. 스이메이가 자신의 식견 없음에 대해서 장난스럽게 말하자, 수녀는 말실수를 했나 하고 살짝 당황한 기색이다.

"아아, 아뇨, 그런 뜻은 아니었어요⋯⋯."

그런 그녀를 향해 스이메이는 시원스레 웃으며 거기에 살짝 장난스러운 분위기를 더해서 부탁했다.

"──그러니, 이 무식한 사람에게 뭔가 솔깃한 정보라도 주시면 안 될까요?"

"하⋯⋯. 음, 그래요. 그럼 솔깃한 정보까지는 아니지만."

"뭔가 있어요?"

"한 두세 개 정도요? 좋은 소식과 나쁜 소식 중에 어떤 걸 먼저 말씀드릴까요?"

"나쁜 것부터요. 좋은 이야기를 뒤에 듣는 편이 찝찝한 기분도 덜하니까요."

스이메이가 그렇게 말하자 수녀는 "네"라고 대답한 뒤, 부드러운 표정을 갑자기 딱딱하게 굳히더니 바싹 다가왔다.

"이제 막 제국에 오셨다고 했는데, 우선 밤 외출에는 주의를 기울여주세요. 최근 제국에서 의문스러운 사건들이 일어나고 있거든요."

"의문스러운 사건요?"

"네. 한 달 정도 전부터였을 거예요. 날이 밝고 사람들이 혼수상태로 발견되는 일이 종종 있어서 제도에 사는 사람들이 불안에 떨고 있어요."

"혼수 사건이라니 께름칙하네요. 괴한에게 습격당했다, 뭐 그런 종류의 이야기인가요?"

"아마도요. 마법에 걸린 흔적이 있다고 판명되었으니 계획 범행으로 봐도 무방할 거예요."

"……사건이 발생한 지 꽤 지난 것 같은데 해결하지 못한 건가요?"

"일단 헌병대에서 노력하고 있지만 아직까지는요. 실마리도 적고 사용된 마법의 위력도 엄청나서 어떤 속성의 마법인지조차 판단할 수 없는 모양이에요."

유감이라는 듯 지그시 눈을 감는다. 보이는 그대로 다감한 성격이다. 피해를 당한 사람이나 그 지인들의 심정을 대변하는 듯한 표정이다.

그렇다고 해도——.

"꽤 자세히 아시네요."

"그럼요, 교회에는 다양한 분들이 오시니 이것저것 듣는 얘기가 많답니다."

그렇게 말하며 청력에 대한 자부심의 표현인지 귀를 씰룩씰룩 움직이는 수녀. 불쑥 만져보고 싶은 충동에 휩싸이지만 그것은 무례한 행동이다.

그리고 수녀는 좋은 소식이 있다는 듯 두 손을 탁 모았다.

"하지만 이번 사건 조사에 용사님도 참여하신다고 하니 조만간 해결되겠지요."

"용사요?"

"네. 성청(聖庁) 엘 메이데에서 소환된 용사님이 현재 필라스 필리아에 머물고 계시거든요."

"——그게 정말이에요?"

"네. 일반 분들은 아직 모르고 있지만, 조만간 제국 정부와 구세교회가 마련한 자리에 나타나실 거래요. 좋은 소식 아닌가요?"

좋은 소식인 걸까. 이쪽 입장에서는 좋은 소식이라기보다 흥미를 불러일으키는 이야기다. 성청 엘 메이데는 제국의 남쪽에 위치한 중립 종교 국가. 그곳에서 소환된 레이지 이외의 용사라니 궁금하지 않을 리 없다. 어떤 사람인지도 궁금하고 불려 온 경향에 대해서도 알고 싶다.

"그리고 얼마 전 사디어스 연합에 소환되신 용사님도 움직이셨다고 하고요."

"그러고 보니 소환 용사가 네 명이었네요."

"사디어스 연합의 소환 용사님은 아름다운 여성분이시래요. 검 실력도 상당해서 연합군의 검사나 검 왕으로 불리는 종주국의 첫째 왕자도 가볍게 상대할 정도래요."

세 번째 용사는 여자인 건가. 그렇다면 소환되는 기준은 무엇일까. 일단 남자만이라는 선택지는 사라졌다. 그건 그렇고——.

"……여자는 정말 강하네…… 대체 어떻게 된 거야……?"

"……뭐라고 하셨어요?"

스이메이의 웅얼거림에 가까운 불평이 들린 모양이다. 수녀에게 "아무것도 아니에요"라고 말하는 스이메이. 아마도 이 수수께끼는 영원히 풀리지 않으리라. 그런 생각을 하고 있는데, 수녀가 두 손을 커다란 가슴 앞에서 맞잡으면서 말한다.

"그러니 마왕이나 마족에 관한 대처에도 진척이 있지 않
겠어요?"

"좋은 소식이네요."

스이메이가 그렇게 동의한 그 순간, 신부 앞에 생긴
줄—— 자세히 보니 어느샌가 신부로부터 신탁을 받고 있던
레피르가 크게 소리쳤다.

"뭐, 뭐라고?! 아, 아니, 아니요, 그, 그게 정말이에요?!"

어느새 레피르는 신부의 코앞까지 다가가 있었다. 펄펄
뛰는 레피르에게 붙들린 신부는 잠깐 난감한 표정을 지었지
만, 신탁을 도맡아 하고 있으니 그런 반응에도 익숙할 것이
다. 신부는 금세 표정을 정돈한 뒤 엄숙하게 끄덕인다.

"말도 안 돼!"

그 끄덕임이 원했던 대답은 아닌 듯, 레피르는 비명에 가
까운 절규를 지른다. 어쩐지 나쁜 소식을 예감케 하는 외침
직후, 레피르가 스이메이 쪽을 바라보았다.

"스, 스이메이!! 어, 어어어어어어떡해 나?! 큰일 났어!!"

"일단 진정해, 레피르. 대체 무슨 일인데?"

"이건 말도 안 돼. 나, 난 어떡하지?"

"어떡하냐니…… 먼저 무슨 일인지부터 말해. 얘기하는
건 그 다음이야."

그렇게 말해도 레피르는 여전히 흥분해서 소리쳤다.

"신탁이라구! 또 나한테 신탁이 내려졌어!"

"또? ……무슨 신탁인데?"

레피르를 이렇게 혼란스럽게 만들 정도의 신탁이니 보통 일은 아니다. 여신님은 또 그녀에게 어떤 엉뚱한 신탁을 내린 걸까.

★

"여긴가……."

"그런 것 같아."

스이메이와 레피르가 네페리아 제국의 제도에 도착한 날로부터 며칠 후, 그들은 필라스 필리아의 북서쪽에 위치한 주택가의 뒤편에 와 있었다.

주택가의 뒤편. 물론 이곳에도 주택이 밀집되어 있고, 제도답게 높은 건물이 많다. 하지만 그 때문인지 낮인데도 컴컴해, 현대라면 분명 일조권 침해로 소송이 빗발칠 정도다. 구석에는 음울한 분위기를 자아내는 녹음이 무성하고 그 외의 곳은 온통 어두운 그늘로 덮여 있어, 희미한 태양은 그 분위기에 완전히 압도당해 있었다.

저쪽 세계로 치자면 빈민가. 슬럼가의 뒷골목을 살짝 정돈해놓은 모습이라고 하면 딱 맞을 듯하다. 날림으로 지은 싸구려 집도 많다.

──그렇다, 제국에 도착한 스이메이와 레피르가 먼저 해야 할 일은 거처를 마련하는 것이다. 스이메이는 당분간 네

페리아에서 물자나 정보를 조달할 예정이고, 레피르도 마도원에서 마법을 배울 계획이다. 그래서 교회를 나선 뒤에 주택을 알선해주는 업자를 찾았지만 제도의 토지 대부분은 제국 정부가 관리하고 있어 결국 관청까지 가야 했다. 그리고 그곳에서 조건에 맞는 집과 그 지구를 관리하는 구장을 소개받았다. 이날은 그 구장과 함께 머물 집을 보러 가기로 한 날이었다.

딱히 우중충한 분위기에 압도당한 것은 아니지만, 두 사람은 그 자리에 멍하니 서 있었다.

그때 문득 레피르가 불안한 듯 올려다보았다.

"스이메이. 정말 여기면 돼?"

"응? 분명히 여기서 만나기로 했어."

"그게 아니라, 우리가 머물 곳으로 말이야. 도로도 가깝고 입지 조건은 나쁘지 않지만, 왠지…… 분위기가 좀."

그렇게 말하면서 주위를 두리번대는 레피르는 역시 불안하다고 말하고 싶은 듯하다. 아닌 게 아니라 레피르의 표정이 대변하듯 이곳의 인상은 그다지 좋지 않다. 햇빛도 잘 들지 않는 데다 어디서부터인지는 모르지만 악취가 희미하게 풍겨져 온다. 큰길은 가깝지만 일반적인 시점으로 평가하자면 좋은 곳이라고는 말하기 어렵다.

"우리 희망에 부합했던 곳이 여기밖에 없었잖아. 얼마쯤은 우리가 감수하는 수밖에."

"그런가. 아무튼 여러 가지로 좀 그래……."

"뭐가. 햇빛은 어쩔 수 없지만, 냄새는 개선할 수 있어. 그렇게 걱정할 거……."

없어, 라고 말하려다가 깨달았다. 스이메이가 아무리 케세라세라를 외쳐도 레피르는 여전히 지저분한 벽돌 길 위에 우울한 시선을 떨구고 있었다. 주거 환경이 사람의 기분에 미치는 영향이 이다지도 큰 걸까. 평소의 레피르라면 이 정도는 문제없다고 하면서 씩씩하게 웃었을 텐데 이러는 것은.

레피르의 마음속을 어지럽히는 원인에 대해 짐작 가는 데가 있는 스이메이는 불쑥 말했다.

"뭐야. 아직 신탁에 대해서 걱정하는 거야?"

"다, 당연하지! 그런 계시가 있었는데 그럼!"

그런 계시── 구세교회에서 아르주나의 신탁으로 신부의 입에서 나온 말은 실로 상상을 초월한 것이었다.

그렇다, 레피르에게 내려진 여신의 지시는 「제국에 머무는 용사와 함께 마족과 싸우라」는 것이었다.

아직 본 적도 없는 엘 메이데의 소환 용사. 어떤 사람인지도 모르는 그자를 따라가라고 한다. 아무래도 이번 지시는 레피르 역시 상당히 거북한 모양이다. 교회에서는 그렇게 펄펄 뛰었고 그 뒤로는 줄곧 오늘처럼 우울한 표정이다.

하지만 한편으로 스이메이는 이런 생각도 든다.

"아르주나니 뭐니 하는 말을 듣고 싶지 않으면, 안 들으면 그만 아니야? 잊어버린 척하면 되잖아."

"그, 그럴 수는 없어. 내가 아르주나 여신의 은혜를 입고 있는 이상, 그 말을 거역하는 건 도리에 어긋난다구."

"도리에 어긋난다니…… 스피릿 말이야? 그건 네가 달라고 한 것도 아니고 순전히 일방적인 거잖아. 그걸 가지고 도리 어쩌고 하는 건 이상하지 않아?"

"그, 그럴지도 모르지만……."

레피르의 목소리는 점점 작아져서 끝내 사라진다. 레피르가 신심의 미궁 속에 갇혀 괴로워하는 것은 물론 신자이기 때문이다. 신앙을 가진 사람은 종종 자신의 욕구를 악이라고 생각하고, 스스로에게 일련의 책임을 부과하고 자신을 궁지로 몰아넣는다. 아니, 그러지 않으면 안 된다는 강박 비슷한 것을 가진 경우가 많다.

깨끗하고 아름답게 살아가려는 인간의 가치관이 강해져서일 테지만, 그 가치관과 자신의 욕구가 상충하기 때문에 레피르는 괴로워하는 것이다.

하지만 이대로라면 분명——.

"그럼 역시 그 엘 메이데에서 왔다는 용사와 함께하는 거야?"

"그, 그렇게 말 하기야? 그런 건 싫은 게 당연하잖아!"

"당연하구나…… 그럼 더욱이 그 말은 무리해서 듣지 않아도……."

레피르는 정말 어떻게 하고 싶은 것인지 버럭 화를 냈다가 바로 몸을 축 늘어뜨리고 침울해한다.

"그건 여신님의 말을 무시하는 거고, 그랬다가 무슨 일이라도 생기면 난⋯⋯."

하고 싶지 않은 거다. 하지만 자책감 때문에 직접 결정하지 못하는 것이다.

그렇다면 지금은 여신과 아무런 관계가 없는 자신이 나설 때다.

"알았어. 내가 어떻게 해볼게."

"에―― 어떻게 해보겠다니 무슨 뜻이야?"

"말 그대로지. 따라가고 싶지 않으면 내가 도와줄게. 레피르가 따라가려고 하면 내가 말려주고, 그걸로 누가 뭐라고 하면 내가 막아줄게. 어쨌든 네 의사가 아니라는 것만 알리면 되잖아?"

스스로 거부할 수 없는 일이라면, 거부하지 않으면 된다. 그 대신 친구인 자신이 도와주면 된다. 레피르에게는 그럴 마음이 없었지만 억지로 저지당한 것으로 하면, 이쪽에서 억지로 막은 것으로 하면, 그녀의 신심에 흠집이 날 일은 없다.

무슨 뜻인지 깨달은 레피르는 또 다른 우려를 호소한다.

"아, 안 돼! 그건 여신님을 거역하는 일이야, 스이메이! 그런 짓을 하면 스이메이가⋯⋯."

"신경 안 써. 어차피 난 아르주나 여신을 믿지 않으니까. 천국이고 지옥이고 에덴이고 명부고 알 게 뭐야. 게다가 마술사는 전부 세계에 싸움을 걸어서 전능에 도달하려는 자, 모두 하늘에 대고 침을 뱉는 자들이잖아."

"그래도 여신님의 분노를 사면……."

"괜찮다니까. 신을 등지고 사는 사람들이라면 이 세상에 널리고 널렸어. 그래도 세상은 잘만 돌아가잖아. 여신을 거역하면 살아갈 수 없다는 생각는 그야말로 억측이라고."

"그래도 무슨 일이 생기면."

레피르는 불안과 슬픔이 섞인 표정으로 올려다본다.

그런 레피르에게 스이메이는 "그게 뭐"라고 말하는 듯 눈을 감고 콧방귀를 뀌었다.

"──가로막는 게 있다면 떨쳐내고 가면 돼. 그 무언가가 사신이든 여신이든 난 관계없어. ……흠. 바깥 세계에서밖에 간섭할 수 없는 존재가 손을 쓸 테면 써보라지. 사신도 직접 상대하지 못하고 위에서 명령만 하는 녀석에게 내가 질까 봐?"

"사, 상대는 전능한 존재야. 네가 아무리 강하다고 해도 세상에는 어쩌지 못할 일도 있는 거야!"

"내 목표는 거기에 있어. 거기서 물러나면 나는 마술사가 아니지."

자신이 지키고자 하는 이를 모두로부터 지켜내는 것. 그것도 분명 자신 안에 있는 충동이다. 그것을 관철하기 위해 마술사가 되었으니 그것을 위해서라면 목숨까지도 걸어야 한다.

스이메이의 결의를 슬쩍 엿본 레피르는.

"아…… 응, 고마워……."

"응? ……아, 응."

눈을 피한 채 머뭇거리면서 고마운 마음을 전한다. 스이메이는 부끄러워하는 레피르의 모습을 보고 순간 가슴이 덜컹했지만—— 그때였다.

"——오오, 먼저 도착했네!"

분홍빛 공기에 쌓여 있는 스이메이와 레피르 사이로 발랄한 목소리가 지나간다. 눈을 돌리자 그곳에는 활동성을 추구한 옷을 입은 푸른색 머리카락의 소녀가 있었다. 크고 동글한 눈동자가 귀염성 있는 분위기를 풍기고, 문신 같은 줄이 뺨에서 목덜미까지 선명하게 이어져 있다. 성격은 활발해 보였다.

그런데, 작다. 키도 키지만 가슴도 작다. 전체적으로 참 작다. 휙 봤을 때는 레피르와 비슷해 보이는데——.

(또 어린애야. 아, 레피르는 애가 아니지…….)

검문소에 이어 이런 어린애들만 만나니 자연히 그렇게 생각하고 만다.

스이메이가 복잡한 심경이 담긴 눈빛으로 바라보자, 소녀는 불쾌하다는 듯 인상을 확 구기면서 말했다.

"뭐야, 너. 그 눈빛 왠지 불쾌한데."

"아, 미안. 요즘 계속 어린애들만 만나서 나도 모르게."

"어, 어린애라고?! 지금 그거 나보고 하는 말이야?"

"……그런데?"

스이메이가 그렇다고 하자 소녀는 갑자기 눈을 부릅떴다.

그리고 그 귀여운 용모와는 전혀 어울리지 않는 위협적인 목소리로 따지기 시작한다.

"어이, 보아하니 나보다 어려 보이는데 잘도 그런 말을 하네?"

"응? 어리다고?"

"어디로 보나 그런데? 이제 막 구세학교를 졸업한 것 같은 애송이가."

무슨 말을 하는 걸까, 이 소녀는. 딱 봐도 자신보다 나이 많은 사람을 붙잡고 화를 내다니. 혹시 이 소녀는 겉모습과 달리 노령의 마술사처럼 젊게 꾸미고 다니는 부류일까. 그때 옆에 있던 레피르가 무언가 깨달았다는 듯 손뼉을 쳤다.

"혹시, 너 드워프니?"

"그래, 나는 아버지도 어머니도 모두 드워프인 순수 혈통 드워프라고."

"응???"

"도착했냐고 한 건, 그럼."

"아~ 짐작하는 대로. 나는 이 주변 구획을 담당하는 질베르트 그리거라고 해."

"저기…… 나 혼자 뒤처진 것 같은데."

진행되는 대화에 끼지 못하고 겉돌던 스이메이가 곤란한 표정을 짓자, 소녀── 질베르트 그리거는 '뭐라고라? 자꾸 열받게 할래?'라는 듯 인상을 쓰면서 눈을 부라렸다. 귀여운 얼굴이 못쓰게 되었다.

"――너 뭐야? 이 아이는 꽤 똑똑한 것 같은데 너는 꽤 멍청한가 보구나."

"멍청하다니 무슨……."

말이 지나치다. 얼빠진 표정밖에 지을 수 없는 상황이지만 대체 그녀가 그렇게까지 말하는 것은 어떤 이유에서일까. 레피르가 그녀를 드워프라고 말했을 때, 대충 눈치는 챘지만.

"그게 아니야. 스이메이는 드워프를 본 적이 없어서 그래."

"응? 아― 그런 거냐. 그럼 착각하는 것도 어쩔 수 없겠군."

"……굉장히 실례되는 질문이지만, 몇 살이세요?"

"나? 올해로 스물한 살."

"진짜 나보다 나이 많구나…… 아니, 많네요."

"그래, 바로 말투를 바꾸는 걸 보니, 보기와 달리 똑똑하네. 예의를 차려야 할 땐 차릴 줄도 알고 말이야. 좋아, 좋아."

질베르트는 허리에 손을 얹고 몸을 젖히면서 으스댄다. 레피르에 대해서는 너는 이대로 좋다, 라는 듯 기분 좋게 어깨를 두드렸다.

――드워프. 북유럽 신화에서는 지하 세계에 사는 요정 가운데 하나로 분류된다. 같은 기원을 가진 아름다운 외모의 요정 알파르와 짝을 이루는 존재다. 까무잡잡한 피부에 흉한 외모의 드베르그, 검은 엘프 따위로 불리는 아인이다. 대장간 일이나 세공 기술이 뛰어나 신들의 권능에 필적하는 도구를 만들거나 때때로 신들과 대적하거나 협력하며 다양

한 위치를 점한 존재로 묘사된다.

그 뒤에 이어지는 민간전승에서는 친절하거나 장난기 많은 소인의 모델이 되어 대부분 키가 작은 종족으로 알려진다.

(수염 같은 것도—— 있는 것 같고 몸집도 작다. 하지만 연령이라든지 외모에 관한 건 전혀 안 맞잖아. 어떻게 된 거야…….)

신화에 대입하는 것도 무의미한 걸까. 이곳은 이세계다. 무엇이든 있을 수 있는 곳이다.

한편 질베르트는 레피르가 마음에 들었는지 그녀와 함께 복장에 관해서 이야기꽃을 피우고 있다. 즐거운 토크 중에 미안하지만 다음 단계로 넘어가고 싶다.

"죄송하지만 슬슬 집을 소개해주시겠어요?"

"응? 아아, 그리고 보니 집을 보러 왔다고 했지. 잊고 있었어."

"그런 건 잊지 말아주세요."

"뭘 신경 써. 남자가 사소한 일에 신경 쓰면 쪼잔해 보이고 안 좋다고. 성급해 보이는데, 혹시 숫총각?"

"끄응……."

그렇게 말한 그녀는 사람을 놀려먹었을 때 짓는 미소를 짓는다. 그야말로 드베르그. 전승으로 알려진 대로 짓궂다고 해야 하나. 잘도 지껄인다.

거침없이 앞장서는 질베르트를 따라가자 집합 주택 사이

에 끼인 큼직한 집 한 채가 나왔다.

"바라던 대로 꽤 크지?"

"헤에……."

현관 안을 둘러보고 천장을 올려다보면서 탄성을 질렀다. 바닥은 널마루고 꽤 오랜 기간 방치된 듯하지만 기둥이나 들보도 큼직하고 건물 자체는 튼튼해 보인다. 상하수도가 정비되어 있는 제국답게 수도도 설치되어 있어 더할 나위 없다.

함께 방 안을 둘러본 뒤 다시 현관 앞 복도로 나오자 질베르트가 흥분한 목소리로 물었다.

"어때?"

"나쁘지 않네요. 생각했던 것보다 좋아요."

"당연하지. 내가 관리하는 건물인데! 어디 하나 빠지는 데가 없지."

그렇게 말한 질베르트는 다시 그 빈약한 가슴을 앞으로 내밀면서 자랑스레 몸을 젖힌다.

그러자 옆에 있던 레피르가 새침한 표정으로 바닥을 바라보면서.

"스이메이. 좋은 곳을 찾아서 잘 됐구나."

"응?"

축하의 말. 하지만 왠지 전혀 자연스럽지가 않고 남의 일이라는 듯한 말투다. 그런 반응을 의아하게 생각하고 있는데 레피르는 거기에 한층 더해 동요가 섞인 목소리로 말한다.

"다, 다음은 내가 머물 집을 보러 갈 차례야."

"……? 레피르가 머물 집?"

"그래, 스이메이는 살 곳을 찾았잖아. 그러니 이젠 내가 지낼 곳을 찾아야지."

"잠깐, 무슨 말이야? 여기만 해도 이렇게 넓은데 함께 지내면 되잖아?"

"에── 그건, 그…… 민폐 아니야?"

당황한 목소리와 뜻밖이라는 표정. 동그랗게 뜬 눈. 설마 그녀는 그래서 그랬던 걸까. 따분해 보였던 그녀를 생각하니 어쩐지 깜찍하고, 그녀답다.

"민폐라니, 나는 처음부터 그럴 생각이었는데?"

"정말이야?"

레피르는 뜻밖이라는 듯 물었다. 지금 자신이 잘못 들은 게 아니라는 사실을 확인하려는 듯. 그런 그녀에게 다가가 작은 목소리가 잘 들리도록 허리를 숙인다.

(당연하지. 지금 그 모습 그대로는 위험하기도 하고, 무엇보다 레피르는 저주에 걸렸잖아.)

(하지만 그건…… 너하고는 관계없는 일이야. 또 너에게는 너의 목적이 있잖아?)

(괜찮대도. 이미 한배를 탄 거라고. 네가 자유로워질 때까지 내가 도와줄게.)

(──?!)

스이메이가 그렇게 말한 순간이었다. 레피르가 갑자기 있는 힘껏 스이메이를 껴안았다.

"고마워! 스이메이!"

"아, 으응……."

레피르는 그 부드러운 볼을 부비기까지 한다. 그 정도로 감격한 걸까. 지금까지 도움받을 데가 없었던 레피르다. 곰곰이 생각하면 이런 반응도 무리는 아니다. 이 상황은 조금 쑥스럽지만.

그렇게 생각한 그때였다. 옆에서 이상한 시선이 느껴졌다.

"질베르트 씨, 왜 그러세요?"

"저기 말이야, 너 혹시 그거야? 항간에 떠도는 소아성애자?"

"아니에요, 저는……."

그렇게 해명하면서 레피르를 밀어내자 질베르트는 더러운 것을 보는 눈빛으로 뒷걸음질 친다.

"이쪽으로 오지 마. 레피르한테서도 떨어지고, 나한테도 다섯 걸음 이상 다가오지 마. 그 이상 다가오지 마."

"사람 말 좀 들어봐요. 오해라니까요……."

"그런 말을 하는 녀석들이 뒤로는 구린 짓을 하는 거야."

"관둡시다…… 그리고 요구 사항이 한 가지 더 있었잖아요."

"흠…… 아아, 거기 말이구나. 있어. 이쪽으로 따라와."

화제를 돌리자 질베르트는 잠시 날카롭게 반응하더니 거

침없이 방 안쪽으로 앞장선다.

"……스이메이. 방금 질베르트가 무슨 말 한 거야?"

"응, 그거. 욕실."

"욕실이라니! 이 집에는 욕탕이 있는 거야?!"

스이메이의 대답에 레피르는 흥분한 목소리도 되묻는다. 한편 그 목소리가 들렸는지 질베르트가 돌아보면서 대신 대답했다.

"물론이지. 여기는 제도라고! 제도의 집이라면 역시 욕실이지."

역시 그녀의 입에서 나온 것은 자랑하는 목소리. 그 말을 듣기 무섭게 레피르는 쏜살같이 질베르트가 있는 곳으로 달려간다. 그러자 반질하게 윤이 나는 돌과 석고로 만들어진 욕실이 나왔다. 욕실 안에는 새로 들인 듯한 나무 욕조가 놓여 있었다.

그 욕조를 통통 두드리면서 질베르트가 묻는다.

"이 정도면 되겠지?"

"와아……."

뒤이어 스이메이가 도착하자 레피르는 욕실을 둘러보며 눈을 반짝였다.

그렇다, 아스텔 왕국에는 기본적으로 입욕 문화가 없어서 불과 얼마 전까지는 거의 더운 수건으로 몸을 닦았다. 그래서 제국처럼 입욕 문화가 있는 노시어스 출신인 레피르에게는 아스텔 체재가 꽤 스트레스였던 모양이다. 레피르가 제도에 빨리 가자고 재촉한 이유도 바로 이 목욕 문화 때문이고—— 이세계에서 온 스이메이 역시 그 부분에 질려 있던 터라 거점이 될 집에는 반드시 욕조가 있었으면 했다.

역시 욕실의 소중함을 아는 소녀에게는 기쁜 일이었을까. 레피르는 흥분해서 제정신이 아니었다.

"스이메이, 욕조야! 욕조라구! 오늘 바로 들어가야지!"

평소와는 180도 다른 모습으로 말도 안 되게 떠들고 있다. 기품 있는 모습과는 상당한 갭이 느껴지지만, 어쨌든.

"방도 청소해야 하고 여러 가지 준비도 해야 하니까 내일 이후에나 쓸 수 있을 거야."

"아…… 그런가. 그렇겠다."

오늘은 쓸 수 없다는 말에 레피르는 어깨를 축 늘어뜨린다.

바로 그때 스이메이는 다시 옆에서 이상한 시선을 느꼈다. 그리고 그곳에는 당연히 질베르트가 있었다.

"……뭡니까? 왜 또 그런 눈으로 쳐다보는 거죠?"

"어이, 너, 정말 소아성애자 아니야?"

"지금 대화 중에 그런 변태적 취향을 연상시킬 만한 단어가 포함되어 있었나요?"

"레피르는 오늘 들어가겠다고 말했잖아? 그건 같이 들어가겠다는 거 아니야?"

"아아아, 아니야! 나는 절대로 그런 뜻으로 한 말 아니야! 그건 그냥 뉘앙스 차이 같은 거야."

"그렇답니다. 저는 레피르와 한 욕조는 안 쓴다고요."

스이메이가 단호하게 말하자 어째서인지 레피르가 상처받은 표정으로 뒤돌아본다.

"……스이메이. 나랑 같이 목욕하는 건, 시, 싫구나."

"뭐? 레피르, 지금 무슨 소리를."

"싫은 거야……?"

"응? 아니, 그건 그러니까……."

"허허, 너 왜 거기서 망설이는 거야. 이 음흉한 소아성애자…… 여자 드워프의 공공의 적……."

"그, 그그그그러니까! 아, 아니라고요……."

제대로 말이 나오지 않는 스이메이. 술술 말하는 것은 무리다. 허둥지둥. 질베르트에게 로리콤으로 낙인찍힌 스이메이는 머리가 무거워진다. 아무래도 그녀는 자신을 그런 부류의 사람으로 판단 지은 듯하다.

"하아……."

질베르트의 따가운 시선에 한숨 한 번.

……하지만 거점이 될 집도 마련했겠다. 이것으로 겨우 영걸 소환 마법진 연구에 몰두할 수 있게 되었다. 마술을 연구하는 데 있어 가장 필요한 것은 토대가 될 거점이다. 연구할 장소가 없으면 아무것도 할 수 없다. 마술품은 하나하나 만들어야겠지만 여러 가지 의식을 치를 수 있는 방만 있다면, 귀환을 위한 연구도 비약적으로 진행될 것이다.

"어이, 거기 음흉한 소아성애자 씨. 가까이 오지 말라고 했는데, 들리는 거야?"

"적당히 좀 해, 이 합법 불량 로리야! 나는 로리콤이 아니라고 아까부터 말했잖아!"

결국 어째 저째 질베르트와는 반말로 말싸움을 하는 사이가 되어버렸다.

★

시간과 장소를 옮겨 레이지 일행의 이야기다.

크란트 시. 북쪽에 위치한 산맥에서 지하수를 얻고 기후적으로도 아스텔에서는 지내기 좋은 편이다. 난점을 꼽자면 국경 인근에 위치해 외부의 위협에 취약하다는 것이다. 수백 년 전의 전쟁에서 격전지 중 하나였다. 그럼에도 크란트 시가 발전할 수 있었던 것은 제국과 연합을 관통하는 큰 도로와 직결되어 있고 유통이 활발하기 때문이다.

수도인 메테르가 고풍스러운 멋을 중시한다는 사실을 차치하더라도 메테르보다 세련되었으며 사람들의 생활수준도 높다.

수비도 견고하다. 최근에는 항마력 물질로 성벽을 개수하는 공사에도 착수했다. 한편 군비를 증강하여 제국을 견제하고 있다. 유사시에는 국경 요새로서 아스텔 왕국 제2의 수비 요충지로 발돋움하고 있다.

그렇게 상업 도시와 요새 도시라는 두 가지 측면을 가진 곳에 레이지 일행은 와 있었다.

라샤스를 쓰러뜨린 뒤 하드리어스의 초대를 받은 그들은 도착하자마자 개선 퍼레이드에 참석했다. 많은 시민이 마족군을 섬멸한 레이지의 공을 찬양했고 그들은 거짓 영예를 얻었다.

정신없이 며칠이 흐르고, 현재는 크란트 시내에 있는 한 숙소에 묵고 있다.

여왕이나 용사 같은 귀빈은 공작 저택에 머무는 것이 일반적이나 시정에 있는 숙소에서 지내는 것은 티타니아의 간곡한 부탁이 있어서였다.

하드리어스는 아군이라고 마음을 놓아선 안 되는 상대다. 티타니아는 그런 그에게서 늘 위기감을 느꼈다.

숙소에서 쉬던 레이지, 미즈키, 티타니아는 소파에 빙 둘러앉아 무릎을 맞대고 있었다.

숙소에 준비된 로즈 워터를 컵에 따라 단숨에 들이켠 미즈키는 겨우 한숨 돌렸다는 듯 휴 하고 장미향이 나는 한숨을 쉬었다.

"퍼레이드, 정말 굉장했어."

"그래. 아마 메테르에서 했을 때보다 돈이 더 많이 들었을 거야."

레이지는 미즈키의 말에 동의한다. 레이지를 환영하는 개선 퍼레이드는 사흘에 걸쳐 이어졌다. 하루 동안 거행된 메테르에서의 출정식도 대단했는데 그 세 배가 걸렸으니 대규모라고 하지 않으면 달리 뭐라고 하랴.

그때 미즈키가 불쑥.

"이번 퍼레이드 때 생각한 건데, 크란트 시는 꽤 부유한가
봐. ……크란트 시라기보다 이곳을 통치하는 그 사람이."

"하드리어스 경은 이 크란트 시를 포함해 광대한 영지를
소유한 대귀족이에요. 권력, 재력, 그리고 무력까지, 아스
텔에서 그를 능가할 귀족은 없을 거예요."

복잡한 눈빛으로 창밖을 내다보는 미즈키에게 그렇게 대
답한 것은 티타니아였다.

왕도에 버금가는 거대 도시를 다스리는 하드리어스. 요
며칠 사이에 그가 벌인 일을 돌이켜보면 그야말로 삼박자를
두루 갖추었다고 할 만했다.

마장과 맞서 싸우는 힘, 성대한 퍼레이드를 개최할 재력,
그것을 관철시키고야 마는 권력, 그 세 가지를 모두 갖추었
으니 그런 범접하기 힘든 분위기를 내는 것이리라.

"그것도 그렇지만 솜씨가 좋다고 할까. 전부 내가 한 일도
아닌데……."

라샤스를 토벌한 것은 모두의 힘이 있었기에 가능했다. 모
든 것을 자신의 공적으로 하는 것은 너무 과분한 일이다.

"그거라면…… 죄송하게 생각해요. 하지만 레이지 님의
공적으로 하는 게 국가적으로도 도움이 되니까요."

"응. 알고 있어."

이 결과를 통해 하드리어스가 이끌어낸 것은 마족 융성으

로 시들해진 민심을 고무한 것이다. 티타니아도 그 중요성을 알고 있었기에 대대적인 퍼레이드도 허락한 것이고, 레이지 역시 그 사실을 인지하고 있다. 하지만 실제로 자신이 한 일은 미미한 수준. 하이에나처럼 타인의 공적을 가로챈 듯해 영 마음이 불편했다.

그때 미즈키가 못마땅하다는 듯.

"있을 법한 이야기야. 타인의 공적을 이용하거나 자신에게 유리하게 일을 만드는 걸 보면, 과연 귀족답다는 생각이 들어. 그뿐만 아니라 외국에 어필하려는 뜻도 있는 거잖아?"

"맞아요. 그래서 하드리어스 경은 방심할 수 없는 인물이에요. 스이메이를 함정에 빠뜨리고도 친구인 레이지 님에게 주눅이 들기는커녕 정치적으로 이용해 제국—— 그라체라 전하를 견제할 책략을 짜낼 만큼 교활한 자예요."

티타니아는 그렇게 말한 뒤 마지막으로 덧붙이듯, "다시 말씀드리지만, 절대 방심하지 마세요" 하고 경고한다. 경계심이 강하다. 지금까지 접하면서 받은 인상과 감이라고 했다. 싫어해서라고 생각했는데, 그런 마음이 강한 것이리라.

그렇게 생각하면서 레이지는 티타니아에게 묻는다.

"저기 티아? 티아는 스이메이를 미끼로 삼은 일에 대해서 어떻게 생각해? 스이메이와 우리가 친구가 아니라면 말이야. 역시 아스텔 왕국의 사람이니까……."

"확실히 복잡한 마음이에요. 마족군으로 인해 입을 피해와 민초들을 생각해 어쩔 수 없는 일이라고 한다면 저는 반박할 수 없을 거예요."

그렇게 서두처럼 말을 꺼낸 티타니아는 갑자기 깊이 머리를 숙였다.

갑작스러운 티타니아의 행동에 레이지와 미즈키가 동시에 "에", "아" 하고 당혹감이 깃든 반응을 보이자, 티타니아는 사죄의 말을 꺼냈다.

"죄송해요, 레이지 님, 미즈키. 그 이야기를 들었을 때, 저는 그것도 하나의 방법이라고 생각했어요."

"아니야, 괜찮아. 티타니아의 입장이라면 그렇게 생각하는 것도 무리는 아니야. 그렇지? 미즈키."

"……응"

레이지가 동의를 구했지만 쓸쓸하게 눈을 감는 미즈키는 납득하지 못한 걸까.

스이메이는 미즈키에게 가장 처음 사귄 친구라고도 할 수 있다. 연인은 아니지만 마음이 가는 부분이 있을 것이다. 미즈키는 다시 창밖을 쳐다보며 나지막하게 말한다.

"스이메이. 결국 못 찾았네."

"괜찮아. 스이메이라면 분명 무사할 거야."

"빈틈이 없으니까?"

"그래. 또 선생님도 말했잖아."

레이지는 그렇게 말하며 페르메니아가 했던 말을 떠올린다.

──스이메이 님이니까요. 분명 괜찮을 거예요.

헤어질 때 그녀는 그런 말을 했다. 자신들이 걱정하는 것을 생각해서 한 말이겠지만.

"백염님이 한 말, 단순히 안심시키기 위해 한 말 같지는 않았어요. 어쩌면 백염님은 백염님대로 상황을 파악하고 있는 걸지도 몰라요. 스이메이의 행적을 파악했을 가능성도 배제할 수 없어요."

"행적을 파악하다니, 어떻게?"

"그건 역시 마법이 아닐까요…… 백염님은 우리나라에서도 참신하고 유례없는 마법을 만드는 천재 마법사니까요."

"아……."

티타니아의 말을 듣고 미즈키는 페르메니아에 대한 평판을 떠올린 것일까. 미즈키의 탄성에 이어 레이지도 손뼉을 친다.

그때 조심스러운 노크 소리가 들려왔다. 뒤이어 문 밖에서 들려온 것은 로프리의 목소리.

"실례합니다. 레이지 님, 잠깐 괜찮으십니까?"

"로프리 씨? 아아, 들어오세요."

"실례합니…… 아니, 티타니아 전하! 죄, 죄송합니다!"

어째서일까. 문을 연 로프리는 와서는 안 될 곳에라도 왔다는 듯 매우 당황한 표정으로 머리를 숙였다. 아마 티타니아와 단둘이 있다고 생각하고 이상한 오해를 한 것 같다.

그런 로프리의 생각을 읽은 티타니아가 작게 한숨을 내쉬면서 말한다.

"괜찮아요, 로프리. 미즈키도 함께 있어요."

"네? 아, 그러셨군요……."

그리고는 멍한 표정. 약간 엉성하다고 해야 할까 틈이 많다고 해야 할까. 의외로 마음을 편하게 해주는 타입이다. 그런 로프리를 미즈키가 빙긋 웃는 얼굴로 바라보면서.

"헤에~ 로프리 씨는 대체 무슨 생각을 한 거예요?"

"네?! 아, 아닙니다! 저는 딱히 이상한 생각은 하나도!"

"나는 이상하다는 말은 안 했는데요?"

"아, 아아아아……."

무덤을 팠다는 것을 깨달았지만 수습하지 못하고 당황하는 로프리.

그런 로프리를 가엽게 생각한 레이지가 구원 투수로, "미즈키" 하고 그녀를 불렀다.

그러자 미즈키는 "농담이에요~"라고 말하며 방긋 웃는다. 거기에 짓궂은 미소와 유쾌한 미소가 섞여 있는 것은 말할 필요도 없다.

갑자기 찾아온 로프리. 무슨 용건이 있다는 것을 눈치챈 레이지가 묻는다.

"로프리 씨, 무슨 일이에요?"

"예. 그게 하드리어스 공작 전하가 사신을 보내왔습니다."

★

갑작스럽게 하드리어스의 초대를 받은 레이지는 숙소 앞에서 기다리고 있던 사신을 따라 공작 저택에 도착했다. 그리고 지금은 긴장한 표정으로 하드리어스의 개인 집무실 앞에 와 있다.

어디선가 들려오는 악기 소리. 어느 방에서 악사들이 연주를 하고 있을 것이다. 그 소리를 들으면서 레이지는 다시 한 번 이 방의 주인과 대면하기 위한 각오를 다진다.

숙소를 나설 때 티타니아는 조심하라고 충고했고, 미즈키는 걱정된다고 말했다. 상대는 하드리어스. 무리해서 만날 필요는 없다는 말도 나왔지만, 나름대로 생각이 있었던 레이지는 고개를 가로저었다.

그렇다, 이 방에서 어떤 의도를 가지고 자신을 기다리고 있는 귀족은 티타니아가 말한 대로 방심해선 안 될 남자다. 근거 없는 예측이며 억측이라고 해도 확고한 예감이 있다. 분명 앞으로 하드리어스와는 몇 번이고 대면하게 되리라는 것을. 그래서 만나고 싶지 않다고 말할 수 없었다. 오히려 빨리 부딪쳐 루카스 드 하드리어스라는 남자의 됨됨이를 파악해두어야 한다.

레이지는 다시 한 번 각오를 다진 뒤 문을 두드렸다.

누구냐고 묻는 목소리에 도착을 알리자 짧게 "들어오세요"라는 목소리가.

레이지가 "실례합니다"라고 하며 문을 열자, 사치스러운 분위기의 응접실이 눈앞에 펼쳐졌다. 짤막한 인사 뒤에 사무적인 대화를 주고받는다. 그리고 문 앞에 서서 긴 의자에 걸터앉는 하드리어스를 지켜보자.

"용사님은 안 앉으실 겁니까?"

"제가 살던 곳에서는 주인이 권할 때 앉는 문화가 있어서요."

살짝 날카로운 목소리로 대답하자 하드리어스는 작게 감탄사를 내뱉는다.

"호오…… 용사님이 있던 곳은 예절을 중요하게 여기나 보군요. 그럼 이것도 내가 권해야겠군요?"

하드리어스의 시선이 가리키는 곳으로 시선을 옮기자 테이블 위에 유리잔이 있었다. 붉은 액체가 담긴 유리잔에는 자신의 모습이 비쳤다.

"이건, 술인가요?"

"맞습니다. 달콤한 포도주지요. 맛이 나쁘지 않습니다."

나쁘지 않다라. 하지만.

"죄송하지만……."

"용사님은 술을 못 마십니까?"

"제가 있던 곳에서는 미성년자는 알코올…… 주정 성분이 들어간 음료는 마실 수 없다는 법률이 있어서요. 사양하겠습니다."

그렇게 무뚝뚝하게 거절하자 하드리어스는 잔에 든 포도주를 들이켠 뒤 묻는다.

"흠, 왜 그런 법이 있습니까?"

"인간의 몸은 보통 스무 살이 되기 전까지는 주정 성분을 분해하는 능력이 낮다고 알려져 있습니다. 분해되지 않는 주정 성분 안에는 인체에 악영향을 끼치는 물질도 있기 때문에 나라에서 금지하고 있습니다."

그렇게 설명하자 하드리어스는 유리잔 안에 든 내용물을 쳐다보면서.

"여신의 피라고도 불리는 음료에 그런 물질이 들어 있다니. 게다가 그것을 나라에서 금지하고 있다니 꽤나 엄정한 조치군요…… 아니, 인재 육성에 힘쓰고 있는 건가."

누구에게랄 것도 없이 그렇게 중얼거리고는 혼자 감탄하면서 레이지가 있는 것도 잊은 것처럼 잔을 들여다보았다. 무슨 생각인 걸까. 미동도 하지 않는 하드리어스에게 레이지는 솔직하게 묻는다.

"오늘은 무슨 일로 저를 부르셨지요?"

"그저 용사님과 잠시 대화를 나누고 싶었을 뿐입니다."

"즐거운 분위기는 아닌 것 같은데요."

"후, 죄송하군요."

마음에도 없는 말을 하다니 뻔뻔하다. 조금 전 방에 들어왔을 때부터 실내는 불온한 공기로 가득 차 있었다. 그 점을 날카롭게 지적하자, 하드리어스는 이쪽을 시험하기라도 한듯 불쑥 합격을 알리듯 미안한 마음은 전혀 느껴지지 않는 투로 사과했다.

행동 하나하나에서 여유가 느껴진다. 강자의 여유. 용사가 뭐라고, 라는 듯한 속마음이 여실히 전해져 온다.

그의 행동을 주시하자, 하드리어스는 유리잔에 든 내용물을 바라보면서 묻는다.

"용사님은 왜 마왕 토벌을 수락했지요?"

"이 세계의 사람들을 구하기 위해서요."

레이지의 대답은 알현 당시 알마디아우스에게 했던 말. 지금까지도 변함없는 이유다. 하지만 하드리어스는.

"귀공이 구하고자 하는 것은 귀공과는 아무런 인연도 연고도 없는 자들입니다만? 구한다고 득이 될 것도 없는 자들입니다. 그래도 그런 자들을 구하고 싶다는 겁니까?"

"공작 각하는 대체 무슨 말씀이 하고 싶은 거죠?"

"그저 용사님의 그 숭고한 사고의 출처가 어디인지 궁금하다고 할까요."

"……?"

이 남자는 이런 질문을 해서 무엇을 얻으려 하는가. 수수께끼 같은 질문과 연민이 담긴 듯한 시선만으로는 속뜻을 짐작하기 어렵다. 그것이 만약 야심에 가득 찬 매의 눈빛이었다면 이쪽의 약점을 발견하려 하는 것임이 명백할 텐데. 왜 이 남자는 다른 분위기를 풍기며 이런 질문을 하는 걸까.

그렇게 생각하며 곤혹스러운 시선으로 바라보자, 하드리어스는 재미없는 질문이었다고 자조하듯 불쑥 메마른 웃음을 흘렸다.

"뭐, 좋습니다. 그럼 또 하나 묻지요. 용사님이 있던 세계는 어떤 곳이지요?"

"어떤 곳이라니요?"

"이 세계와 비교한다면 말입니다."

이쪽과 저쪽의 세계를 비교하라는 걸까. 비슷한 이야기를 왕성에서 알마디아우스에게도 했던 기억이 있다——.

"저쪽 세계는 이곳에 비해 기술적으로 훨씬 발전해 있습니다. 이 세계에는 마법이라는 것이 존재하지만 저쪽 세계의 기술은 이쪽 세계와는 비교도 안 될 만큼 발달되어 있죠."

"발전, 발달…… 이라. 조금 전에 술에 대한 이야기도 거기서 기인한 겁니까?"

레이지는 "예" 하고 솔직하게 대답한다. 그러자 하드리어스는 갑자기 자리에서 일어나 창가 쪽으로 향한다. 그리고 창문 밖을 내다보면서.

"용사님은 이 세계를 어떻게 생각하십니까?"

"저쪽 세계와 비교하자면 끝이 없겠지만, 좋은 곳이라고 생각합니다."

"좋은 곳이라……."

그렇다, 하드리어스의 중얼거림에는 왠지 모를 실망감이 섞여 있다. 조금 전부터 무엇 때문에 무슨 생각으로 하는 질문인지 모르겠지만, 하드리어스는 다시 질문한다.

"용사님. 창문 밖에는 뭐가 보이십니까?"

그렇게 물은 것은 직접 보라는 말일까. 살짝 다가갔다. 이곳 3층에서 보이는 것은 거리와 행인들의 모습. 해가 저물기 시작한 크란트 시에는 여기저기 램프가 켜져 있고, 램프 불빛에 비친 집과 사람들의 모습이 보이고 저 멀리에는 환락가 특유의 청록색 램프가 빛나고 있었다.

"저게 뭐 어쨌단 말이죠?"

"이 세계는 수백 년 전과 다를 게 없습니다. 다들 정해진 시간에 일어나 일을 하고 사랑을 하고 아이를 낳고 죽어요. 발전도 없는 기술을 고집하고, 전쟁이나 외교로 인한 국가의 흥망성쇠도, 사람들에게 뿌리내린 의식도 변함없이 그 자리에 정체되어 있지요."

그렇게 말문을 연 하드리어스는 "이곳은 여신의 모형 정원입니다" 하고 차갑게 말했다. 이 남자는 그것을 슬퍼하는 걸까, 분개하는 걸까. 확실히 문화와 문명의 발전은 인간과 밀접하게 관계되어 있다. 누구나 바라는 것일지도 모르지만 무리하게 발달을 추구하는 것도 잘못된 게 아닐까.

"발전한 세계에서 온 용사님은 그래도 좋다고 생각하십니까?"

"사람들이 안녕하다면 그것도 하나의 존재 방식이 아닐까요? 무리한 변화는 분쟁을 일으킵니다. 저쪽 세계에서도 사람들 간의 분쟁은 끊이지 않았고요."

"…………."

하드리어스는 침묵했다. 레이지가 생각한 그때.

"——갑작스럽지만, 용사님은 제국으로 가주셔야겠습니다."

"무슨……?"

"제국이—— 특히 그라체라 황녀의 움직임이 활발해지고 있습니다. 용사님은 한동안 제국에 머물며 황녀의 움직임을 막아줘야겠습니다."

하드리어스는 단호하게 말했다. 유무를 묻지 않겠다는 그 말투는 이쪽의 의사를 무시하는 것이나 다름없었다.

"그 말은 꼭 그래야 한다는 뜻입니까?"

"그렇습니다."

"하지만 전 그럴 의무가 없는데요. 제 가장 중요한 임무는 마왕 나크샤트라를 토벌하는 겁니다."

"그렇지요. ——그런데 말입니다, 용사님. 급히 발길을 돌린 건 그레고리가 알려줬기 때문이지요?"

그 말이 내뱉어진 것과 동시에 방을 메우고 있던 공기의 성질이 바뀌었다. 물론 그것은 하드리어스, 특히 자신의 감정 때문임이 틀림없다.

"지금—— 저를 협박하는 겁니까?"

"후—— 좋을 대로 생각하세요. 그레고리는 군법을 위반한 게 아니니 재판을 받지는 않을 테지요. 용사님의 생각은 억측에 불과합니다."

"——내 친구를 미끼로 삼고도 그런 말을!!"

"대를 위해 소를 희생한 것뿐입니다. 수색을 진행 중이니 그 이야기는 조금 더 기다려보시죠. 살았든 죽었든 흔적 정도는 파악할 수 있습니다. 아직까지 들어온 보고는 없지만 말입니다."

하드리어스는 시시한 이야기라는 듯 콧방귀를 뀌었다.

"아마 살아 있을 것 같지는 않군요."

"이런 뻔뻔한……."

더 이상 참지 못하고 그렇게 내뱉자 하드리어스는 "그저 가능성을 말했을 뿐입니다"라고 말했다. 피도 눈물도 없는 사내다.

"스이메이에게 미안하지도 않습니까?"

"미안하다면 용사님의 마음이 좀 나아지시겠습니까?"

"——으윽!"

그 말은 용서할 수 없었다. 이를 악 물고 노려보았다. 예의에 어긋난 일이라는 것은 알았다. 다만 참기에는 분노가 너무 컸다. 레이지의 살기 어린 눈빛에도 하드리어스는 전혀 개의치 않고.

"스이메이 야카기. 그자는 운이 나빴을 뿐입니다. 그러니 그렇게 쳐다보셔도 곤란합니다."

"이 자식이——!!"

눈빛과 분노만으로는 멈출 수 없었다. 주먹을 날렸다. 이성은 일찍이 잃었다. 폭력을 휘두른 다음에 벌어질 일에 대한 걱정이 그 짧은 순간에 떠올랐지만 그런 자에게는 일고의 여지도 없었다.

그러나 레이지의 일격은 하드리어스의 한 손에 막혔다.

"크으윽……?"

"흠……."

시시하다는 듯 이쪽을 향한 시선

(이 남자…….)

전력을 다하지는 않았다. 하지만 영걸 소환의 가호로 폭발적으로 증대된 힘을 눈썹 하나 까딱하지 않고 막다니.

붙잡힌 손을 거칠게 뿌리치고 뒤로 물러나자 하드리어스는 다 안다는 표정으로 다시 창문을 향해 섰다.

"더욱 분발하셔야겠습니다. 이런 실력으론 마왕을 상대하긴 어려울 겁니다. 더 많은 경험을 쌓고 강해질 필요가 있어요. 다시, 제국 말입니다만——."

선택의 여지는 없는 것일까. 가지 않는다면 은밀히 그레고리를 벌할 생각일 것이다.

"……제국에는 가겠습니다. 하지만 그레고리 씨와 그 가족에게는 손대지 마세요. 그리고 스이메이."

"최선을 다해 수색한다고 약속하지요. 지금 보니 용사님의 친구는 아직 이용 가치가 있는 것 같으니 말입니다."

"당신은……."

또 그 얘기일까. 하지만 약점을 이용당해서는 안 된다. 분하지만 아무 말도 하지 않고 이 방에서 나가는 것만이 레이지가 할 수 있는 최선의 저항이었다.

문고리를 잡으려 한 그때.

"——용사님. 한 가지, 꼭 드릴 말씀이 있습니다."

"……뭐죠?"

"앞으로 귀공은 수많은 적과 만날 겁니다. 그건 인간일 수도, 다른 종족일 수도 있지요."

왜 그런 말을 하는 것일까. 설마.

"그때 내가 라쟈스한테 한 질문이 어리석었다고 말하려는 겁니까?"

"아닙니다, 그때는 저도 안심했습니다."

"무슨——?"

그 말은 레이지에게 뜻밖이었다. 분명 마족에게 싸움의 이유를 물은 것에 대해서 쓴소리를 할 줄 알았는데.

"용사님. 이곳은 귀공이 살던 곳과는 다릅니다. 이곳의 존재를 대할 때 스스로 생각하고 행동하는 것은 좋은 자세입니다. 그러나 마족과의 싸움에 관해서만은 그 시비를 따지는 것은 무의미합니다."

"무슨 말이죠?"

"녀석들은 그런 존재라는 말입니다. 무슨 이유가 있어서 인간이나 타종족을 공격하는 것이 아닙니다. 녀석들의 존재 자체가 인간을 포함한 종족을 멸망시키려는 거대한 존재의 뜻이란 말입니다."

"거대한 존재의 뜻? 그건 대체……."

"그건 지금 귀공이 알 필요는 없습니다. 그러니 귀공의 그물음에는 의미가 없다는 말이지요."

하드리어스는 그렇게 말을 매듭지었다. 이것이 충고였는지 경고였는지는 알 수 없다.

"……이제 끝입니까?"

"하나만 더."

말을 더한 것은 어떤 의도가 있어서일까. 하드리어스는 창밖을 바라보면서 표정이 보이지 않는 질문을 던졌다.

"귀공은 모든 것이 끝난 뒤에 바라는 게 무엇이지요?"

"딱히. 아무것도."

"지위, 명예, 부, 여자. 지상에 존재하는 모든 욕망을 채울 수 있는 것을 원하는 만큼 가질 수 있는데도?"

"끈질기네요. 무슨 생각인지는 모르겠지만 나는 그런 걸 위해서 싸우는 게 아닙니다."

"그렇군요. 그럼 질문은 여기까지입니다. 제국으로 떠나기 전에 잠시라도 편히 쉬는 게 좋을 겁니다."

레이지는 뒤돌아선 하드리어스에게 인사하지 않고 방을 나와 숙소로 향했다.

"소환 용사……."

……창문 너머로 레이지의 뒷모습을 우울한 눈빛으로 바라보던 하드리어스는 하늘을 올려다보았다. 어두워져가는 하늘을 바라보면서 하드리어스는 지금은 이곳에 없는 레이지를 향해 물었다.

"용사 레이지. 너는 이 세계를 어떻게 생각하지? 조금 전 이곳이 좋은 세계라고 한 말은 진심인가? 여신으로 인해 정체되고 미래가 없는 이 세계가──."

──도서관이, 없다.

제도 필라스 필리아. 황제의 명령에 의해서만 움직이는 상비군이 있어 무(武)의 도시로 불리는 제국의 수도. 군대가 상주하는 도시라고 하면 세련되지 못한 곳일 것 같지만, 학문이 발달해 있고 정보 관리도 우수하며 타국에서도 부러워하는 대도서관이 있다. 거슬러 올라가면 건국 당시에 쓰인 서적까지 보관되어 있다고 하니 조사를 위한 장소로는 최적의 장소다.

스이메이는 집을 나서기 전에 그렇게 들었는데── 아무리 돌아다녀도 도서관으로 보이는 건물은 전혀 보이지 않는다. 이 경우에는 못 찾았다고 하는 게 정확한 표현이겠지만.

"어떻게 된 거야……?"

딱히 스이메이가 방향치인 것은 아니다. 아스텔의 카멜리아 성에서도 길을 헤맨 적은 있지만 일단 이 필라스 필리아라는 도시는 구조가 복잡하다. 주요 도로는 괜찮은 편이지만 골목으로 접어들면 가도 가도 나오는 것은 집뿐이다. 복잡하게 얽혀 있어서 엉뚱한 방향으로 가버리면 다시 되돌아갈 수밖에 없고 그러다 보니 이 미로 같은 거리에서 빠져나가지 못하고 있다.

문득 멈춰 서서 주변을 둘러본다. 옆으로 곧장 나아가면 환락가이고 바로 앞에는 붉은 벽돌집이 있다. 대체 어쩌란 말일까. 이래서는 영걸 소환에 관한 정보를 얻는 것은 불가능하다.

모처럼 소환진을 해석하기 위한 환경을 마련했는데 이런 꼴이라니.

이상한 고집은 버리고 마술이라도 써서 해결하자고 생각한 그때──.

"이제 그만 비켜주시죠."

독특하게 끊어지는 어디선가 들어본 귀여운 목소리가 들렸다. 그 목소리는 숨길 수 없는 짜증을 품고 있다. 스이메이가 돌아보자 낯이 익은 한 소녀가 서 있었다.

붉은 기가 섞인 바이올렛의 트윈 테일과 장식에 공을 들인 안대, 이세계인데도 고딕 롤리타라는 특이한 옷차림. 역시 본 적이 있다, 라기보다 그리 쉽게 잊힐 스타일은 아니다.

그렇다, 그곳에 서 있는 것은 검문소에서 만난 소녀, 리리아나 잔다이크가 틀림없었다. 하지만 지금은 혼자가 아니었다. 그녀의 앞에는 후드가 달린 적갈색 로브를 걸친 남자 두 명이 대치하듯 서 있다. 그리 좋은 상황은 아니다.

로브 중 하나가 말귀를 알아듣지 못하는 아이를 타이르듯 리리아나를 향해 말했다.

"조금 전에 한 말을 아버지께 전해주면 되는 겁니다."

"끈질기군요. 나는 대령의 방침에 참견할 수 있는 입장이 아닙니다."

"그러니 그걸 좀. 조용히 있어달라고 부탁하는 겁니다."

"같은 말을 계속하게 만드는군요."

남자는 정중히 부탁했다. 하지만 리리아나는 당치않다는 듯 남자의 부탁을 거절했다. 그러자 또 다른 로브 한 명이 날카로운 목소리로 말했다.

"우리가 이렇게 부탁을 하는데도 듣지 않겠다?"

"그래요. 그러니——."

"할 수 없군. 뜨거운 맛을 보여주는 수밖에."

적갈색 로브를 걸친 그 남자는 마력을 방출하며 상투적인 말로 험악한 분위기를 조성한다. 그러더니 순식간에 팔과 비슷한 길이의 지팡이를 꺼냈다. 그것을 본 리리아나는 겁을 먹지도 놀라지도 않고 그저 눈을 가느스름하게 뜨고 묻는다.

"내가 십이 우걸 중 한 명이라는 것을 알면서 그런 말을 하는 건가요?"

"뭐? 제국의 인간 병기? 다들 오버하긴! 어차피 너는 애송이일 뿐이다!"

"부탁을 들어주지 않는다면 어쩔 수 없습니다. 기껏해야 아버지께 울며 매달리겠지요."

……자세한 내막은 모르지만 적어도 눈앞에서 문제가 발생한 듯하다. 극단적으로 말하자면 어린 소녀를 괴롭히는 변변치 못한 어른이라는 그림인데. 리리아나가 군대 소속이라는 사실을 생각하면 그런 것은 아닐 것이다.

(그래도 애잖아…….)

이런 장면을 보고도 그냥 가는 것은 찜찜하다. 도울 의무는 없지만 그냥 지나칠 이유도 없다. 다가가서 나른한 목소리로 말했다.

"아— 대화 중에 미안한데."

"넌 뭐야?"

"당신은…….."

세 사람이 일제히 스이메이를 쳐다본다. 표정은 모두 제각각이다. 불량배가 시비를 걸 때의 험상궂은 얼굴, 의아한 얼굴, 그리고 아는 얼굴을 발견했을 때의 놀란 얼굴. 모두 다르다.

"이런 데서 어린 여자애를 괴롭히다니 취미 한번 고상들 하시네."

"뭐야? 상관없는 놈은 그냥 곱게 가라!"

"그럴 순 없지. 본의 아니게 이런 장면을 보고 말았으니."

"이런 장면이라고?"

"어른이 아이를 괴롭히는 장면."

"어떤 식으로 생각하든 개인의 자유지만, 지금 이 로브를 보고 그런 말을 하는 겁니까?"

"그 촌스러운 로브가 뭐 어쨌는데?"

정중한 말투를 쓰는 남자가 자신들의 실력을 암시하는 발언을 했지만, 기본적으로 스이메이에게는 알 바가 아니다. 스이메이가 조롱하는 투로 대응하자, 정중한 말투를 쓰는 남자가 순식간에 험상궂은 표정으로 변했다.

"사, 상위 랭크 길드원에게만 제공되는 특별한 로브도 모르는 촌뜨기가……."

그러자 그때 리리아나가 경계하는 투로 말했다.

"무슨 생각이죠?"

"응? 지나가던 길에 이상한 걸 봐서 말이야."

"그래서 끼어들었다? 당신하고는 상관없는 일입니다."

리리아나는 단호히 말했다. 말려들게 하고 싶지 않으니 얼른 가버려. 참견을 거북해하는 태도 이면에 그런 뜻을 숨기고 말하는 그녀.

그것이 퉁명스러운 말투를 쓰는 로브의 귀에 거슬린 듯했다.

"뭐야 서로 아는 사이냐?"

"아닙니다……."

"그래, 얼마 전에 알게 돼서 조금 친해졌지."

"으──! 이봐요!"

태연하게 거짓말을 하자 리리아나가 버럭 화를 냈다. 그녀에게는 보이지 않도록 혀를 내민다. 이쪽을 생각하느라 모르는 사람인 척하려는 거겠지만, 이쪽은 이미 마음을 정했다. 최대한으로 관여하기로 말이다.

"그렇단 말이지. 생판 남은 아니란 거네."

"그럼 너도 같이 뜨거운 맛을 보여주지."

두 사람의 말과 함께 높아지기 시작하는 마력. 정중한 말투를 쓰던 남자도 지팡이를 꺼냈다. 전투태세인가. 제도는 생각했던 것보다 훨씬 살벌한 곳일지도 모른다는 생각에 속으로 진저리를 치며 남자들에게서 시선을 돌리자 리리아나가 곁눈질로 노려보고 있었다.

"……당신 바보예요? 그냥 모르는 척하면 되잖아요. 아니, 모르는 거 맞잖아요. 바보."

"바보라니, 너무하네. 어린 여자애를 못 본 척하고 지나가면 오늘 밤 꿈자리가 사나울 것 같아서 그런 것뿐이야. 그보다 대체 무슨 일인데 이 상황은?"

"당신하고는 상관없어요. 참견하지 마세요. 상대는 제국 마법사 길드에서도 상위 랭크에 속하는 실력자예요."

"그것도 사양하지."

스이메이가 그렇게 리리아나의 명령을 거부한 그때.

"얘기할 여유가 있을까?"

거친 말투를 쓰는 남자가 비웃으면서 그렇게 말한 뒤에 술식을 짠다. 팽창한 마력이 방출되고 사라지더니, 술식의 구축 속도가 비약적으로 가속한다. 엘리멘트의 개입으로 마법이 가속하고 이어지는 주문 영창.

"──불꽃이여. 레드 블레이즈!"

거의 건언뿐인 마법. 순식간에 솟구친 불기둥은 거친 말투의 남자가 팔을 팔자를 그리며 휘두르자 진동하기 시작한다. 어느새 형상을 갖춘 불꽃 검을 거친 말투의 남자가 리리아나를 향해 쳐든다. 공격은 우측에서부터. 안대를 찬 리리아나에게는 사각지대다.

리리아나는 그것을 아슬아슬하게 피했고 불꽃 검은 바닥에 부딪쳤다. 불꽃 파편이 주변에 튀었다.

똑같은 공격과 회피의 과정이 몇 차례 반복되자 주변은 온통 불꽃과 매캐한 냄새로 가득 찼다.

불꽃 검이 스쳤는지 리리아나의 옷 귀퉁이가 탔다.

"뭐야. 듣던 것보다 시시하잖아, 인간 병기. 계속 방어만 할 건가? 하하, 역시 네 공적은 거짓말이지?"

"전장에서 만들어진 무용담 따위 어차피 그럴듯하게 지어낸 거겠죠. 당신 같은 어린애가 전장에서 활약했다는 건, 역시 로그 대좌가 자신의 지위를 끌어올리기 위해 멋대로 지어낸 거겠죠."

반격하지 않는 것을 비웃는 듯 리리아나에게 모욕적인 말을 던지는 남자들. 그 말에 리리아나의 분위기가 순간 험악해진다. 그러나 남자들은 눈치채지 못했고, 리리아나는 어처구니가 없다는 듯 말했다.

"사각지대를 노려서 살짝 스친 정도로 우쭐해하다니⋯⋯."

리리아나가 그렇게 말한 순간 압력이 커져간다. 리리아나의 것이다. 스이메이도 이런 압력을 받았던 적이 있지만 검문소 때와는 비교가 안 되었다. 마력의 밀도를 최대한으로 끌어올려 장소의 지배권을 빼앗을 생각이다. 마술사 간의 싸움에서 마력이 미치는 범위는 중요하다. 자신의 지배 영역이 넓어지면 상대의 마술을 저지할 수 있다.

"겨우 이 정도로……."

거친 말투의 남자도 욕을 할 여유 정도는 있는 걸까. 한편 정중한 말투의 남자는 잠시 주춤거리면서 주문을 짰다.

"크윽—— 얕보지 마! 바람이여, 그대 그 유구한……."

바람의 마술. 필시 그것은 자신이 아니라 리리아나를 겨냥한 것이다. 그렇게 예측한 스이메이는 검지에 마력을 모으면서 주위의 현상을 조작한다.

"거기 불꽃, 잠시만 빌릴게."

옆자리에 앉은 친구에게 지우개를 빌리듯 가벼운 투로 주위에 남아 흩어져 있던 불꽃을 손가락 앞에 구축한 마법진의 중심에 모으기 시작한다. 불꽃은 마치 빨리 감기라도 한 것처럼 조금의 저항도 없이 스이메이의 손끝으로 모여 새빨간 불꽃 덩어리가 되었다.

"아니……? 내, 내 불꽃이?!"

경악하는 입이 거친 남자. 스이메이를 노려보며 놀란 목소리로 추궁한다.

"너, 무슨 짓을 한 거지?!"

"말했잖아? 잠깐 빌리겠다고."

"그런 게 가능할 리……."

없나. 스이메이는 남자가 하려는 말을 추측해본 뒤 질렸다는 듯 한숨을 쉰다.

"여기 녀석들은 다들 그래. 자신의 눈앞에 존재하는 신비를 부정하기만 하지. 보통은 어떻게 그렇게 되었는가를 먼저 생각해봐야 하는 거 아닌가."

"뭐라고 주절거리는 거냐! 무슨 짓을 한 건지 말하라고!"

"빌렸다고 했잖아. 술식을 까다롭게 짜든지 좀 더 제어에 신경 쓰라고. 지금처럼 허술해서는 안 통해."

스이메이의 말에 정중한 말투를 쓰는 남자가 중단했던 마법을 다시 짠다.

"──바람이여. 그대 그 유구한."

"가라."

그 마법에 대항하여 스이메이는 상대에게서 빼앗은 불꽃으로 견제에 들어간다. 물론 정중한 말투를 쓰는 남자가 짠 바람의 마법은 농밀한 불꽃 앞에서는 산들바람에 불과하다. 마법으로 짜인 풍압은 마술로 변한 불꽃의 기류에 빨려 들어 힘없이 소실된다.

스이메이는 잠깐의 틈도 두지 않고 바로 움직인다. 맞붙인 엄지와 중지의 구멍 사이로 스이메이의 시선이 정중한 말투를 쓰는 남자의 팔을 꿰뚫는다. 동시에 탕, 손가락을 튕기는 기분 좋은 소리가 울려 퍼진다. 남자의 마법 지팡이가 폭발과 함께 산산이 부서졌다. 그리고 보이는 것은 튕겨나가는 팔과 텅 빈 몸.

"사라졌다──."

기체화하는 것과 동시에 들려오는 경악한 목소리. 연기가 된 몸은 순식간에 정중한 말투를 쓰는 남자 앞에 도착하고 재구축과 동시에 상대의 명치에 일격을 날릴 자세를 취했다.

손에는 이미 장갑을 끼고 있다. 마력을 흘려보내자 마술품의 효과가 나타났다. 차질을 일으키는 장갑이 체내의 신경 다발과 신경층에 중대한 전달 미스를 일으키고 남자는 새된 비명을 내질렀다.

고통으로 인한 절규는 없었다. 그럴 새도 없이 쇼크로 의식을 잃은 남자는 그 자리에서 눈을 까뒤집은 채 쓰러졌다.

옆으로 눈을 돌리자 입이 거친 남자는 강력한 마력에 완전히 압도당한 듯 리리아나 앞에서 거품을 물고 쓰러져 있다.

모든 상황이 끝난 것을 확인한 리리아나가 말했다.

"장소를 옮기죠."

★

남자들을 내버려 둔 채 스이메이와 리리아나는 조금 전의 사건을 모른 척할 수 있는 곳으로 장소를 옮겼다. 상류 구획으로부터 살짝 벗어난 곳. 벽돌 길이 회색으로 바뀐 오래된 구획의 길가에서 멈춰 서는 두 사람.

치마에 묻은 흙먼지를 털어낸 리리아나가 가시 돋친 목소리로 말했다.

"정말 쓸데없는 참견을 하는군요."

다소 격양된 말투. 스이메이는 그것을 무시하고 리리아나에게 묻는다.

"방금 저 녀석들은 뭔데?"

"당신하고는 상관없는 일입니다."

냉정하게 말하는 리리아나에게 스이메이는 "뭐, 그렇긴 하지"라고 말한다.

"여기서 뭘 하고 있었죠?"

"그냥 걷고 있었는데? 이름이── 리리아나라고 했지?"

"당신에게는 이름을 가르쳐준 기억이 없는데요…… 어떻게 내 이름을 알죠?"

"응? 그건…….."

"그래요. 알 만하군요. 최근 활개를 친다는 스토커인가요. 그래서 오늘도 여기서…….."

"아니야. 검문소 직원한테 들었어. 왜 스토커가 되는 건데."

"알아요. 농담이에요. 내가 미행을 눈치 못 챌 리 없으니까요."

"너…….."

평온한 목소리로 그렇게 말한 뒤 눈을 감는다. 리리아나가 깍쟁이 같은 표정을 짓자 스이메이는 어깨를 축 늘어뜨린다. 진지한 얼굴로 농담하지 말라고. 헷갈리잖아.

리리아나의 태도에 당황한 스이메이가 한숨을 쉬는데, 순간 주위를 감싼 마력이 급격히 높아진다. 뒤이어 독성이나 산성의 물질이 피부를 침범하는 듯한 기운이 주변을 가득 에워싼다. 조금 전과는 다르며 검문소에서 만났을 때와 같은 이것은.

"슬슬 대답해주실까요. 당신은 여기서 뭘 하고 있었죠?"

리리아나는 촉촉한 눈동자를 예리하게 빛내면서 물었다.

눈앞에 펼쳐진 배경은 마치 달구어진 아스팔트처럼 아지랑이가 피어올랐다. 리리아나가 끌어올린 마력이 주변 일대를 온통 희뿌옇게 만들었다.

압박을 가해서 말하게 하려는 것이다.

그 변화에 응답하듯 스이메이는 겁 없는 미소를 지으며 서양인처럼 어깨를 움츠러뜨리며 장난스러운 투로 말한다.

"뭐야. 외국인은 밖에 다니면 안 되는 건가. 이 나라에 머물기 위한 수속은 다 밟았는데?"

"이곳은 상류 구획과 아주 가까운 곳입니다. 용건도 없이 어슬렁대면 괴한으로 오해받아도 어쩔 수 없습니다. 그러니 대답하세요."

"그렇게 따지면 조금 전 그 녀석들이 훨씬 더 수상한 것 같은데."

리리아나는 거침이 없다. 그녀는 제국의 소위라고 했다. 군인이라면 이런 불심 검문 같은 일도 업무의 일환일까. 납득이 가지 않는 부분도 있지만 그건 그렇다 치고.

딱히 고집부릴 이유가 없는 스이메이는 솔직하게 털어놓는다.

"도서관을 찾고 있어. 제국에서 유명하다는 큰 도서관."

"제립 대도서관, 말인가요."

"조사할 게 좀 있어. 봐, 여긴데……."

스이메이는 그렇게 말하면서 집을 나설 때 질베르트가 그려준 지도를 리리아나에게 보여준다.

"……왜 알려달라는 식이죠. 그렇게 편하게 묻지 마세요."

"뭐 어때, 좀 가르쳐줘. 과자 사줄게."

"필요 없어요. 어린애 취급하지 마세요. 그리고 그거, 지도가 틀렸어요."

"뭐……."

투덜대더니 지적을 해준다. 착한 아이다. 그런데 틀렸다는 건 무슨 말일까. 스이메이가 얼굴을 찡그리자 리리아나는 지도를 찬찬히 살피더니 "역시 틀렸네요"라고 말했다.

"……그 합법 불량 로리 녀석이. 거짓 정보를 줬어."

스이메이가 사는 지구의 구장인 질베르트 그리거. 레피르와 마음이 잘 맞는지 시간이 나면 집으로 놀러 와서 스이메이와 티격태격하곤 하는데—— 이날은 도서관에 간다고 했더니 흔쾌히 지도를 그려주었다. 기분이 좋아서였던 것도 있겠지만, 어쨌든 호방한 성격이라고 생각했는데 실은 상당히 엉성한 모양이다.

"길이 네 개 틀렸어요"라고 말하는 리리아나의 지적에 스이메이는 "맙소사" 하고 한숨을 쉰다. 그리고 질베르트를 향한 분노와 험담이 이어진다.

"그럼 여기서 어떻게 가면 되는 거야?"

"그러니까 나는."

"알았어. 과자 세 개. 그럼 됐지?"

"왜 자꾸 과자 타령이에요."

"과자는 싫은가 보네. 그럼 장난감은?"

"이, 이봐요……."

스이메이가 말을 들어주지 않자 파르르 몸을 떠는 리리아나. 하지만 이내 부질없는 언쟁인 것을 깨달았는지 막무가내인 스이메이의 승리를 알리듯 그녀는 크게 한숨을 내쉰다.

"……알았어요. 따라오세요."

"미안해. 과자는 꼭 사줄게, 좀 봐줘."

"필요 없어요. 볼일이 끝나면 곧장 가세요."

찬바람이 쌩쌩 분다.

★

리리아나를 따라가는 스이메이. 리리아나는 때때로 이쪽을 돌아보면서 대화 상대도 되어준다. 쌀쌀맞은 태도나 분위기는 여전하지만——.

"이러니저러니 해도 다정하구나."

"네?"

"아니, 아니야. ——그런데 리리아나는 이런 데서 뭐했어? 설마 그런 일에 휘말리러 온 건 아닐 거잖아?"

"……순찰 중이었어요."

앞장서서 도서관으로 가는 길을 가르쳐주는 리리아나에게 스이메이는 질문을 던졌다. 무뚝뚝하긴 하지만 일단 대답은 해주기에 가볍게 물어본다.

"열심이네. 그런데 그런 일은 헌병 관할 아니야?"

"맞아요. 하지만 최근에는 제도가 어수선해서요."

"아— 그 혼수 사건 때문이지?"

"그래요. 그러니 의심받고 싶지 않다면 그런 곳은 혼자 다니지 마세요."

리리아나의 말을 들은 스이메이는 순간적으로 떠오른 생각을 소리 내어 말한다.

"그 말은 사건이 일어난 곳은 상류 구획 근처라는 거네."

"…………."

"어— 이! 대답해줘!"

리리아나는 대답하지 않는다. 입을 꼭 붙이고 뒤돌아보지도 않는다. 이따금 돌아봐 주었는데.

설마 지금 넘겨짚은 게 꽤 예리했던 걸까. 사건을 수사 중인 사람 앞에서 할 말은 아니었다고 생각한 스이메이가 수습하려 한 그때, 불쑥 리리아나가 입을 열었다.

"……묻고 싶은 게 있어요."

"뭔데?"

"당신은 내가 무섭지 않나요?"

리리아나는 고개만 살짝 돌려 특유의 졸린 눈빛으로 쳐다보며 물었다.

"응? 음, 아니? 뭐야 갑자기 그런 걸 묻고."

"당신은 내가 무섭게 굴어도 계속 말을 걸잖아요. 다른 사람들은 겁을 먹거나 조금 전 그들처럼 반발하죠. 그런데 당신은 왜 그러지 않죠?"

"그런다고 겁을 먹진 않지. 게다가 나보다 어린애를 상대로 모양 빠지게."

보유한 마력이 많으면 장소를 점유할 수 있는 힘도 강하다. 한쪽이 장소를 점유하면 한쪽은 그 순간 이물(異物)이 되고, 그것이 심층 심리에도 작용하고 만다. 상대에게 위압을 가할 때는 공간을 자신의 마력으로 채우는 것이 가장 효과적이라고 알려진 까닭이다.

하지만 그럴 때마다 위축된다면 아무것도 할 수 없다. 확실히 리리아나가 발산하는 사이킥 애시드(심령 한기)는 상당히 강력하지만, 이쪽은 일반인이 아니다.

"……그런가요. 특이하군요."

그렇게 말하고 휙, 앞을 보는 리리아나. 분명 리리아나의 용모를 보고 무섭다고 생각할 사람도 있을 것이다. 군인이라는 직함도 일반인을 주눅 들게 한다. 그러니 그녀가 그런 의문을 갖는 것도 어쩌면 당연하다.

"자기가 남들 눈에 어떻게 보이는지는 아는구나?"

"대충은요. 하지만 군인은 그렇게 보일 필요가 있다고 직속상관이 그러더군요. 군인은 얕보여선 안 된다. 두려움의 대상이 되어야 한다고."

스이메이는 한숨을 쉬었다. 그리고 먼 하늘을 올려다보면서 질린 목소리로 말했다.

　"거짓말하지 마."

　"……."

　"그렇잖아? 네가 늘 풍기고 다니는 위압감은 적을 겁주기 위해서가 아니라 너 자신을 지키기 위한 것—— 경계하기 위한 종류야. 내 말이 틀려?"

　"왜 그렇게 생각하죠?"

　"이유 없이 상대와 거리를 두고 주변에서 일어나는 일에 너무 과민 반응을 보여. 말도 행동도. 검문소에서도 그랬지만 무조건 상대를 위압하려고만 하잖아. ——나머지는 내 감이야."

　"……."

　"상대를 다가오지 못하도록 한다는 의미에서는 같지만 결국 그건 강아지가 짖는 거랑 같은 거야. 왜 그렇게까지 차갑게 구는 거야? 조금 전 그 상황을 보고 할 말은 아니지만 그렇다고 주위에 적만 있는 건 아니잖아?"

　리리아나에게 물으면서 모퉁이를 돌자 음식점이 나왔다. 간판에는 식욕을 불러일으키는 문구가 적혀 있다. 그 근처에서는 아이들이 공을 가지고 놀고 있었다. 그런데 왜일까. 이쪽을 본 아이들은 천적의 존재를 감지한 초식동물처럼 잔뜩 움츠러들더니 사방으로 흩어졌다.

　리리아나는 그 모습을 흘끗 바라보면서.

"……대답할 필요는 없겠죠. 그래도 굳이 말하자면 나는 군인, 당신은 일개 시민. 그 이상도 이하도 아니죠. 단지 그것뿐이에요."

"그냥 좀 더 힘을 빼도 괜찮을 것 같아서…… 괜히 참견한 거면 미안."

스이메이가 개인사에 지나치게 관여한 것을 사과하자 리리아나가 작게 중얼거린다.

"……이름."

"응?"

"그쪽 이름. 나는 그쪽 이름을 모르잖아요. 불공평해요. 알려주세요."

리리아나의 말을 듣고 보니 서로 통성명을 하지 않았다는 사실을 깨닫는다.

"스이메이 야카기야."

"슈이메― 하카기."

"…………."

"……왜 그러죠? 슈이메!"

"아니, 아니, 스이메이 야카기."

"슈…… 스…… 스이메이, 야카기. 이렇게요?"

끄덕인다. 일단 발음은 합격이다. 그리고 이어지는 리리아나의 "특이한 이름이네요"라는 발언에는 역시 쓴웃음을 지을 수밖에 없다.

서로 이름을 공유했을 때 모퉁이에서 군복을 입은 남자가 나타났다. 회색이 섞인 흑발을 올백으로 넘긴 장년의 남성이다. 허리에는 칼을 찼고 군복에는 주름 한 줄 없다.

스이메이는 그 모습이 낯설지 않았다. 지난번 교회에 갔을 때 좁은 길에서 스쳤던 레피르가 강하다고 했던 남자다. 그리고 그 남자를 발견한 리리아나가 팽팽하게 당겨진 실처럼 경직되었다.

아는 사이인 걸까. 한편 남자도 리리아나를 발견하자 위엄 있는 얼굴을 희미하게 일그러뜨리며 그녀의 앞으로 다가왔다.

"리리아나. 여기서 뭘 하나."

"대좌님……."

예상은 적중했다. 이름을 불린 리리아나는 어째서인지 놀란 듯하다. 그리고 긴장한 채로 대답을 망설인다.

"대답해라."

"네, 예의 사건을 조사하고 있었습니다."

"예의 사건. 너는 그 일에 관여하지 않아도 돼. 그건 다른 자가 할 일이다."

"하지만."

"너는 내 말만 들으면 된다. 업무 외 시간에는 돌아다니지 말거라."

"……네."

날카로운 빛이 깃든 시선. 그렇게밖에 표현할 수 없는 시선으로 리리아나를 바라보며 대좌라고 불린 남자는 말했다. 고압적인 말투에 리리아나의 어깨가 축 처졌다. 그녀의 쓸쓸한 표정은 남자에게 역정을 사는 것이 무척 괴롭다고 말하고 있다.

　그런데 남자의 말과 음성에는, 분명──.

　"너는 누구지? 왜 리리아나와 함께 있나?"

　"네? 아, 저는 제립 도서관으로 가는 길을 안내받던 중인데요. 지리를 잘 몰라서요."

　"그게……."

　"제도 사람이 아닌가?"

　"얼마 전에 왔습니다."

　스이메이가 짤막하게 대답하자 남자는 스이메이를 위아래로 훑어본 뒤 눈을 감았다. 수상한 부분이나 흠잡을 거리를 찾는 걸까. 그리고 그런 데가 없다는 것을 깨달은 걸까. 쓸데없는 행동을 한 스스로를 비웃듯이 한숨을 쉰 남자는 차분한 목소리로 말을 이었다.

　"그렇군. 지금 제도는 치안이 좋지 못하다. 모르는 길도 그렇지만, 밤중에 혼자 돌아다는 일이 없도록."

　"신경 써주셔서 고맙습니다."

　"그리고 제립 도서관은 이 길을 직진해서 막다른 골목에서 왼쪽으로 꺾으면 바로다."

　여기서부터는 혼자서 가라는 뜻일까.

　어쩐지 선생님이라고 부르고 싶어지는 남자의 말투에 머리를 숙여 다시 한 번 감사를 표하자 남자는 리리아나를 향해서 짧게 말했다.

"……가자."

"네."

리리아나는 남자의 말에 따라 그 뒤를 얌전히 따랐다. 등을 보인 남자처럼 똑같이 등을 보인 채 좁은 길로 들어선다. 두 사람의 그림자가 없어지자 이윽고 그 주변을 감쌌던 어떤 낌새도 연기처럼 사라졌다.

"과자도 못 사줬네……."

혼자 남겨진 스이메이는 그러고 보니 하고 생각한다. 하지만 같은 제도에 살고 있으니 다시 만날 기회도 있을 것이다. 일방적인 약속이지만 은혜는 그때 갚으면 된다고 생각한다.

……리리아나는 대좌라고 부른 그 남자에게 조사라고 말했다. 아무래도 순찰 중이 아니었던 모양이다. 어쩐지 걸리는 부분도 있었지만 자신과는 관계없는 일이다.

"……뭐, 됐다. 나도 내 할 일이나 하자."

★

"시간이 벌써 이렇게 됐네……."

제립 도서관에서 예비 조사를 마친 스이메이는 현관을 나와 딱딱하게 굳은 어깨를 돌렸다. 어깨에서 딱딱 소리가 났다. 도서관 내부는 제국 제일, 삼국 제일이라고 불리는 만큼 상당히 넓고 장서량도 많았다. 오늘은 늦게 도착한 탓에 도움이 될 만한 책이 꽂힌 책장을 찾는 것에 그쳤지만 다음 번에 올 때는 마술품을 준비해 와야겠다고 생각하면서 하늘을 올려다본다.

하늘은 이미 어두워졌다. 빨려들듯 어두운 밤하늘에 뜬 달이 늦은 귀가를 알려주었다.

"실례합니다── 아이쿠, 야카기 군."

"아, 사서님."

도서관에서 나온 것은 이날 스이메이에게 관내를 안내해준 엘프 남성 로미온이었다. 도서관 직원복을 입고, 엘프라고 소개한 대로 긴 귀를 가지고 있다.

"오늘은 고마웠습니다."

"아닙니다. 저도 일을 배우는 중이라 안내하는 것도 공부가 됩니다."

겸손하게 말하는 로미온에게 스이메이는 밝게 말한다.

"그런 것치고는 능숙하시던데요."

"엘프인 만큼 기억력 하나는 자신 있어요."

그렇게 말한 로미온은 관자놀이를 검지로 톡톡 두드린다. 이 세계에서 말하는 엘프는 기억력이 좋은 걸까. 확실히 장수 종족으로서 인간과는 비교가 안 될 만큼 오랜 시간을 살기에 기억하고 그것을 이끌어내는 능력은 중요할 것이다.

잠시 이런저런 이야기를 주고받은 후 로미온은 "그럼, 먼저 가보겠습니다"라고 한 뒤 떠났다.

스이메이도 걸었다. 어느 길로 갈까 하다가 결국 왔던 길을 되돌아가기로…… 했는데, 상류 구획 앞에 무언가가 있었다.

"음――."

걷다가 문득 깨달았다. 앞쪽에 빛 한 점이 없다는 사실을. 마치 길과 길을 분리하는 경계처럼 분명 길이어야 할 그곳은 짙은 어둠에 뒤덮여 있었다. 부자연스러웠다. 도서관을 나왔을 때 하늘에는 달이 떠 있었다. 현대처럼 하늘을 가릴 마천루가 있는 것도 아니고 그림자 안에 갇힌 것도 아니며 빛을 차단하는 물체가 있는 것도 아니다. 그런데도 이렇게 어두운 것은 말이 안 된다.

희미하지만 마력의 기운도 느껴진다. 그렇다는 것은.

(결계? 아니야, 이 세계에 결계의 개념은 없었잖아―― 흐음. 공간의 빛을 감소시켜서 어둡게 보이게 한 건가. 아니면 빛을 흡수하는 요인이라도…….)

예리한 눈빛으로 술식의 존재와 사상적 변화, 신비의 유무를 탐색했다. 역시 이 부자연스러운 어둠은 마술로 만들어진 현상이다. 상류 구획은 지금 어둠에 감싸여 있다. 동이 트기 직전의 어둠일까. 아니, 그보다 더 짙은 어둠이다. 대체 무슨 일일까. 불온한 기운이 느껴졌다. 그때.

"사, 살려! 살려줘……."

"응?"

문득 정면의 어둠 속에서 누군가가 그렇게 외치며 달려왔다. 호흡이 짧고 목소리가 메마른 것이 달리는 것도 이제 한 계라는 것을 알려주었다── 무슨 일일까.

"거기! 제발! 좀 살려줘!"

"아, 으응, 뭐가 어떻게 된 거죠?"

스이메이가 그렇게 묻는 것과 동시에 남자는 다리가 꼬여 앞으로 고꾸라졌다. "괜찮아요?" 하고 손을 내밀었지만 남 자는 그 손을 잡을 때가 아니라는 듯 엎드린 상태로 뒤를 돌 아보며 그것을 가리켰다.

"저거! 저게 나를……."

"저거? ──!!"

스이메이가 남자에게 물은 그때, 농밀한 마력의 기운이 먼저 다가왔다. 가까워져서인지 어둠 속에서 숨길 수 없는 마력이 조금씩 새어 나왔다.

곧이어 어둠의 일부를 선명히 도려낸 듯 새까만 로브를 걸친 키가 작은 누군가가 눈앞에 나타났다.

"히익! 히이이이!"

"…………."

검은 로브에 달린 후드를 깊숙이 눌러쓴 그 그림자는 아 무 말도 하지 않았다. 겁에 질려 한심한 비명을 질러대는 남 자를 지그시 바라볼 뿐이다. 어떤 사정인지는 모르지만 스 이메이는 엉덩이를 바닥에 붙이고 뒷걸음질 치는 남자를 부 축하면서 눈을 가느스름하게 떴다.

(혹시, 이 녀석이?)

문득 그런 생각이 머릿속에 떠올랐다. 어쩌면 지금 제도를 떠들썩하게 하는 혼수 사건의 범인은 이 녀석이 아닐까. 지금 상황으로 짐작건대 아마도 정답일 것이다.

싸울 태세로 몸에 힘을 주자 그림자는 전의를 상실했는지 어둠 속으로 자취를 감추었다.

"사, 살았다……."

"뭐가 어떻게 된 거야……."

남자가 맥없이 손을 짚고 주저앉은 모습을 곁눈질하며 스이메이는 조금 전에 나타났던 그림자를 떠올린다. 노린 것은 이 남자였을까. 그래서 관계없는 자가 있는 것을 의식해서 일단 물러난 걸까. 그런 식으로 지금 벌어진 사건을 결론짓는다.

"……응?"

그때였다. 별안간 앞쪽에서 익숙한 모습을 한 인물이 무서운 기세로 달려왔다.

그야말로 전속력이었다. 그 표정은 길을 잃은 아이가 겨우 부모를 발견하고 달려오는 표정 그 자체다. 그 인물이 누구냐고 하면──.

"스이메이 니이이이이이이이이이임!"

"메, 메니아?"

아스텔의 마법사, 페르메니아 스팅레이. 백염이라는 별칭을 가진 그녀가 눈물과 함께 숙녀가 여러 사람 앞에서는 흘려서는 안 될 무언가를 흘리면서 스이메이를 향해 돌진했다.

"메니아가! 드디어 스이메이 님을 만났어요오오오오오
오오!"

"야! 눈물이랑 콧물 좀 닦아! 특히 콧물! 으아아아아아아
아아, 옷에 묻는다!"

"스이메이 니이이이이임!"

어둠이 사라지고 다시 달빛이 비치기 시작한 제도의 어느
밤, 아스텔의 천재 마법사 페르메니아 스팅레이가 합류했다.

페르메니아의 얼굴을 닦아주고 얼마 뒤. 지금 두 사람은
스이메이가 묵고 있는 제국의 거점으로 향하고 있다.

조금 전 그림자에게 쫓기며 도움을 요청했던 남자는 제국
의 귀족인 것 같았지만 사정을 물어도 "평민에게 할 이야기
는 없다"라고 매몰차게 말한 뒤, 그림자를 마구 욕하면서 사
라졌다.

그리고 이쪽으로 말하자면.

"뚜룹뚜~우."

달빛 외에도 드문드문 생활의 불빛으로 감싸인 제도의 거
리에서 연신 싱글거리며 걷는 페르메니아. 뭐가 그리 즐거
운 걸까. 미소에서는 살짝 칠칠치 못함마저 느껴지고 상당
히 들뜬 모습이다. 그런 그녀에게 스이메이는 묻는다.

"그런데 메니아. 어떻게 네가 이런 곳에 있는 거야?"

"제국에 도착하자마자 바람의 마법을 써서 스이메이 님을 찾고 있었는데, 도중에 그 엉뚱한 곳을 헤매는 바람에……."

사람의 시야와 감각을 어지럽히는 그 공간에 빠져버린 걸까. 자신을 쫓아온 것이라면 여기 나타난 것도 납득이 간다. 그래도 우는 것만은 이해가 되지 않았지만, 어쨌든.

"그런데 왜 날 찾아온 거야?"

"왜냐니요…… 스이메이 님이 아스텔을 떠나기 전에 말씀드렸잖아요!"

그러고 보니 하고 기억을 떠올린다. 아닌 게 아니라 아스텔의 성에서 헤어질 때 반드시 따라오겠다고 말했던 것이 기억났다──.

"아─ 그런데 진짜 왔네. 농담인 줄 알았어."

스이메이가 그렇게 말하자 그녀는 그것을 다른 뜻으로 받아들였는지 불안한 표정으로 물었다.

"제, 제가 오면 안 되는 거였어요?"

"아니, 안 된다기보다 메니아에게도 일이 있잖아."

"무슨 말씀이세요. 제가 궁정 마도사의 직위에서 해임된 건 스이메이 님도 아시잖아요?"

"그게 진짜였어? 그 궁정 마도사 녀석을 속이기 위한 건 줄 알았는데…… 그 왕도 어지간히 막가파구나. 잠깐 그러니까 그 말은."

"네! 폐하는 스이메이 님을 도우라고 하셨어요!"

"그 영감이⋯⋯."

스이메이는 밤하늘에 알마디아우스의 얼굴을 떠올리면서 복잡한 감정을 느끼며 한숨을 쉬었다. 그 옆에서는 페르메니아가 연신 고개를 끄덕이면서 현재의 상황을 만족스러워하고 있다.

그렇다면 국왕 알마디아우스. 아스텔 왕국에서도 최고로 알려진 마법사를 특별히 누군가를 위해서 움직이는 것도 아닌 자신에게 보내서 무엇을 얻고자 하는 걸까. 마왕 토벌도 함께하지 않고 원래 세계로 돌아가려는 자에게 페르메니아를 붙여놓아 봤자 득 될 것이 없다.

아니다, 국왕은 자신이 마술사라는 사실을 알고 있다. 왕성에 머물렀을 때도 짧은 기간이었지만 페르메니아에게 저쪽 세계 마술을 잠깐 가르친 것을 안다면, 그녀에게 마술을 배우게 하는 것이 득이 된다고 생각할 수도 있다.

하지만——.

"스이메이 님, 왜 그러세요? 혹시 제 얼굴에 뭐가 묻었어요?"

정작 이쪽이 그런 생각을 하는 줄도 모르고 페르메니아는 고개를 갸웃했다. 자신을 이용하려는 책략에 가담하고 있다고는 도무지 생각할 수 없는 표정으로.

(괜히 의심할 필요는 없겠지. 페르메니아는 그럴 작정으로 온 것 같지도 않고.)

그렇게 생각하면서 머리를 가로젓는다. 이면의 이면까지

생각하는 것은 마술사로서의 상식이다. 하지만 동시에 싫은 부분이기도 하다. 특히 지금 같은 때가 그렇다. 상대가 진심으로 자신을 생각해주는 것인데도 의심의 눈으로 쳐다보고 마는 순간이.

(나도 참 한심하지…….)

페르메니아는 진심으로 힘이 되어주고 싶어 한다. 표정을 보면 안다. 그렇게 생각하자 죄악감이 밀려왔다.

페르메니아는 조력자인 동시에 자신이 마술사라는 사실을 아는 몇 안 되는 사람이다. 솔직히 고맙다.

"……그래. 잘 부탁할게."

"네!"

스이메이의 말에 힘차게 대답하는 페르메니아. 그런 그녀를 보자니 스이메이는 문득 한 가지 사실이 떠오른다.

"……메니아. 당연한 거겠지만, 너 개의 귀 같은 게 붙어 있는 건 아니지?"

"아니에요. 저는 수인이 아니라구요."

"그렇지. 미안. 엉뚱한 걸 물어서."

"왜 그런 걸 물으세요?"

"아니, 아무것도 아니야. 방금 그건 잊어줘."

"엥……?"

의아한 표정을 짓는 페르메니아를 두고 조금 앞서 걷자 그녀는 후다닥 곁으로 따라붙었다. 그리고는 다시 싱글벙글 웃으면서 걸었다.

"……강아지 같네."

분명 그럴 것이다.

★

상류 구획에서 재회한 스이메이와 페르메니아는 그길로
곧장 필라스 필리아의 활동 거점으로 돌아왔다.

"여기가 스이메이 님이 사는 곳이에요?"

"응. 살게 된 지는 얼마 안 됐어. 들어가자."

문을 열고 안으로 안내하는 스이메이. 집 안을 둘러보자
실내에는 한 명. 레피르만이 있었다. 질베르트는 이미 돌아
간 모양이었다. 다음번에 따지기로 한다.

메모 건을 떠올린 스이메이가 표정을 찌푸리자 동거인이
현관으로 나왔다.

"어서 와, 스이메이."

"응, 다녀왔어."

손을 들어 레피르와 살갑게 인사하는 스이메이. 그러고 보
니 어서 와, 라는 말을 듣는 것도 오랜만이라는 사실을 깨닫
고 멋대로 감동한다. 아버지가 죽고 난 뒤로 얼마 만일까.

잠깐 눈을 감았다 뜨자 그곳에는 당연히 서로 처음 보는
상대를 발견하고 당황한 두 사람이 있었다.

"저기, 스이메이 님, 이 아이는……?"

"아 참. 그럼 먼저── 이쪽은 나를 이 세계로 소환한 마

법사이자 아스텔 왕국의 궁정 마도사였던 페르메니아 스팅레이. 나를 도우려고 일부러 메테르에서 여기까지 왔어."

먼저 레피르에게 페르메니아를 소개하자 그 이름을 들어본 적이 있는지 레피르가 눈을 동그랗게 뜬다.

"오, 귀공이 아스텔에서 유명한 백염 페르메니아 스팅레이구나!"

끄덕이는 페르메니아. 다음은 페르메니아에게 레피르를 간단하게 소개한다.

"이쪽은 레피르 그라키스. 네페리아로 오는 도중에 인연이 닿아 여기까지 함께 온 친구야."

"친구…… 군요."

페르메니아는 살짝 당황한다. 어린아이가 친구라니 의아해하는 것도 당연할까. "음— 사정이 좀 있었어"라고 얼버무린다. 자세한 이야기는 레피르가 원래 상태로 돌아간 다음에 하기로 한다.

"레피르 그라키스야. 만나서 반가워. 레피르라고 부르면 돼."

"네, 잘 부탁해요."

두 사람은 사이좋게 악수한다. 그리고 페르메니아가 스이메이에게 말했다.

"스이메이 님. 레피르는 무척 기품이 있어 보이는데요, 혹시."

"알아보는구나. 맞아, 레피르는 좋은 집안의 귀한 아가

씨지."

"역시 그랬군요. 어쩐지 그런 느낌이 들어요."

페르메니아가 레피르를 보면서 미소 짓자, 레피르는 자신이 작다는 것을 의식해서인지 살짝 위축된 표정으로 말한다.

"으, 응. 하지만 너도 귀족이잖아. 그렇게 겸손한 말투를 쓰지 않아도……."

"아니에요, 아마도 당신은 타국의 귀족인 것 같네요. 그렇다면 귀족의 자녀라고 해도 그에 걸맞은 대응을 하는 것이 도리죠. 불편해하지 않아도 된답니다."

그러고 보니 페르메니아는 시녀나 위병, 적 이외의 사람들에게는 기본적으로 정중한 말투를 썼다. 지금의 태도도 그 연장선상에 있는 말투인데, 그렇다기보다는 아이에게 상냥한 말투로 대하려는 것이리라.

스이메이가 그렇게 생각하는데, 페르메니아가 열의에 찬 눈빛으로 말했다.

"그럼 내일부터 저도 여기서 신세를 지게 되었으니 잘 부탁드려요."

"뭐, 뭐, 뭐어?!"

스이메이의 목소리가 아니다. 집으로 오는 길에 상의한 내용을 페르메니아가 말하자, 어째서인지 레피르가 크게 동요했다.

"왜 그래?"

"페르메니아 양이 우리와 함께 산다니 그게 정말이야?! 스이메이!"

"그야 당연하지. 굳이 집을 얻는 것도 낭비잖아? 게다가 방도 많이 남고."

그렇게 말하자 레피르는 유감이라는 듯 어깨를 축 늘어뜨렸다.

"……이, 이제 겨우 스이메이와 단둘이 있게 됐다고 생각했는데……."

"……?"

레피르의 한탄은 스이메이에게는 들리지 않았다. 스이메이는 의아했지만 일단은 페르메니아가 지낼 방에 대해서 말하려고 입을 여는데.

"그래서, 메니아의 방은……."

"냐아──!!"

레피르가 다시 비명을 지르더니 이번에는 이쪽을 손가락으로 가리키면서 부들부들 떨었다.

유령이라도 본 걸까. 저절로 그런 생각이 들 정도로 레피르는 경악했다. 아까부터 대체 무슨 일일까. 스이메이는 의아한 표정으로 물었다.

"……왜 그래?"

"스이메이, 방금 뭐라고 했어!"

"왜 그러냐고 했는데?"

"그 전에!"

"그 전에? 메니아의 방에 대해서 말하려고 했는데."

그게 뭐가 어쨌다는 걸까. 마치 죽느냐 사느냐를 고민하는 이 표정. 하지만 레피르는 금세 차분해져서 작은 체구에 어울리지 않게 헛기침을 한 뒤 다시 묻는다.

"……스이메이. 페르메니아 양은 그…… 그런 식으로 부르는 거야?"

"응."

스이메이가 그렇다고 끄덕이자 레피르는 괴로운 표정을 지었다.

"그런 거야…… 치."

"그게 왜?"

"아, 아무것도 아니야…… 됐다구!"

스이메이의 물음에 되돌아온 것은 고함이었다. 운동을 한 뒤도 아닌데 씩씩댄다. 머지않아 잠잠해지더니 생각에 잠겼다. 드라마에 나오는 형사나 탐정이 추리를 할 때처럼 주변을 이리저리 돌아다니다가 해답을 찾았다는 듯 휙 고개를 들고 말한다.

"좋아. 스이메이. 오늘부터 나는 레피라고 불러줘."

"응? 왜?"

"그러니까 오늘부터 나도 애칭으로 불러! 알았지. 지금부터, 당장, 레피라고 불러!"

레피르는 검지를 척 내민다. 귀신 저리 가라 할 정도의 박력에 기가 눌려 스이메이는 주춤거리면서 그러겠다고 한다.

"그래. 상관없지…….."

"그럼, 그…… 크음, 스이메이."

지금 그건 불러봐, 라는 걸까.

"아— 레피?"

"…………."

"또 왜?"

"으, 응. 좋아. 나쁘지 않아. 오히려 좋아."

끄덕이면서 계속 응, 응, 하는 레피르. 얼굴을 들었을 때 언뜻 보인 표정은 어쩐지 헤퍼 보일 정도다. 한편 그런 두 사람의 대화를 듣고 있던 페르메니아는 어째서인지 마루를 뚫어져라 쳐다봤다가 이번에는 천장을 바라본다. 무슨 생각을 하는 걸까. 한동안 그런 행동을 반복하더니 마침내 해답에 도달했는지 깜짝 놀란 표정을 짓는다.

"설마…….."

"이번에는 메니아야, 왜 그러는데?"

하지만 페르메니아는 스이메이의 물음에는 답하지 않고, 레피르와 시선을 맞추려는 듯 웅크리고 앉아 그녀의 양 어깨에 손을 얹었다.

"그런 건 옳지 않아요. 레피르에게는 아직 일러요."

"이, 이르지 않아! 오히려 늦었어!"

페르메니아는 무엇을 타이르는 것일까. 요점은 확실하지 않지만 레피르는 정확히 알아들은 모양이다. 하지만 그것에 대해서 반발하며 다급하게 외쳤다.

"……둘이서 무슨 이야기를 하는지 모르겠는데, 일단 지금은 방 배정을 해야지."

어쩐지 수렁에 빠진 듯한 두 사람에게 스이메이가 끼어들었다. 그러자 페르메니아가 갑자기 무언가가 생각났다는 듯 고개를 휙 돌려 물었다.

"그러고 보니, 스이메이 님께 묻고 싶은 게 있어요!"

"아― 아, 역시 완전히 쓰러뜨리지 못했네. 한심해……."

페르메니아가 문득 생각났다는 듯 물은 것은 라쟈스와의 싸움에 대해서였다. 그녀에게서 설명을 듣고 지금은 그 경위를 파악한 뒤다.

스이메이는 관자놀이를 손가락으로 꾹꾹 눌렀다.

"그럼, 라쟈스는 완전히?"

"네, 레이지 님의 일격으로요. 하지만 그 뒤에 푸른 번개가 라쟈스의 몸에서 뿜어져 나왔고, 흔적도 없이 다 타버렸어요……."

"응, 내 마술의 여파야."

"역시 스이메이 님이세요."

자신의 실력을 칭송하는 페르메니아에게 민폐를 끼친 것에 대해서 사과하는 스이메이.

역시 그랬다. 하지만 일주일 가깝게 버틴 라쟈스도 강한 상대다. 1만의 군세를 상대한 뒤가 아니었다고 해도 보통 방법으로는 쓰러뜨릴 수 없었을 것이다.

스이메이가 그런 생각을 하고 있는데 그 옆에 앉아 있던 레피르가 험악한 표정으로 중얼거린다.

"루카스 드 하드리어스……."

설명 도중에 페르메니아의 입에서 튀어나온 귀족의 이름을 레피르가 반복했다. 시간을 벌기 위해 스이메이와 상대를 위험에 빠뜨린 남자에게 화가 났다.

"그곳에 녀석들이 나타난 건 내가 그 귀족에게 이용당했기 때문이네."

"네. 아스텔의 국민으로서 정말 죄송하게 생각해요."

"네 잘못이 아니야. 그리고 스이메이 잘못도 아니야."

괴로운 표정을 짓는 두 사람에게 레피르가 말했다. 그러자 스이메이는 새롭게 결의를 다지는 것처럼 주먹으로 손바닥을 탁 쳤다.

"그 자식한테는 나중에 확실히 인사를 해야겠네."

"응. 그때는 나도."

레피르의 작은 체구에서 위험한 기운이 뿜어져 나왔다. 하드리어스에 대한 분노는 스이메이보다 레피르가 더 강할 것이다. 친하게 지냈던 친구까지 잃었으니 말이다. 그 분노는 한마디로는 표현할 수 없는 것이리라.

두 사람이 다시 복수심을 불태우자, 페르메니아가 짐 꾸러미를 부스럭대면서 뒤지기 시작한다. 그리고는.

"그리고 스이메이 님께 보여드릴 게 있어요."

"나한테?"

"네. 여기."

그렇게 말하며 페르메니아가 내민 것은 낡은 책 한 권이었다.

책등에는 엉성한 글씨체로 영걸 소환 의식에 대한 고찰과 소환된 용사와 그 역사, 라고 적혀 있었다.

"이걸 어디서 찾았어?"

"자료를 정리하다가 성 서고에서 찾은 거예요."

"그랬구나…… 서고라면 나도 다 봤는데 이걸 놓치다니."

"아직 저도 내용은 보지 않았어. 무슨 내용일까요?"

"제목 그대로 영걸 소환 의식을 연구한 내용이겠지. 독자적인 고찰인가."

"도움이 될 것 같으세요?"

"응, 참고용은 될 것 같아. 고마워."

"아니에요, 그런 말을 들을 정도는…….."

말은 그렇게 하면서도 페르메니아는 스이메이 님이 칭찬해주셨어, 라는 듯 싱글거렸다. 그 옆에서는 레피르가 공을 가로채이기라도 한 것처럼 입술을 삐죽 내밀고 그녀를 보고 있다. 책에 열중한 스이메이가 그런 모습을 보지 못한 것은 운명이라고밖에 할 수 없다.

그때 레피르는 무언가를 깨달았는지 갑자기 쓸쓸한 표정으로 스이메이에게 묻는다.

"저기…… 스이메이. 역시 돌아가고 싶은 거야?"

"그야 당연하지."

책장을 넘기면서 의식의 절반은 책 속에 빼앗긴 채 시선도 주지 않고 대답한다.

"──!!"

"──?!"

페르메니아와 레피르의 어깨가 움찔했다. 두 사람은 침울하게 고개를 떨구었다.

"역시 그렇구나……."

"그렇겠죠. 그런 거겠죠……."

"응? 으음…… 왜들 그래?"

갑자기 왜 그러는 걸까. 마술로 등불을 켜두어서 환해야 할 공간이 암막을 드리운 듯 어둡다. 하지만 등불에는 이상이 없다. 눈을 돌리자 그곳은 슬프고 적막한 공기가 섞여 있다.

보이지는 않지만 쿵, 소리가 들릴 듯 무거운 무언가가 두 사람의 어깨를 누르고 있었다.

"아무것도 아니야. 아무것도……."

"즈, 즈이메 님이 가버리시……."

"어, 어이! 저기─!"

결국 그 후로 스이메이는 책은 읽지 못하고 두 사람을 달래야 했다.

제3장   두 번째 용사, 엘리어트

　생각한 것 이상으로 페르메니아와 레피르는 죽이 잘 맞았다.

　처음 만난 날부터도 그랬지만 낯을 가리지도 않고 원래부터 진지하고 정의로운 두 사람은 사고방식도 방향성도 비슷해 어느새 친해졌다.

　두 사람이 자아내는 공기에서도 위화감 같은 것은 느껴지지 않기에 스이메이도 전혀 걱정하지 않았다. 레피르에게는 이쪽 세계의 마법사 친구가 생긴 것이다. 그녀에게는 뜻밖의 행운이라고도 할 수 있다. 마도원에 못 다니는 것을 아쉬워하는 눈치였는데 페르메니아가 가르쳐주기로 한 모양이었다.

　이따금 레피르가 페르메니아를 견제하는 것처럼 보이는 것은 기분 탓이겠지만—— 어쨌든.

　페르메니아가 합류하고 이틀 뒤 스이메이, 레피르, 페르메니아는 제국에 있는 모험자 길드 땅거미 정의 지부를 방문했다.

　라쟈스를 쓰러뜨리고 나서 처음 방문하는 것이기에 이번에는 그 보고와 제국에서의 활동 신청을 해야 한다.

　현재는 접수원에게 라쟈스와 마족에 대해서 무난히 보고한 후 수속을 끝마쳤다.

"······네. 애쓰셨습니다. 아스텔 건에 대해서는 저희 지부에서도 들어 알고 있습니다. 상대 사람들과 동행했던 소속원의 일은 유감입니다."

"예. 보고가 늦어져서 죄송합니다."

그렇게 말한 스이메이는 접수원에게 머리를 숙였다. 라쟈스 건으로도 머리가 복잡했지만, 상대를 이탈하고 다른 멤버들도 잃었기에 보고는 반드시 해야 한다고 생각했다.

상황이 상황이다 보니 그 사실을 바로 밝히지 못했는데, 이것으로 어깨에 진 짐을 내려놓게 되었다.

"아닙니다, 그건 어쩔 수 없는 일입니다. 무사히 도착한 것만으로도 다행입니다. 그리고 이번 건에 대해서는 저희도 야카기 씨에게 지원을 아끼지 않을 작정이니 요구할 것이 있다면 뭐든 편히 말씀하세요."

앞으로의 지원 의사를 밝힌 땅거미 정의 직원에게 "고맙습니다"라고 한 뒤, 스이메이는 페르메니아와 레피르가 기다리는 테이블로 돌아갔다. 두 손으로 컵에 든 물을 마시는 레피르와 차분하게 주위를 둘러보는 페르메니아. 손을 들어 그녀들에게 수속 절차를 마친 것을 알린 뒤 의자에 걸터앉자 바로 페르메니아가 물었다.

"괜찮겠어요?"

"응? 뭐가?"

찡그린 표정의 페르메니아에게 스이메이가 묻자 레피르가 대신 말했다.

"방금 보고한 거 말이야. 여기서 듣고 있었는데 생각했던 것보다 자세하게 이야기했잖아. 그렇게까지 말해버리면 언젠가 하드리어스에게 살아 있다는 사실이 알려질 거야. 그러면 우리에게 불리하잖아?"

"글쎄, 어떨까……. 들은 대로라면 그 귀족이 나를 미끼로 삼은 건, 그게 유리해서 그런 것뿐이잖아? 그자의 최종 목적은 나를 죽이는 게 아니야. 애초에 내가 해가 될 거라는 생각은 털끝만큼도 안 할 테니까."

"네. 라쟈스만 아니었다면 하드리어스 공작도 그런 수단까지는 안 썼을 거예요. 공작은 스이메이 님을 그저 아무런 힘도 없는 용사의 친구라고만 생각할 테니까요."

"하지만 알려지지 않는 쪽이 유리해. 이쪽의 존재를 모른다면 상대는 손을 뻗지 않을 거야. 그러면 유사시에 틈을 찌를 수도 있고. 그런 의미에서 지금 한 이야기는 위험하지 않았을까?"

레피르는 물이 든 컵을 탁자에 내려놓으면서 말했다. 확실히 지금 놓인 입장은 무척 중요하다. 제국과는 다르게 크란트 시에서는 가명을 써서 들어왔기 때문에 아마 하드리어스는 스이메이가 살아 있다는 사실은 모를 것이다. 앞으로도 그 상태를 유지한다면 이용당할 일도 없다.

레피르의 말대로 자신은 스스로 화를 자초한 것처럼 보일 것이다. 하지만 그 점은 스이메이도 알고 있었고, 그렇게 했을 때의 장단점을 저울질해본 뒤에 내린 결정이다——.

"솔직히 그쪽에서 먼저 손을 뻗어 오길 바라고 있어. 그러면 우리에게도 싸움을 걸 꼬투리가 생기니까. 덤빌 테면 얼마든지 덤벼보라는 게 내 생각이야."

그 도발적인 발언에 이어 "또 그자의 동향도 알 수 있고"라고 덧붙이면서 스이메이는 이번 보고에 관한 의중을 밝혔다. 그런 스이메이에게 레피르가 의외라는 듯 말했다.

"뜻밖이네. 그 정도로 싸울 생각이 있었다니."

"그 하드리어스라는 귀족은 무관한 사람을 끌어들일 수 있어. 「용사의 친구」까지 이용하고도 태연한 철면피라면 무슨 일이 생겼을 때 레이지 일행까지 이용하고 버리겠지. 진의가 어찌 됐든 길게 두고 볼 녀석이 아니야."

"저 또한 어떻게든 견제할 수 있다면 좋겠지만, 하드리어스 공작은 국왕 폐하께서도 쉽게 간섭할 수 있는 상대가 아니라서……."

"봉건제 국가니까 그 부분은 어쩔 수 없겠지. 그리고 국왕에게 신세만 질 수도 없어."

스이메이는 까다로운 사안이라며 한숨을 쉰 뒤 이 이야기는 이쯤에서 매듭을 짓기로 한다. 앞으로는 어떻게 할 것인가에 관해서 두 사람과 의논하려고 한 그때였다.

"──너희들, 잠깐 실례해도 될까?"

"우리요?"

"그래."

스이메이가 돌아보면서 대답한 그곳에는 아름답다는 표

현이 딱 어울리는 미소년이 서 있었다. 금발, 푸른 눈. 흰 피부는 북유럽 계통을 연상시키지만 그 정도로 색소가 연한 것 같지는 않고 중성적이다. 레이지와는 방향성이 다른 아름다움을 지녔다.

나이는 아마도 비슷할 것 같다. 복장은 이국적이다. 제국에서 흔히 볼 수 있는 옷차림은 아니다.

이것이 말을 건 그 소년으로부터 받은 인상이었다. 어느새 실내에 있는 사람들이 술렁였다. 아무래도 그가 말을 걸어서인 것 같았다.

"갑자기 미안. 내 이름은 엘리어트 오스틴. 나로 말할 것 같으면―― 용사라고 하면 알거야."

갑작스러운 자기소개에 스이메이를 비롯한 세 사람의 의자에서 덜커덕, 소리가 났다.

"그리고 이쪽은 내 수행원인 구세교회의 마법 신관."

"크리스터입니다."

엘리어트의 소개에 옆에 있던 소녀가 후드를 벗고 치마를 살짝 들면서 인사했다. 초록색 머리카락을 양 갈래로 묶은 무뚝뚝하고 신경질적인 인상의 소녀다.

엘리어트의 시선은 곧바로 레피르에게로 향했다. 어느새 레피르는 놀란 표정을 짓고 있다.

"그 얼굴은 역시 짐작 가는 데가 있나 보네."

"설마…… 귀공에게도 신탁이."

레피르가 넋이 나간 얼굴로 물었다. 그런 그녀를 향해 엘리어트는 웃으며 명랑한 말투로 말했다.

"맞아. 아르주나 여신의 신탁을 받았어. 너를 데리러
왔다."

★

데리러 왔다. 엘리어트는 그렇게 말했다. 그 말은 이 소년
이 엘 메이데의 소환 용사이자 레피르와 여정을 함께하게
될 사람이라는 걸까.

"신탁에서 들은 특징과 딱 맞네. 네 이름을 알려줄래?"

"나, 난…… 레피르 그라키스……."

"레피르 그라키스. 음, 레피르구나. 잘 부탁한다."

웃는 얼굴로 그렇게 말한 엘리어트가 레피르에게 흰 손을
내밀었다. 단순한 인사일까. 아니면 이대로 당장──.

"그럼 아르주나 여신의 신탁에 따라 우리와 함께 가자."

"그, 그건……."

합류를 당연하게 여기는 엘리어트의 태도에 레피르가 당
황한다. 거침없이 진행되는 대화에 끼어든 것은 당연히 스
이메이다.

"잠깐 실례해도 될까?"

"너는 누구?"

"친구인 스이메이 야카기. 다짜고짜 와서 이러는데……
정말 용사야?"

그 질문에 크리스터가 화가 난 듯하다. 의심받은 것에 대해서 불만을 제기하려는 것인지 한 발짝 앞으로 나서자 엘리어트가 손으로 막으며 직접 대답했다.

"그런 의문이 드는 건 당연해. 용사를 사칭하는 자도 있을 수 있고. 하지만 난 진짜야. 크리스터와 땅거미 정의 사람들이 증명해줄 수 있어."

"여기 사람들도?"

"함께 마물을 토벌하러 갔었거든. 내 실력은 이미 그들도 알거야."

그렇게 자신감을 내비친 엘리어트가 주위에 시선을 돌리자, 몇 명인가가 그의 말에 수긍한다. 조금 전의 술렁임은 이 소년이 누구인지 알고 있어서였나. 용사가 누군가에게 말을 거는 장면을 본다면 당연히 이목이 집중될 것이다.

그런데 다른 언어를 이해하는 이 이질감은 무엇일까. 저쪽 세계의 언어는 대부분 들어본 적이 있기에 변환되더라도 집중하면 무슨 언어인지 알 수 있다. 지금은 그럴 수 없다는 것은 이 소년은 저쪽 세계에서 불려 온 인간이 아니라는 뜻이다. 그리고 더욱이 용사라면.

바로 그때 레피르가 굳은 표정으로.

"……스이메이. 나도 신탁에서 들은 특징과 일치해. 엘 메이데의 소환 용사가 틀림없어."

"네, 엘리어트 님은 엘 메이데에서 소환되신 용사가 틀림없습니다."

크리스터도 단호히 말한다. 그러자 엘리어트는 자신의 가슴에 손을 얹고 한쪽 눈을 감으면서 물었다.

"어때? 이만하면 납득했지?"

"용사라는 건 알았어."

"그럼——."

"나도 레피르에게 그 이야기는 들었지만 데려가고 말고는 다른 이야기야."

"흐음?"

"그것보다 그건 데려가지 않으면 안 되는 것—— 여신**님**의 신탁은 반드시 지켜야만 해?"

스이메이의 의문이었다. 이 세계 사람들의 상식과는 동떨어진 질문이지만 그것은 짚고 넘어가야 한다.

그리고 그 의문에는 크리스터가 대답했다.

"당연합니다. 여신님의 뜻. 여신님의 은혜를 입고 있는 우리 인간은 여신님의 말씀을 받들 의무가 있습니다."

이곳에 사는 자들 대부분이—— 직접적으로는 신탁이나 엘리멘트를 통해 여신의 은혜를 입고 있다. 급기야 레피르는 여신의 오른팔과 같은 존재와 피를 나눈 사이다.

하지만 그렇다 하더라도——.

"본인이 싫어하는데도?"

"그래도 따라야 하지."

엘리어트는 단호히 말한다. 불려 온 세계가 다른데도 이렇게까지 아르주나의 뜻을 존중하는 점에 대해서는—— 지금은 밝혀지지 않았지만 신탁에 의문을 갖지 않는 점으로 볼 때 이유가 있을 것이다. 그렇다 해도 지금 레피르의 모습을 보고도 그런 말을 하는 것이 이상하기는 하다.

그것에 입각해서 스이메이는 묻는다.

"마왕을 토벌하러 가는 거잖아? 그런데 싸우지도 못하는 사람을 데려간다고?"

"확실히 그 점은 나도 꺼려지기는 해."

그렇다. 감정이라는 게 있다면 그렇게 대답할 것이다.

"그럼——."

"하지만 그럼에도 신탁이 내려진 건 그녀를 데리고 가야만 하는 이유가 있어서 아닐까?"

"그건 억측 같은데."

"하지만 신탁을 내린 건 인간이 상상할 수 없는 경지에 있는 존재다. 우리가 짐작할 수 없는 무언가가 그곳에 있다고 보면 돼."

"신이라는 수수께끼 같은 존재가? 단순한 변덕일지도 모른다고."

"그건 아니야. 현재 나는 그 신탁으로 구원받고 있으니까."

"연극 같은 몸짓으로 말한다고 그게 여신에 대한 신용으로는 이어지지 않아."

스이메이가 엘리어트의 과장된 행동을 지적하자 이번에는 크리스터가.

"듣자 하니⋯⋯."

"응......?"

"신탁의 내용을 거부하는 발언만 하는군요. 당신은 용사인 엘리어트 님의 뜻, 나아가 아르주나 여신님의 뜻을 거역하는 겁니까?"

"그, 그건."

날카로운 시선으로 노려보는 크리스터. 그 시선에 레피르가 당황한다. 보통 때 같으면 소녀의 날카로운 시선 따위 조금도 신경 쓰지 않을 그녀지만 아르주나 여신의 뜻이 더해지면 당황하는 것도 당연하다.

그때 페르메니아가 평소라면 보이지 않을 날선 태도로 크리스터에게 맞선다.

"분명 아르주나 여신의 말씀은 중요합니다. 하지만 우리의 사정을 너무 무시하는 것 아닌가요? 지금 당장 레피르를 데려가신다는 건 너무 성급하다고 생각합니다."

"그렇게 느긋한 말을 하고 있을 상황이 아니라는 건 누구나 알고 있을 텐데요? 마족이 노시어스 왕국을 함락한 것도 모자라 얼마 전에는 아스텔 왕국까지 침공했습니다."

"그건 이미 방어했습니다."

"그건 결과론이지요. 문제는 마족이 침공했다는 사실입니다."

"하지만 레피르가 용사님을 따라간다고 현재 상황이 달라지는 건 아닙니다. 오히려 민중에게는 무관한 이야기로 안 좋게 해석될 가능성도 있습니다. 용사님에게 안 좋은 소문이 나진 않을까요?"

페르메니아와 크리스터의 시선이 부딪쳐 불꽃을 튀겼다. 순간 논리에서 페르메니아가 열세를 보이는 듯했으나, 그것을 능숙하게 역으로 이용해 반격했다. 크리스터가 입을 앙다물었다.

그때 페르메니아가 엘리어트의 시선을 느끼고 물었다.

"……왜 그러시죠?"

"이름을 묻고 싶은데."

"……펨 레이라 합니다."

페르메니아는 순간적으로 가명을 댔다. 그러자 엘리어트는 그녀에게 가까이 다가가 흥미로운 시선으로 바라보았다.

"펨 씨. 마력 보유량이 상당한 것 같은데."

"네?!"

"지금 우리는 마왕 토벌에 앞서 전력을 확충하는 중이다. 펨 씨처럼 실력이 뛰어난 사람이 필요한 상황이지. 레피르와 함께 우리와 가지 않겠어?"

"무슨?!"

"네에에에에에?!"

"아니, 명령하는 게 맞겠네. 협력자를 징용하는 것도 용사의 권한 중 하나니까."

그렇게 말한 엘리어트가 크리스터를 곁눈질로 쳐다보자.

"……예. 말씀하신 대로입니다."

대답하기 전에 잠시 망설인 것은 걸리는 게 있어서일까. 언쟁을 한 직후에 동료가 되라고 하니 그런 반응을 보인 듯하나, 엘리어트는 전혀 신경 쓰지 않는 눈치다.

"그럼, 된 거지?"

"그, 그렇게 말씀하셔도……."

페르메니아가 더욱 당황하기 전에 스이메이가 끼어든다.

"그건 아무리 용사라도 횡포 같은데?"

"그럴지도."

얼버무리는 걸까. 품평하는 듯한 시선이 스이메이에게 날아든다.

"뭐지?"

"그녀는 강한 것 같지만, 너는 우리의 여정을 견딜 만한 실력은 아닌 것 같네."

"뭐?"

"그러니 너까지 데려갈 수는 없다는 뜻이다. 미안하지만 포기해. 네 입장에서는 동행인 여자애 둘을 빼앗기는 상황이겠지만, 마왕 토벌은 이 세계 사람들에게는 절실한 일이다. 이 세계 사람들을 위해서 네가 물러나 줘야겠어."

스이메이의 입가가 희미하게 일그러졌다. 그렇게 모욕적인 말을 들으면 스이메이도 냉정한 척은 할 수 없다. 초면에 잘도 심한 말을 했다.

"어때?"

"이 세계 사람들을 위해서. 그 말이 면죄부가 된다고?"

"면죄부…… 흐름으로 봐선 그녀들을 데려가는 것에 대한 비난을 피한다는 뜻인가."

엘리어트는 그렇게 말한 뒤 "바로 그런 이유 때문에, 라고 말하는 게 맞겠지" 하고 덧붙인다. 그 말에 스이메이도 되받아치려고 했지만 옆에서 페르메니아가 울먹이면서 말했다.

"스이메이 님~! 어떻게 하면 좋아요~!"

몹시 당황한 페르메니아. 크리스터와 대화를 주고받을 때 보인 당찬 모습은 온데간데없다.

스이메이는 엘리어트를 노려보면서 페르메니아에게 말한다.

"……메니아는 따라가지 않으면 그만이잖아?"

"그, 그럴 수도 없어요! 조금 전에도 말이 나왔듯이 구세의 용사님이 청하면 저도 따를 수밖에 없어요."

그러자 페르메니아에게 몸을 기울여 귓가에 속삭이는 스이메이.

(그럼 왕의 명령은…….)

(아니에요. 만약 제가 본명을 대면 분명 성청에서 아스텔 왕국의 의회에 정식으로 통보를 할 거예요. 그렇게 되면 아무리 폐하의 명령이라고 해도.)

효력이 없다는 걸까. 그러고 보니 이전 영걸 소환에 관한 회의에서 억지로 밀어붙여졌다는 이야기를 들었다. 그렇다면 일국의 왕이 내린 의미 불명의 명령 따위가 우선시될 리 없다.

하지만 그렇다 해도, 라고 생각한 스이메이는 다시 엘리어트를 향한다. 그리고.

"거절한다."

"너하고는 관계없어. 네가 그런 말을 할 입장은 아닌데."

"아니. 두 사람은 내 친구다. 내가 거절할 이유는 충분해."

"조금 전에도 말했지만 이건 이 세계를 위해서다."

그렇게 다시 이 세계의 사정을 들먹이는 엘리어트에게 스이메이는 짜증 섞인 표정으로 답했다.

"그런 거 내가 알 바 아니야."

"스이메이!"

"스이메이 님!"

공공장소에서 할 이야기는 아니지만 그래도 말해야 했다. 스이메이가 한 말에 페르메니아와 레피르는 소리를 질렀고, 용사 엘리어트도 놀란 듯하다.

"……너도 이 세계에 사는 사람이잖아?"

"그럴지도. 하지만 나한테는 아무래도 상관없는 일이야."

"너는……."

당황한 엘리어트의 시선과 스이메이의 강렬한 시선이 교차한다. 서로의 시선을 피하지 않고 한동안 그런 양상이 이어졌지만, 그 상황을 종료시킨 자가 있었다.

크리스터였다.

"방금 한 말을 들으셨나요! 이 남자는 감히 여신님의 말씀을 거스르고 반항하고 있습니다!"

페르메니아와 레피르의 의자가 드르륵 소리를 낸다.

스이메이 일행을 등지고 선 크리스터가 땅거미 정의 실내에 있는 사람들을 향해 각색된 이야기를 떠들어댔다. 그렇게 주변 사람들을 끌어들여 스이메이에게 고립감을 줄 속셈일까.

갑작스러운 크리스터의 외침에 다양한 반응을 보이는 사람들. 지금까지 서로 소곤거리면서 이쪽을 보던 땅거미 정의 관계자들은 노골적으로 관심을 가지기 시작했다. 의뢰를 하러 왔을 구세교회의 신자는 비난의 눈초리로 바라보았다.

급기야 주위에서 "괘씸한 녀석", "뻔뻔한 녀석" 등, 스이메이를 매도하는 말까지 들려왔다.

스이메이도 제멋대로인 면에서는 남 말을 할 처지가 아니다. 하지만 관계도 없는 사람들을 끌어들이고 그들의 신심을 건드려 악의를 부추기니 공연히 화가 나기 시작한다.

"……여신님, 여신님. 아무것도 모르는 녀석의 한마디에 본인의 의사는 쓰레기 조각이 되어도 좋다는 거야 뭐야."

"그런 게 아니다. 이 이야기는 그런 감정과는 다른 차원의 문제다."

그래도.

"바보 같아."

"뭐……?"

스이메이의 노골적인 표현에 당황하는 엘리어트. 그런 그를 무시한 채 스이메이는 페르메니아와 레피르를 바라본다.

그녀들도 마음이 복잡할 것이다. 여신의 뜻과 자신의 뜻이 팽팽히 맞서고 있다. 표정과 시선이 불안으로 흔들렸다.

"두 사람을 보라고. 지금까지 성실하게 살아온 사람에게 저런 표정을 짓게 만드는 여신은 제대로 된 존재가 아니야. 내 말이 틀렸어?"

"아직도 그런 말을 하는 겁니까……."

"하면? 그래도 데리고 가겠다면—— 힘으로 한번 해보자고."

스이메이의 말에 "감히 용사님께 무슨 말을", "용사를 이길 수 있다는 거야?", "어리석군" 같은 말이 여기저기서 들려온다. 엘리어트와 크리스터 역시 그렇게 생각한 모양이다.

"……용사인 나에게 네가?"

"그래."

그 물음에 스이메이는 흐트러짐 없는 자세로 단호히 말한다. 양보할 수 없다고. 그런 스이메이의 태도를 보고도 생각에는 변함이 없는 걸까. 엘리어트는 이번에는 레피르를 설득하기 시작한다.

"너도 아르주나 여신의 뜻의 중요성에 대해서는 알고 있겠지."

"나, 나는, 그러니까……."

레피르는 입을 꾹 다물었다가 이내 고개를 끄덕였다. 은혜를 입고 있는 이상 수긍할 수밖에 없다.

"그녀는 알고 있는 것 같은데."

"그런 것 같네. 하지만, 그래도야."

그렇다, 약속했다. 무엇이든 안 좋은 일은 당하게 하지 않겠다고. 약속한 것은 아니지만 페르메니아도 마찬가지다.

세 번째 거절을 당한 엘리어트는 질렸다는 듯 한숨을 쉰 뒤 의지가 담긴 눈빛으로 말했다.

"──알았다. 너에게는 미안하지만 힘으로 데려가야겠어."

결정한 걸까. 엘리어트의 말에 이어 재차 자신들의 정당성을 주위에 호소하려 크리스터가 목소리를 높인다.

"들으셨습니까! 여기 이자는 발칙하게도 여신님의 뜻을 거스르겠다고 말하고 있습니다!"

크리스터의 목소리가 울려 퍼지자 또다시 여기저기서 비난의 목소리가 날아든다. 이번에는 웅성거리는 소리가 더 크고, 들으라는 듯한 목소리도 많다. 페르메니아는 씁쓸한 표정을 지었지만, 레피르는 주위의 비난에는 약하다. 바늘방석에 앉은 것처럼 얼굴이 창백해졌다.

"……다들."

들려오는 말에 넘어가 비난한다. 타인의 사정 따위는 안중에도 없다. 옳은 것은 보려고도 하지 않고 보이지 않는 존재만을 감사히 여긴다. 주위 사람들이나 신의 뜻에만 맞춰 살면 된다고 믿으면서 스스로 생각하기를 포기하고 약한 사람을 공격하는 것이다.

"……스이메이. 역시 내가 포기하면……."

약한 소리를 하는 레피르의 머리를 쓰다듬었다.

"스이메이 님……."

어떻게 하느냐고. 시선을 맞추는 페르메니아에게 걱정하지 말라고 눈짓했다.

그런 뒤 눈앞에 있는 용사를 쳐다보았다.

아무리 신탁이라고 해도 이것은 횡포다. 레피르의 사정이 어떤지, 어떤 고통을 겪고 있는지도 모르면서. 페르메니아가 도우려고 하는 마음도 모르면서. 그 마음을 업신여기는 것은 정당할까. 크리스터는 여전히 떠들어댔다. 용사 엘리어트는 싸우기 위해 위치를 잡았다. 실내에 있는 사람들은 어느새 자신들의 주위를 빙 둘러쌌다.

자신이 힘을 키운 이유. 그 이유를 다시금 마음속에 떠올리는 것으로 망설이던 마음을 날려 없애버렸다.

"좋다. 덤벼라. 용사인지 뭔지 모르겠지만 앞길을 막는다면 떨쳐내면 그만이다."

"말했을 텐데. 너는 우리와 함께 갈 수 있는 역량이 안 된다고. 그런 네가 나에게 상대가 될 리 없잖아."

"……."

"이래 봬도 내가 살던 세계에서는 나름대로 이름이 알려진 검과 마법의 명수라고. 그리고 이 세계로 불려 오면서 영걸 소환의 가호까지 받고 있어. 그게 뭘 의미하는지 모르지는 않겠지."

"그러니까. 그런 건 내가 알 바 아니라고."

"아무래도 말이 안 통하는 것 같군――."

엘리어트가 그렇게 말하는 것과 동시에 스이메이가 살기를 드러냈다. 냉기를 품은 극심한 압력이 실내의 온도를 단숨에 영하로 떨어뜨렸다. 실온이 순식간에 떨어진 탓에 주변의 벽과 물건에서까지 차가운 물기가 배어나왔다.

물론 이런 현상에 대해서 스이메이 일행을 제외한 실내의 모든 이들이 놀랐다. 새어 나온 숨은 흰 김이 되었다. 스이메이가 일으킨 강렬한 사이킥 콜드(심령 한기)로 시간조차 얼어버린 듯했다. 생각이 있는 자라면 누구도 섣불리 움직일 수 없었다. 손발은 이미 얼어 있었다.

"내 힘이 어떻다고?"

"넌……."

이마에서 서늘한 땀이 흘렀지만 기개를 꺾지 않는 엘리어트. 저쪽 세계에서도 이름이 알려졌다는 것은 그냥 한 말이 아닌 모양이다. 평소라면 칭찬 한마디쯤은 해줄 상황이지만 지금은 아니다. 차갑고 대범하게 적을 향해 다가갈 뿐이다.

엘리어트가 허리에 찬 검을 빼 들었다. 레이지가 가진 폭이 넓은 검과 다르게 폭이 좁고 길다. 검은 마력의 영향으로 붉게 타오르듯 빛났다. 빛나는 것으로 볼 때 재질은 오레이칼코스가 틀림없다. 무기용으로는 어울리지 않는 소재지만 이세계에서는 또 다른 인식이 존재하는 걸까. 하지만 지금은 아무래도 상관없다. 엘리어트는 먼저 파고들어 선수를 치려는 심산이다. 하지만 사이킥 콜드가 영걸 소환의 가호를 방해해 거동이 자유롭지 못하다.

"엘리어트 님…… 천둥이여 빛과 힘을 구현한 그대. 내 첨예한 뜻에 따라 찰나에 급습하라! 블리츠 숏!"

다급해진 크리스터가 먼저 원호하기 위해 행사한 마법은 번개. 마법은 요란한 소리를 내며 희미한 자줏빛으로 감싸인 빛을 생성했다.

하지만——.

"사라져라."

스이메이가 내뱉은 한마디에 신비한 힘은 사라졌다. 자신이 행한 마법이 무로 돌아간 것을 확인한 크리스터는 실력 차이를 깨닫고 그 자리에서 무릎을 꿇었다.

그때 엘리어트가 움직였다. 아니, 이쪽을 향해 돌진해 온다. 영걸 소환의 가호와 본래 가진 기술이 더해진 것인지 질풍 같은 공격이다. 순식간에 최고 속도로 끌어올렸지만 예리함으로 따지면 쿠치바 하츠미가 한 수 위다. 엘리어트가 뻗은 칼끝이 닿기 바로 직전에 몸을 틀면서 주문을 왼다. 시선을 돌려 이쪽을 주시하는 상대는 용사. 대충은 통하지 않는다. 영창은 인계(印契)법. 광명 진언, 오색 광인을 개찬한다. 말아 쥔 왼손을 허리에 대고 다섯 손가락을 모두 펼친 오른손을 왼쪽 아래로. 진은 만다라. 행사할 마술은 상대의 마력을 강제 해방시키는 갈라빈카의 달콤한 목소리.

영창은 진(眞)영창──.

"Buddhi brahma Buddhi vidya Asat nadamahamaya om karuma Kalpa devanagarai Kalpa(눈 떠라 힘이여. 거대한 지식과 함께. 울려 퍼진 목소리는 하늘에 닿고 달콤한 울림으로 그대의 원죄를 해방한다. 그대여 들어라, 방일유순 끝나지 않는 목소리를. 그대여 들어라)──."

"──잠시만요!"

"──?!"

갑자기 날아든 목소리에 스이메이는 영창을 중단하고 소리가 난 쪽을 바라본다. 이런 타이밍에 누구나가 원했을 그 말을 한 것은 목소리의 높이로 짐작건대 여성이다. 나타난 것은 일전에 스이메이와 레피르가 교회에서 만난 수인종 수녀였다.

그때 무릎을 꿇고 있던 크리스터가 그녀에게 말했다.

"다, 당신은?"

"저는 구세교회의 수녀 크라리사라고 합니다. 여신님의 새로운 신탁을 들고 왔습니다──."

★

"두 분 다 진정해주세요."

엘리어트와 스이메이의 승부의 무대에 뛰어든 크라리사는 두 사람을 향해 그렇게 말했다.

그때 바닥에서 몸을 일으킨 크리스터가 물었다.

"새로운 신탁이란 게 뭐죠? 그보다 그 신탁이 우리와 관계가 있는 건가요?"

"네. 용사님과 당신, 두 분께. 조금 전 여신님께서 직접 제게 내리셨습니다."

"나와 저자한테요?"

"네. 거기 빨간 머리카락 소녀 때문에 싸워서는 안 된다. 제도를 시끄럽게 만든 그림자를 잡는 것으로 승부를 보라, 고 하셨습니다."

뜻밖의 곳에서 들어온 중재에 주위가 술렁인다. 설마 이런 타이밍에 또 다른 신탁이 들어오리라고는 누구도 상상하지 못했다.

이번에는 스이메이가 수녀에게 묻는다.

"수녀님. 제도를 시끄럽게 하는 그림자가 뭐죠?"

"아마 혼수 사건의 범인 아닐까요. 이 신탁은 그 범인을 잡는 쪽이……."

"그러니까 그걸로 승부를 보라는 거군요."

"네. 그러니 멈춰주세요. 이런 곳에서 싸우는 건 무익한 일이에요."

수녀가 그렇게 설득하자 엘리어트는 얌전히 검을 내렸다.

"……신탁이라면 들어야지."

그 모습을 본 스이메이도 조용히 무위와 마력을 누그러뜨렸다. 이 상황에서 무리하게 싸운다면 그것이야말로 불리하다.

검을 물린 엘리어트가 스이메이를 바라본다.

"그렇다는데, 너는 어떻게 할 거지?"

"흠. 나에게는 아르주나의 뜻에 따라야 할 의무가 없어. 하지만 그 승부로 이번 건을 깨끗하게 결판 지을 수 있다면 들어주지."

"말투는 마음에 들지 않지만—— 그럼 정해졌네."

그렇게 말하자 엘리어트는 그 자리에서 신탁을 받아들였다고 선언하고 크리스터가 있는 곳으로 돌아갔다.

"엘리어트 님……."

불안한 표정으로 바라보는 크리스터를 뒤로하고 엘리어트는 스이메이를 쳐다보며 말했다.

"스이메이 야카기라고 했지."

"그래."

"기억해두지. 가자, 크리스터."

엘리어트는 그렇게 말한 뒤 크리스터와 함께 구경꾼들 사이를 뚫고 길드 밖으로 나갔다.

엘리어트의 뒷모습을 바라보는 스이메이에게 크라리사가 다가왔다.

"오랜만이군요."

"설마 수녀님이 끼어들 거라고는 생각지도 못했어요."

"그건 나도 마찬가지예요. 용건이 있어서 땅거미 정에 들렀는데 일전에 얘기를 나누었던 분이 용사님과 싸우고 있었으니 말이에요."

분명 뜻밖이었을 것이다. 세계를 구할 용사라는 것을 알면서도 싸움을 걸었으니── 그럴 만도 하다.

그때 스이메이는 크라리사의 말이 이상하다는 것을 깨닫는다. 그녀는 지금 용건이 있어서 땅거미 정에 왔다고 했다. 그 표현은 신탁을 전하러 왔다는 말과는 맥락이 다르다. 그렇다면.

"수녀님. 그럼 조금 전에 말한 신탁은……."

"방금 그 신탁이요? 그건──."

"──?"

수녀가 좀 더 가까이 다가왔다. 그리고는 "거짓말이에요"라고 한 뒤 개구쟁이 같은 표정을 지으며 몸을 뒤로 뺐다.

"에…… 네?!"

"그럴 수밖에 없었어요. 용사님이 당신에게 호되게 당하고 있었으니까요."

그렇게 말한 뒤 수녀는 쿡쿡 웃는다. 그 모습은 용사를 지키려는 게 목적이었던 것처럼은 보이지 않는다.

"제가 지고 있었던 걸지도 모르는데요?"

"어머, 제 눈이 잘못되었다고 말씀하시는 건가요?"

"아뇨, 예리하시네요."

싸움의 결말은 모르지만 예측을 할 수 있다니 수녀답지 않다. 수인종이기에 알 수 있었던 것일지도 모른다. 그건 그렇고.

"아무리 그래도 거짓 신탁 같은 걸 말해도 괜찮은 거예요? 수녀님은 구세교회 사람이잖아요."

"네."

"그럼."

스이메이가 그렇게 말하자 크라리사는 고개를 가로저었다.

"아르주나 여신님을 섬기는 자로서 해서는 안 될 말이었지만 여신님이 하시는 말씀이 모두 옳은 것은 아니에요. 그리고 그 말을 무조건적으로 따르지 않고 정면으로 맞서 소중한 사람을 지키려 한 당신의 모습, 나는 훌륭하다고 생각해요."

"에……."

뜻밖의 말을 듣고 당황하는 스이메이의 손을 크라리사가 부드럽게 감싸 쥔다.

"고운 마음씨를 가지셨어요. 지금 그 마음을 절대 잊지 마세요."

수녀는 그 말을 남기고 떠났다.

★

크라리사의 중개로 엘리어트와 승부를 하기로 한 스이메이 일행은 땅거미 정을 도망치듯 빠져나왔다. 지금은 집 근처까지 와 있었다.

페르메니아가 걱정스러운 표정을 지었다.

"하…… 말도 안 되는 일이 되어버렸네요."

확실히 사건의 범인을 누가 먼저 붙잡느냐로 경쟁하는 것
은 예상치 못한 일이다. 크라리사의 기지였다고는 하나 이
런 일에 휘말리게 될 줄이야.

"……미안해. 내 신탁 때문에 페르메니아까지 끌어들
여서."

"아, 아니에요. 신경 쓰지 않아도 돼요! 발단이 뭐였든 승
부에서 이기면 되는 거니까요! 그렇죠? 스이메이 님."

실언이었음을 깨달은 페르메니아가 스이메이에게 동의
를 구했지만, 당사자인 스이메이는 팔짱을 낀 채 아무 말도
하지 않는다. 그저 땅의 한 지점을 뚫어져라 쳐다볼 뿐이다.
그런 스이메이의 태도를 이상하게 생각한 페르메니아는 더
욱 불안한 표정으로 다시 불렀다.

"스, 스이메이 님?"

"……으응, 그래. 혼수 사건의 범인을 잡으면 일시적으로
는 일단락이 나겠지."

그렇다, 지금 스이메이가 무의식적으로 중얼거린 대로 승
부에서 이긴다고 해도 문제를 유보한 상태에 불과하다. 승
부는 크라리사가 지어낸 말이고 다시 여신이 레피르에게 신
탁을 내릴지도 모른다. 이겨도 근본적인 문제는 해결되지
않는 것이다. 신앙과 관계된 이상 보통 수단으로 해결될 문
제가 아니다.

그런 식으로 혼자 생각하는 스이메이. 스이메이가 생각의

바다에 빠져 있을 때, 레피르가 불안한 표정으로 스이메이의 옷소매를 툭 잡아당긴다.

"스이메이. 왜 그래?"

"아니, 앞으로의 일에 관해 생각했어. 우선 뭘 해야 하나하고."

"역시 발품을 팔아 탐문을 해야 할까요?"

페르메니아의 제안에 스이메이는 동의한다.

"그래. 메니아에게 부탁해도 될까?"

"맡겨주세요! 저는 스이메이 님을 도우려고 왔으니 무엇이든 말씀하세요! ……탐문에 협조해줄 것 같은 사람은 적겠지만요."

"그건 어쩔 수 없겠지. 상대가 용사니까."

그렇다, 아마도 제도 주민들은 비협조적일 것이다. 세계를 구할 용사와 그에 맞서는 어리석은 자들 중 어느 쪽에 협조하느냐의 문제니까 말이다.

방해까지는 하지 않겠지만 좋은 얼굴로 협력해줄 일은 없을 것이다. 그런 점에서는 핸디캡이 크지만── 그런 불리함을 보완하는 것은 불가능하지 않다.

스이메이가 그런 생각을 하고 있을 때 레피르가 손을 든다.

"그럼 나도 탐문할게."

"아니, 레피에게는 다른 일을 부탁하고 싶은데."

"다른 일…… 혹시 범인을 찾는 거야?"

"아니, 지금은 레피에게 그런 일은 못 시키지."

레피르의 물음에 스이메이는 고개를 가로젓는다. 작아진 레피르에게 그런 무리한 일은 시킬 수 없다.

"그러면?"

"레피는 제도를 돌면서 가능한 한 많은 길고양이를 데리고 와줘."

"고, 고양이? 고양이는 왜?"

"으음, 인간 협력자를 모집할 수 없다면 고양이 협력자라도 모집해야지."

스이메이는 그렇게 말하며 두 사람에게 계획을 설명하기 시작했다.

★

임무를 분담하고 일단은 그곳에서 헤어진 스이메이 일행. 엘리어트 쪽과는 달리 초동 대응도 늦고 실마리를 찾을 방법도 없기에 상당히 뒤처진 상태다.

그래서 스이메이는 유일하게 의심되는 인물을 목격했던 장소로 가보기로 했다.

리리아나의 안내로 도서관을 다녀오는 길에 검은색 후드가 달린 로브를 걸친 인물이 마술로 짠 의사(疑似) 결계 안에서 귀족을 쫓고 있었다. 필시 그자가 이번 사건의 범인인 듯하다.

233

"그런데 꽤 작았단 말이지."

어둠 속에서 대치했던 그림자는 키가 작고 가는 몸이었다. 움직임을 떠올려 봐도 꽤 연령이 낮은 인물—— 아이라는 것을 알 수 있다. 그런 사실에 입각하면 어쩐지 복잡한 심경이 된다.

(도대체 뭘까…….)

주민을 습격해 혼수상태로 만들어 공포를 조장하고 헌병을 애먹이는 범인은 아이. 전혀 동기가 보이지 않는다.

스이메이가 그런 생각을 하면서 길을 걷고 있는데 전방에 사람들이 구름떼처럼 모여 있었다.

"뭐지……."

소란스럽다. 그리고 그 소리는 점점 더 커졌다. 사람들이 많이 지나다니는 곳에서의 이변에 스이메이도 구경꾼 기질이 발동해 가까이 다가가 본다. 그러자 사람들이 빙 둘러싼 그 중심에서 갑자기 농밀한 마력이 부풀어 올랐다.

"……이건."

이 감각은 느껴본 적이 있었다. 최근에 경험한 마력의 파장. 그렇다, 리리아나 잔다이크의 마력이다.

문득 뒤쪽에서 "무슨 일이야?", "인간 병기가……", "상대는 길드 마법사야" 따위의 단편적인 대화가 들려온다. 그중하나는 들어본 적이 있는 리리아나의 별명.

스이메이는 죄송합니다, 라고 말하면서 사람들을 제치고 앞으로 나갔다. 이윽고 맨 앞쪽에 도착했을 때 예상대로 그곳에는 리리아나가 있었다.

소녀의 서늘한 왼쪽 눈동자가 보인다. 그 눈동자가 내려다보는 것은 그날 리리아나에게 싸움을 건 마법사들이었다.

그때와는 달리 이번에는 공격을 당했는지 로브 여기저기가 타고 찢겨, 참혹하기 그지없었다.

분명 불꽃, 바람의 마법을 최대로 퍼부은 것 같다. 마력도 거의 고갈된 듯했다.

"그만큼 당했으니, 이제 나에게 참견하지 마세요."

"제길……."

욕을 하면서 몸을 일으키려는 자는 입이 거친 남자. 분노에 찬 눈빛으로 리리아나를 노려보지만 그녀는 그런 부류에게 너그럽지 않았다. 다시 농밀한 마력으로 주위를 감싸고 무위와 살의, 누구라도 알 수 있을 만큼 강렬한 악의를 드러냈다.

두 마법사도 주위의 구경꾼도 모골이 송연해졌을 것이다. 독기로 가득 찬 마력이 공간을 지배하고 있었다.

결국 두 마법사는 그 자리에서 거품을 물고 기절했다. 마력도 고갈되었으니 당분간은 일어나지 못할 것이다. 리리아나는 그들을 흘끗 쳐다본 뒤 마력을 복귀시키고 전투태세를 해제했다.

한편 스이메이는 어쩐지 구경꾼들의 눈빛이 차가워진 사실을 깨닫는다.

리리아나가 남자들을 자비 없이 쓰러뜨리고 공포에 떨게 한 것에 대해 주위에서는 강한 공포와 확실한 혐오가 들끓고 있었다.

이번에도 그들이 먼저 손을 뻗었을 것이고 그녀에게는 잘못이 없을 것이다. 정당방위를 한 것뿐인데 비난받는 것은 어쩐지 가엽다.

자신이라도 편을 들어주려고 스이메이는 앞으로 나섰다.

"안녕."

목소리로 안 것일까, 돌아보는 리리아나.

"……또 당신이군요. 너무 자주 나타나네요."

"그건 나도 마찬가진데. 따라다닌다는 말은 하지 마라? 그런데──."

불쌍하게도 본전도 못 찾고 참패를 당한 남자들을 쳐다본다.

"또 이자들이 시비를 걸었어?"

"그래요. 질리지도 않는지. 어른인 주제에 구제불능 멍청이죠. 정말 어리석어요."

"……너도 고생이구나."

스이메이는 질린 시선으로 남자들을 쳐다본다. 그렇게 자연스럽게 주변에 알리면 이 불온한 공기도 누그러들 것이다. 하지만 그런 스이메이의 예상과는 달리 주변의 시선은 여전히 차갑기만 했다.

앞쪽에 있던 구경꾼들은 자신보다 먼저 왔을 텐데 어째서인지 "인간 병기가 길드 마법사를 때려 눕혔어", "기분 나빠……", "왜 이런 위험한 애를 그냥 다니게 두는 거야" 같은 가혹한 말을 쏟아냈다. 이상하다. 보통은 어느 쪽의 잘못인지 확실해지면 이런 말은 나오지 않을 것이다. 아니, 그 이전에 어린 소녀에게 폭력을 휘두른 어른이 비난받아야 마땅하다. 그런데 어째서 리리아나가 비난의 대상이 되어야만 할까. 혹시 이것이 리리아나에 대한 제도 사람들의 일반적이 인식일까.

스이메이가 주변에 팽배한 악의에 당황하고 있을 때 리리아나가 움직였다.

"비키세요. 구경거리가 아닙니다."

구경꾼들을 노려보는 리리아나. 그 눈빛에 압도당하지 않겠다는 듯 싸늘한 표정으로 사람들이 흩어졌다. 군중들이 자리를 뜨던 그때.

"……괴물."

누군가가 그렇게 중얼거렸다.

"……저기."

"가만히 있으면 돼요. 곧 있으면 없어지니까……."

"없어지다니…… 지금 그런 이야기가 아니잖아?"

"됐어요."

기분 탓인지 고개 숙인 그녀의 말투는 확고했다. 자포자기의 느낌도 섞여 있다.

"……이대로 괜찮은 거야?"

"늘 있는 일이에요. 기분 나쁜 마법사는 미움받는 법이죠. 제국에서 나는── 아니, 어디를 가더라도 나는 **그런 존재니까요.**"

리리아나의 쓸쓸한 목소리가 들려온다. 더는 달라질 것이 없다고 말하는 목소리다.

"내가 속한 부서는 특별해요. 원래 미움받기 쉬운 곳이기도 해서 나 같은 사람이 있으면 좋은 점도 있지요."

분명 군대에는 특별한 부서가 존재하고 그중에는 사람들에게 미움받는 부서도 있다. 안팎에서 불만이 나오지만 공격하기 쉬운 대상이 있으면 비난의 눈길은 그곳을 향하게 된다. 그렇다면 그 모든 악의를 그녀는 혼자서 받아내고 있는 걸까.

스이메이가 주위로 눈을 돌리자 마치 그곳에 맹수가 있기라도 한 것처럼 모두가 그녀를 흘끗거리면서 뒷걸음질 쳤다.

어떤 이는 가게 처마 끝에서 몰래 수군거렸다. 또 다른 이는 건물 그늘에서 날카로운 시선으로 노려보았다. 그들의 눈빛은 하나같이 눈앞에 있는 자를 멸시하고 있었다. 아이를 보는 눈빛이 아니다.

머지않아 구경꾼들은 사라졌다. 쏟아지는 시선을 견디던 리리아나도 자리를 뜨려고 할 때였다.

"잠깐만."

"네?"

"너 다쳤어."

남자들의 마법에 당한 것일까 목덜미가 살짝 불그스름했다. 화상을 입은 것이리라. 스이메이는 가까이 다가가 환부에 손을 갖다 댔다.

"무슨——."

"잠깐만 가만히 있어."

손에서 희미한 초록빛이 떠올라 빛으로 가득 찼다. 치유의 마술. 염증을 일으킨 피부는 스이메이의 손끝에서 조금씩 원래 상태로 되돌아갔다.

리리아나는 불가사의한 것을 더듬는 것처럼 화상을 입었던 목덜미를 매만졌다.

그리고.

"……왜."

"응?"

"왜 나에게 잘 해주는 거죠?"

"내가 좀 참견쟁이거든. 불쾌했어?"

"무척."

리리아나가 드러낸 것은 분노였다. 그런 그녀의 얼굴을 보고 있자니 어째서인지 쓸쓸한 연민의 감정이 솟아올랐다.

"당신도 다른 사람들처럼 하면 돼요."

"싫어하라고? 그런 눈으로 보라고?"

"그래요."

"정말 그러길 바라는 거야?"

"그건…….."

"아니잖아? 그렇지?"

"…….."

리리아나는 고개 숙인 채 입을 꾹 다물었다. 어깨가 축 처져 있다.

"혼자 돌아갈 수 있겠어?"

"──어, 어린애 취급하지 마세요!"

"그래, 그럼 됐다. 나도 볼일이 있거든. 그럼 갈까?"

그렇게 말한 스이메이는 범인으로 의심되는 자와 만났던 장소로 향했다.

……마음대로 하라구요.

등 뒤에서 그렇게 속삭이는 소리가 들리는 듯했다.

★

"다녀왔어."

성과 없는 현장 조사를 마치고 집으로 돌아온 스이메이. 생각을 하느라 신발을 벗는 중이라는 것도 깜빡 잊었다가 하마터면 넘어질 뻔했다. 안쪽을 바라보니 따뜻한 오렌지 빛 불빛 아래 레피르가 기다리고 있었다.

"어서 와."

"레피, 먼저 와 있었네. 그런데 거기 서서 뭐해?"

"네가 돌아오길 기다렸지."

"나를?"

레피르는 끄덕이면서 욕실 쪽을 가리켰다.

그 모습을 본 스이메이는 납득했다는 듯 "아아" 하고 말한다. 목욕 준비를 해달라는 것이다.

제국은 수도가 정비되어 있어서 물은 쉽게 얻을 수 있지만 물을 데울 때는 마법을 쓴다. 그래서 목욕물을 데울 때는 하인을 시키거나 전문가를 부른다. 물론 스이메이 일행이 사는 곳에는 마술에 능한 사람이 둘이나 있기에 전자에 해당하고, 이 집에서 목욕물 데우는 일은 스이메이가 도맡아 한다.

"그런데 그렇게까지 기다릴 일이야?"

"그래, 고양이를 데리고 오느라 털이 잔뜩 달라붙었어."

"심하네."

레피르가 가까이 다가왔기에 스이메이는 그 참상을 직접 눈으로 확인한다. 옷이며 피부, 램프 불빛에 비친 붉은 머리카락에까지 고양이의 털이 묻어 있다. 골목 안에서 한바탕 대격투라도 벌인 걸까. 팔짱을 낀 모습이 살짝 꾀죄죄하다.

"그게 다야?"

"……? 또 뭐가 있어?"

수고했다는 말 한마디라도 했어야 하나. 스이메이가 그렇게 생각한 순간, 레피르는 뾰로통한 표정으로 말했다.

"쳇, 무심하기는…… 너도 털투성이로 만들어줘?"

"나는 됐어. 이제부터 연구실에 틀어박혀 각종 마술품 작성과 메니아가 준 책을……."

"사양할 거 없어. 우리는 친구잖아? 함께 이 간질간질한 기분을 맛보자구."

"자, 잠깐만, 진정해."

레피르는 상당히 기분이 고양된 듯하다.

"스이메이가 쩔쩔매는 모습은 신선하네. 꽤 재밌는데."

"야?! 장난치지 마!"

"재밌는데 왜 그래."

후후후, 하고 여유로운 미소를 지으며 만세를 하는 레피르. 달려들어서 비벼댈 작정이다. 그때 현관문이 열린다.

"다녀왔습니다."

"오, 어서 와, 구세주."

스이메이는 귀가한 페르메니아 뒤로 몸을 숨겼다.

"……무슨 일이에요?"

어리둥절한 표정으로 뒤돌아보는 페르메니아. 탐문을 하느라 애쓴 것인지 혈색이 좋지 않고 어쩐지 지쳐 보였다.

"스이메이, 페르메니아를 방패로 삼다니 비겁하잖아?"

"털 묻히려고 작정한 사람이 할 말은 아닌데."

"쳇……."

두 사람의 대화를 듣고 페르메니아는 상황을 파악한 듯 스이메이를 흘겨보았다.

"스이메이 님……."

"자, 장난은 이쯤 해두고."

스이메이는 그렇게 말하며 페르메니아의 어깨를 탁 두드린다.

"메니아. 오늘은 레피에게 목욕하는 법을 배우는 게 어때? 저번에 목욕법을 모른다고 한 뒤로는 계속 그 상태잖아?"

"네에?! 목욕이요? 저는 딱히…… 그……."

뒤집어진 목소리로 말하며 허둥대기 시작하는 페르메니아.

"그래. 좋아. 오늘은 내가 목욕이 얼마나 좋은 건지 알려줄게."

"헉……."

열정적인 레피르의 목소리에 페르메니아는 우는소리를 했다.

아스텔에는 입욕 문화가 없기 때문에 거부감이 드는지 페르메니아는 지금까지는 욕조에 들어가는 것을 완강히 거부해왔다. 일단 들어가 보면 생각이 달라질 텐데 덮어놓고 싫어하는 성격이다.

페르메니아는 앞뒤를 막고 있는 스이메이와 레피르를 피해 옆걸음질을 치면서.

"꼭 오늘이 아니어도 되잖아요. 기회는 얼마든지……."

"너 저번에도 그렇게 말했잖아?"

"페르메니아. 똑같은 변명은 두 번은 안 통해."

그 말에 페르메니아는 크게 좌절한다. 그리고 다른 변명거리가 떠올랐는지 진지한 표정으로.

"사실을 말씀드리자면 저희 스팅레이 가에는 입욕을 하면 안 된다는 가훈이 있어서……."

"헉, 그런 거야?"

가문이라는 말에 반응한 레피르는 페르메니아의 그럴듯한 핑계를 그대로 믿기 시작했지만, 다른 한쪽인 스이메이에게는 통하지 않았다.

"메니아는 순진하네. 내가 살던 세계에는 거짓말을 간파하는 마술도 있어."

"치사해요! 스이메이 님이 있던 세계의 마술은 사기라구요!"

"거봐, 역시 거짓말 맞잖아……."

"아……."

조금만 더 버텼으면 성공했을 것을 천성이 올곧아서 그런지 거짓말에도 서툴다.

"페르메니아, 포기할 땐 깨끗이 포기해야지? 그만 고집부리고 같이 목욕해."

"그럼 하는 김에 목욕물 데우는 것도 부탁해."

"맙소사……."

적극적으로 밀어붙이는 두 사람 사이에서 페르메니아는 도망칠 곳이 없다. 앞뒤를 확인하고 체념한 듯 어깨를 축 늘어뜨린 채 페르메니아는 레피르에게 끌려갔다.

……얼마 뒤 스이메이가 고양이가 머물 곳을 정하기 위해 욕실 근처를 지나칠 때, 때마침 탈의실에서 옷 스치는 소리가 들려왔다. 데운 물이 완성되고 목욕 준비가 다 된 것 같다.

바로 그때.

"뭐야?!"

"……왜 그래요? 레피르."

탈의실에서 레피르의 놀란 목소리와 페르메니아의 의아한 목소리가 새어 나온다. 무슨 문제라도 생겼나 했더니.

"커, 커……."

"예?"

"으, 이건 원래 내 모습 이상일지도 몰라."

대체 무엇에 그렇게 충격을 받은 걸까. 페르메니아는 그 이유를 눈치챈 듯.

"네……? 혹시 가슴 말하는 거예요?"

"그래. 대체 뭘 먹었길래 이렇게 커진 거야. 페르메니아."

"딱히 의식한 적은 없는걸요."

"일부러 숨기는 거야? 그건 너한테 도움이 안 돼!"

"괜찮아요. 레피르도 조만간 커질 거예요."

페르메니아가 타이르듯 말하자 레피르는 지지 않겠다는

듯이 흥분해서 소리친다.

"나, 나도 원래 모습으로 돌아가면…… 너, 너만큼은 아니지만……."

"원래 모습이요……? 저번부터 그런 말을 자주 하는데, 대체 그게 무슨 뜻이에요?"

"사실 지금 내 모습은 원래의 내 모습이 아니야. 원래는 너보다 키도 크고 나이도 많아."

"에……."

페르메니아가 당황하자 레피르는 살짝 화가 나서.

"못 믿겠다는 거야?"

"네? 아니, 아니에요. 나는 레피르가 하는 말을 믿어요. 시간이 흐르면 반드시 클 거구요."

"전혀 안 믿고 있잖아?!"

결국 레피르의 말은 원래 상태로 돌아가지 않는 한은 누구도 믿어주지 않을 것 같다. "으으으—" 하는 불만 가득한 목소리에서 볼을 잔뜩 부풀린 레피르의 모습이 눈에 보일 듯 선했다—.

"……나 지금 뭐하고 있냐."

저도 모르게 두 사람의 대화를 엿듣다가, 그 모습이 상당히 보기 안 좋다는 사실을 깨닫는다. 스이메이가 서둘러 자리를 떠나려 한 그때.

"페르메니아, 미안하지만 잠시만."

"뭔데요— 햐악?!"

"으으, 탄력이 엄청나네……."

"대, 대체 뭐하는 거예요?! 막 움켜잡지 마세요!"

"아니, 이건 잠깐 조사하는 거야…… 어라?"

"이, 이번엔 또 뭔데요―― 히이?!"

"페르메니아. 옆구리에 군살이 잡혀. 이건 곤란한 거 아니야?"

"마, 말 안 해도 알아요?! ――이제 그만 만져요!"

"미안. 실례."

밖으로 새어 나오는 적나라한 두 사람의 대화.

"……2, 3, 5, 7, 11."

얼굴이 새빨개진 스이메이는 소수를 세면서 그 자리를 벗어났다.

★

어둠 속에 그자들은 있었다.

어둠과의 경계를 알 수 없는, 언뜻 봐서는 구분도 할 수 없는 로브를 걸친 키가 작은 그림자와 키가 큰 그림자. 적막한 거리를 나는 듯 이동해 어둠과 어둠 사이를 누빈다. 예민하고도 조심스럽게 사냥감을 찾는 모습은 필시 사냥꾼일 것이다.

문득 작은 그림자가 멈추었다. 뉴턴에게 정면으로 대립하듯 완만한 아치를 그리며 도약을 멈추고 벽돌 길 위로 사뿐히 착지한다.

"……뭐지?"

"아무것도 아닙니다."

쫓아와 그 곁에 착지한 키가 큰 그림자. 그 물음에 대한 대답은 어쩌면 거짓이었을지도 모른다. 그곳에 멈춘 것은 담 위에 있던 생물이 수상해서였다. 아니, 멈춘 것은 반대로 이쪽이 수상히 여겨졌기 때문일지도 모른다.

그것은 주변의 건물보다 높은 곳에 앉아 동공이 가득 열린 두 눈을 형형하게 빛내며 이쪽을 가만히 응시하고 있다. 고양이다. 제도에 사는 길고양이가 황색인지 뭔지 모를 두 개의 빛으로 자신을 붙잡아놓고 있다.

"냐앙."

울었다. 과연 그 울음은 무엇을 나타내는 것이었을까. 고양이는 부드러운 털이 덮인 다리로 일어나 소리 없이 자리를 떠났다.

키가 큰 그림자가 어깨에 손을 얹는다.

"가자."

"……네."

짧게 대답한다. 그리고 다시 키가 큰 그림자를 따라 이동한다. 물론 목적을 달성하기 위해서. 이번 표적은 오늘 밤 상류 구획의 변두리를 지난다고 했다. 정보의 출처는 앞서 가는 그림자. 그렇다, 키가 큰 그림자는 언제나 무서우리만치 정확한 정보를 들고 온다. 지금까지도 그 정보를 바탕으로 목적을 이루어왔다. 분명 제국의 정보부를 능가하는 정보망을 가진 것이리라.

이번 표적은 이전에 엉뚱한 사람이 끼어드는 바람에 놓쳤던 자다.

"이 근처다. 망을 쳐라."

그 말에 묵묵히 고개를 끄덕인다. 그의 명령에 따라 신속히 술식을 짜고 주문을 외기 시작한 그때.

"냐앙."

"──?!"

예기치 못한 순간에 울려 퍼진 울음소리에 저절로 등이 떨렸다. 돌아보자 고양이가 등 뒤에 앉아 있었다. 소리도 없이 몰래 다가온 걸까. 건물 담벼락에 바짝 붙어 조금 전의 고양이처럼 지그시 이쪽을 응시하고 있다. 지그시. 마치 이쪽의 행동을 빠짐없이 감시하고 있다는 듯. 앞발에는 어두운 색깔의 천 조각이 감겨 있다. 주인이 있는 고양이일까.

일단 마법 행사를 멈추고 고양이에게 한 걸음 다가간다. 고양이는 움직이지 않는다. 그저 동공이 활짝 열린 눈동자로 이쪽을 바라볼 뿐. 다시, 한 발, 두 발 다가가자 그제야 위험하다고 느꼈는지 하품을 끝으로 그곳을 떠났다.

(…………)

대체 뭐였을까. 고양이의 생각은 알 수 없지만 다시 암마법을 행사한다. 주변의 빛을 뒤덮어 시각을 약하게 만드는 마술이다. 이 마법으로 일말의 우연은 제거되고 표적은 이

구획에서 빠져나갈 수 없다.

머지않아 표적이 나타났다. 술을 꽤 마신 걸까. 걸음걸이가 불안정하고 이 어둠의 영역도 눈치채지 못하고 있다. 이번 일도 간단하다. 술 취한 자에게 마법을 행사할 뿐인 지극히 쉬운 일. 다른 표적에게도 그랬듯 이 남자에게도 암마법을 건다.

얼마 뒤 상황은 완료되었고, 벽돌 길 위에는 증오하는 귀족이 의식을 잃고 널브러졌다.

……이것으로 또 하나, 우려의 싹을 제거했다. 앞으로 조금만 더, 조금만 더 이 일을 반복하면 그 사람의 앞길에 놓인 장애물은 모두 제거할 수 있다.

남몰래 안도의 한숨을 내쉬며 발길을 돌리려고 한 그때.

"——역시, 한발 늦은 건가."

그런 목소리가 들려왔다.

★

"…………."

목소리가 들린 쪽으로 돌아보자 한 남자가 서 있었다. 나이는 십대 후반. 보통 몸집에 보통 키. 얼핏 어디서나 볼 수 있는 분위기를 풍기지만, 어디에서도 찾을 수 없는 풍채. 키가 큰 그림자도 뒤늦게 소리가 난 쪽을 바라보았다.

——어째서?

지금 자신의 머리를 가득 채운 것은 혼란이었다. 어째서 이 남자가 지금 여기 있는 걸까.

　검문소에서 만나고 제도의 거리에서 방황하던 남자. 스이메이 야카기.

　마치 이곳에 오는 것이 목적이었다── 그런 뉘앙스를 풍기며 늦은 도착에 얼굴을 찌푸린 것은 마치 자신들의 임무를 방해하기 위해 나타났다는 표정이다. 이쪽과 마찬가지로 어둠을 동반하고 나타난 남자. 그리고 그 등 뒤에서 본 적이 있는 아이와 처음 보는 은발의 여성이 나타난다. 뜻밖의 침입자였다. 이유는 모르지만 자신들을 잡으러 온 것은 틀림없다. 하지만 이미 임무를 완수한 뒤였기에 그들에게 볼일은 없다. 하지만 모습을 들킨 이상 이대로 두는 것은 좋은 방법이 아니다.

　"……뒷일은 맡기마. 혼자서 할 수 있겠지?"

　"네."

　행동으로 처리하라는 키가 큰 그림자의 한마디에 짧게 대답한다.

　"아── 거기 서!"

　그림자가 달아나는 것을 눈치챈 은발의 여자가 크게 외치고 곧바로 스이메이 야카기에게 눈짓을 했다. 그러나 스이메이는 키가 큰 그림자가 어둠 속으로 사라지는 것을 곁눈질했을 뿐 기절한 귀족을 흘끗 쳐다본다.

　"됐어. 쫓아갈 거 없어. 두 사람은 거기 아저씨를 부탁해."

"네."

그녀는 그렇게 말한 뒤 스이메이 야카기와 한패인 붉은 머리카락의 소녀와 함께 남자에게로 달려갔다.

"──그럼, 사건의 범인은 그쪽이 틀림없는 건가?"

"……."

"아무 말도 안 하는 건 인정한다는 뜻인데?"

대답할 마음은 없다. 스이메이 야카기와는 대화를 주고받은 사이. 아무리 마법으로 목소리를 변조해도 들통 나기도 한다. 주문을 욀 때처럼 언령(言靈)에 신비가 깃든 때라면 몰라도 지금은 그런 어리석은 짓은 하지 않는다.

그런 와중에 스이메이 야카기는 천천히 팔을 들어 손가락을 튕겼다. 그것은── 길드의 마술사의 마술 지팡이를 파괴했던 기술이다. 어찌 된 일인지 손가락을 튕긴 것과 동시에 공기가 폭발하는 바람 속성의 마법이 발동한다. 단순해 보이지만 고도의 마법이다. 영창이나 건언도 그렇지만 술식을 구축하고 발동하기까지의 시간이 극히 짧은, 실전용 마법. 손을 올리는 동작이 완만했던 것은 이쪽의 예측에 혼란을 주기 위한 것이고, 실제로는 모든 것이 1초 이내에 끝나기 때문에 예측하지 않는 이상 회피나 방어는 감각에 의지할 수밖에 없다.

──탕.

"……윽."

피하기 위해 옆으로 몸을 날린 것은 바로 옆의 공간이 폭발한 것과 거의 동시였다. 아무래도 그것은 시선과 손가락이 교차하는 직선상의 물체에만 영향을 미치는 듯하다. 이전에 보지 않았다면 눈치채지 못하고 맞아서 쓰러졌을 것이다. 하지만 지금은 그런 생각을 할 때가 아니다. 이쪽의 자세가 무너질 것을 예측한 스이메이 야카기는 이미 달리고 있다. 빠르다. 특단 마법으로 강화를 한 것도 아닌데 속도는 쏜살같다.

"Permutatio Coagulatio Vis cane(변질, 응고, 이루는 묘기)."

달리는 스이메이 야카기가 그렇게 중얼거린 순간, 손에 든 시약병에서 나온 액체가 끝이 두 갈래로 갈라진 금속 지팡이로 변한다. 은색의 금속 지팡이가 선회하는 것과 동시에 주변에 휘몰아치는 바람이 채찍이 되어 표적을 노린다. 그 끝은 틀림없이 이쪽을 향해 있다. 달려드는 속도에는 한 치의 흔들림도 없다. 마법사 주제에 너무나도 전투에 익숙하다.

그런 스이메이 야카기에 대항할 암마법을 짠다.

"——어둠이여. 그대, 하늘을 뒤덮은 장막에서 나와, 나의 적을 벌하고 땅으로 던져라. 다크니스 퍼니셔(내 앞에 무릎 꿇었을 때, 모든 것은 어둠 아래 멸하리)."

밤의 어둠과는 너무나도 이질적인 어둠이 하늘에 펼쳐진다. 솟아오른 암막이 아래에 존재하는 모든 것을 뒤덮어 압살하겠다는 듯. 순풍을 타고 질주하는 남자를 저지하려 한 그때, 그는 재빨리 옆으로 뛰어 그 끝을 아슬아슬하게 빠져

나간다. 암막을 조작해 포위하려 하자 그는 마치 보이지 않는 거인의 손에 의해 당겨지듯 어둠의 철퇴 한가운데서 자연의 섭리를 거슬러 회피했다. 균형이 완전히 무너진 자세에서 안정적으로 착지하는 스이메이 야카기. 그런 그가 표정에 드러낸 것은 당혹감이었다.

"지금 그 마술은 뭐지?"

그의 추궁에 당연하다는 듯 대답하지 않자 그의 뒤에 있던 은발의 소녀가 자신이 사용한 마법의 정체를 밝혔다.

"스이메이 님! 암속성의 마법이에요! 그것도 굉장히 강력한!"

"암, 속성……?"

아무래도 눈앞의 남자 스이메이 야카기는 암마법을 처음 본 모양이다. 괴상한 단어라도 들은 것처럼 당혹감을 그대로 드러냈다. 암속성에 대해서는 잘 모르는 듯하다. 그렇다면 이것은 호기다.

그렇게 생각한 바로 그때, 그의 입이 움직이기 시작한다.

"——Et factus est invisibilis Instar venti(나의 칼날은 보이지 않으나, 강철과도 같은 예리함으로 나의 적을 피의 웅덩이에 가라앉히리)."

그의 발치에 마법진이 형성되는 것과 동시에 고막을 찢을 듯한 소리가 들렸다. 조금 전의 금속 지팡이가 일으킨 바람 소리와는 다른 것이다. 어둠 속에 뒤섞인 소리는 차가운 밤공기를 가르는 칼날처럼 날카롭다. 이것은 허공 어딘가에 검이 있음을 뜻한다. 그러나 아무리 찾아도 보이지 않는 것은 단지 야음을 틈탄 것이 아니기 때문일까. 실체가 보이지 않는다면 느낌으로 아는 수밖에 없다. 신경을 곤두세우고 주위에 촘촘히 실을 친다. 그리고 피한다. 검을 피할 때의 동작이 아니라 날아오는 화살을 피할 때의 동작으로. 하나를 피하면 등 뒤의 지면에는 참격의 흔적이 남는다. 그것을 몇 차례 반복한다.

하지만 그러는 사이에 그의 입이 움직였다.

"──Fiamma est lego vis wizard(불꽃이여 모여라. 마술사의 분노에 찬 절규와 같이⋯⋯)."

외우는 주문은 역시 처음 듣는 것이다. 그렇다면 이쪽도.

"──어둠이여. 그대 모든 것을 현혹하고 미치게 하는 진귀한 유혹. 검은 뱀은 손에 넣은 모든 자를 멸망으로 이끌고. 핸드 오브 프렌지(연약한 어둠, 멸망에 이르는 어둠은 거대해지리)."

주문을 짠다. 이 마법은 특별하다. 어둠의 속성을 이용한 오리지널. 어둠 속성의 특질을 이용함으로써 상대의 술식을 불안정화하고 일어날 수 있는 현상을 불확정화한다. 불확정화한 마법은 발동하지 않거나 다른 현상을 일으키거나 상대에게 되돌아간다. 그것을 예측하고 되돌아가도록 조정하면 상대에게 직접적으로 중상을 입힐 수 있다.

분명 그런데──.

"Resonatur Illi qui flagitant Discordia et lost in ventum(조율하라! 불화를 부르는 울림이여 흔들림이여 바람 속으로

사라져라!)."

스이메이 야카기는 원래 외던 주문을 중단하고 다른 주문을 끼워 넣는다.

"Harmonies aeolia(조율풍)!"

——하모니스 아이올리아. 그 단어가 바람을 타는 순간, 이변이 일어났다.

"무슨……?!"

뱀의 형상을 본뜬 어둠이 중천에 솟은 마법진과 얽힌 순간, 어둠의 뱀은 마법진과 함께 빛이 되어 산산이 부서졌다. 잘게 잘린 색종이처럼 흩어진 빛의 알갱이가 비춘 것은 아무 일도 없이 그곳에 존재하는 남자의 모습.

무사하다는 것은 완벽히 방어했다는 뜻이다. 하지만 그것은 있을 수 없다. 모든 마법은 엘리멘트의 개입으로 발동된다. 즉 마법사가 사용하는 마법에는 술자의 의식이 개입되지 않은 부분도 있어 술자가 완전히 마법을 장악할 수는 없다. 지금 행사한 마법은 그 틈을 이용한 것이다. 하지만 그 틈이 없다는 것은 엘리멘트가 개입되지 않았다는 말일까. 만약 그렇다면 저 남자는 자신이 구사하는 마법을 전부 완전히 제어하고 있다는 것이다—— 즉 저 남자가 사용하는 마법은 엘리멘트가 개입한 마법이 아니라는 말이 된다.

그 사실에 경악하고 있을 때 스이메이 야카기는 팔에 남은 마력을 털어내듯 오른손을 턴다.

"……피노미넌 믹서(사상 교반)."

"……?"

"방금 네가 이용한 마술 법칙이다. 완벽하진 않지만……
마술 개론도 모르는데 제법인걸……."

비아냥대는 그의 말은 그 나름대로의 칭찬이었을 것이다.

이어서 한기가 주변을 점령한다. 자신을 완전히 적으로 판
단한 걸까. 눈빛도 날카로워지고 위압감도 더해졌다. 마법
사 길드 마술사를 쓰러뜨렸을 때도 느꼈지만 역시 스이메이
야카기는 상당한 실력자다. 고도의 마법을 단시간에 발동시
켜 상대의 제어가 걸린 마법조차 빼앗아 사용한다. 그 실력
은 십이 우걸에 필적한다. 어쩌면 그 이상일 수도 있다.

"——Primum ex Secandum excipio(제1, 제2 성벽, 국소
전개)."

"——?!"

허공에 금빛 마법진이 떠올랐다. 마치 그를 지키는 방패
처럼.

스이메이 야카기가 움직이기 시작한다. 대범한 걸음을 보
고 물러나려 하자 이쪽의 움직임을 읽었는지 엄청난 속도로
거리를 좁혀 온다.

근접전은 자신이 없다. 서둘러 주문을 짠다. 스이메이 야
카기는 손가락을 튕기려고 했지만 무언가 안 좋은 상황을
눈치챈 것인지 그 자리에서 급히 몸을 피했다.

빠르다. 술식 구축을 시작한 단계에서 주저 없이 피할 수
있다니 대체 어떤 감각을 몸에 익힌 걸까. 그 반응은 거의

예지를 한 것 같다.

그리고 그런 생각을 하는 순간에도 이미 대책을 짜는 것이 눈에 보였다.

다시 마법진이 허공에 떠오른다. 하지만 하나—— 아니, 한 종류가 아니다.

더블 캐스트(이중 영창). 아니, 이것은——.

"——Ad viginti transcription invocatio Augoeides(광휘 술식. 20번까지 전사, 발동)!"

"——으윽!"

빛 속성도 아닌 빛의 창이 소나기처럼 덮쳐 온다. 농밀한 마력에 술식을 부여해 공격 수단으로 바꾼 걸까. 게다가 그것과 똑같은 것을 몇 개나 만들어 동시에 기동하다니 괴물이다. 옆으로 들이치는 빛의 폭우를 가까스로 피한다. 피한 뒤에는 반격해야 한다. 그렇다, 방해하는 것은 쓰러뜨려야 한다. 그 사람을 위해서. 그러므로 자신은 자신의 몸을 아까워하지 않는다. 아무리 위험한 행동일지라도 흙먼지처럼 솟아오르는 벽돌의 파편을 피해 그를 향해 돌진한다. 그러나 읽힌 걸까. 그곳에는 어느샌가 금속 지팡이를 검의 형태로 바꾼 스이메이 야카기가 있었다.

그대로 지팡이를 검에 부딪친다. 검술이라면 늘 그 사람을 봐왔기에 자신이 있다. 제국에는 그 사람을 능가할 검객은 없다. 그러나 스이메이 야카기의 검은 특이했다. 지팡이를 맞고 튕겨 나간 검은 뜻밖에도 부드러운 궤도를 그렸다.

두 번째 공격으로 지팡이 끝을 쳐올리자 그 기세 그대로 손 안에서 회전시킨 검 끝이 호를 그렸다.

마법진. 솟아오른 마력광이 그린 빛은 적색. 불꽃 마술──.

깨달은 순간에는 완성된 마법진과 이쪽을 향한 예리한 칼끝이 눈동자에 비쳤다. 아슬아슬하게 어깨를 노린 공격임을 읽었기에 칼끝은 피했지만, 마법은 달랐다. 이 상황에서 방어할 수 있는 수단은 없다. 어떻게 해야 할까. 마법진에서는 열이 느껴졌다. 불 속성의 마법이다. 어둠에는 빛 다음으로 강력한 위력을 자랑하는 속성.

"──으윽!!"

마법의 여파를 피하기 위해 이를 악물고 바닥으로 몸을 던진다. 낙법 자세도 취하지 않고 몸을 굴렸다. 불꽃은 로브를 살짝 스치고 지나갔을 뿐 피해는 거의 입지 않았다. 즉석에서 발동된 마법 레벨이 조금 전 마법보다 몇 단계 아래였다는 것과 어설프지만 몸을 굴려 피한 덕분에 무사했다.

은발의 여성이 스이메이 야카기에게 말한다.

"원호를……."

"괜찮아. 그것보다 그 남자와 레피를 부탁해. 주위의 마력과 사상의 변화에 집중해. 눈에 띄지 않게 자신의 영역을 옆으로 확장하고 있어."

"이건……."

은발의 여성이 주위를 둘러본다. 머지않아 깜빡이던 두

눈을 부릅떴다. 그 눈동자 속에 들어온 것은 분명 밤이 내린 어둠과는 다른 이질적인 흑색임에 틀림없다.

그것을 야카기 스이메이는 눈치챈 걸까. 야음에 가려진 거무스름한 연기. 제법이다. 모르는 사이에 어둠 속으로 가라앉히려고 했는데 이미 눈치챘을 줄이야. 하지만 상대의 마법을 뺏을 수 있는 그도 모르는 속성의 마법에는 간섭할 수 없는 듯하다. 어둠의 마법으로 만들어진 연기로 인해 흑진주라고 착각할 정도로 색깔이 변한 달은 흠잡을 데 없이 완벽하다. 주위의 이변을 눈치챈 여성이 스이메이 야카기에게 고개를 끄덕여 대답하는 것과 동시에 어둠의 마법을 짠다.

"――어둠이여. 그대 그 몸을 감춘 혼돈으로부터 지금 나오라. 그대의 힘을 보여라. 나는 보복하지 않는다. 분노하지도 않는다. 그러니――."

영창 뒤에 더해지는 것은 암마법을 강화하는 금단의 언어.

"오르고, 르큐라, 라구아, 세쿤트, 라비에랄, 베이바론…… 리탈리에이션 헤이트리드(단지 어둠의 분노에 맡길 뿐)."

"――Primum ex Quartum excipio(제1에서 제4까지, 전역 방어)!"

스이메이 야카기는 조금 전에 펼친 마법진을 반원 형태로 접어 전개한다. 충돌하는 어둠과 빛. 바퀴처럼 돌아가는 마법진이 요란한 소리와 함께 빛을 내뿜으며 여러 갈래로 뻗은 어둠의 띠를 방어하지만.

"크윽———."

스이메이 야카기의 입에서 작은 신음이 새어 나왔다. 금
빛 방어를 뚫고 통과한 어둠이 그의 왼팔로 모여든다. 그의
위기를 나타내는 것일까. 식은땀이 콧등을 타고 흐르는 게
보인다. 성공이었다. 비로소 이쪽의 공격이 먹혀들었다.

그러나 시간이 지나도 스이메이 야카기는 쓰러지지 않았
다. 그 정도 암마법이라면 극심한 통증과 신경을 갉아 먹히
는 느낌에 그 누구라도 고통에 몸부림칠 것이다. 그러나 스
이메이 야카기는 우뚝 선 채 그저 이쪽을 바라보고 있다.

"너……."

불현듯 뱉은 말은 적을 향한 분노일까. 하지만 그것은.

"이런 걸 그냥 다루는 거야……?"

분노와 연민의 감정이 뒤섞인 물음이었다.

……이제 와서 그런 것을 물으려는 걸까. 자신은 암마법
을 쓰는 마법사다. 내 몸을 침식한 이 마법으로 그 사람에
게 방해가 되는 자를 제거해왔다. 당연하다. 이것은 당연히
자신이 해야 할 일이다. 그래, 모든 것은 그 사람을 지키기
위해서다———.

———지키기 위해서, 자신은 그를 다치게 하고 있나.

"———?!"

거기서 문득 깨달았다. 자신이 넘어서는 안 될 선을.

이 사람은 누구인가. 이 남자는 그 사람을 위협하는 귀족이 아니지 않은가. 그런데 왜 시키는 대로 처리하려 하는가. 스이메이 야카기. 자신이 아무리 겁을 줘도 무서워하지 않은 남자. 다정하게 말을 걸어주고 고독한 자신을 알아봐준 사람. 그런 사람에게 자신은 이런 짓을, 사람의 생명을 간단히 빼앗을 수도 있는 위험한 암마법을 걸고 있는 건가.

"야, 기다려──!!"

그것을 깨달은 순간에는 그가 있는 곳과는 다른 방향으로 내달리고 있었다.

★

스이메이가 상대의 마법에 당한 것이 의외였을까. 키가 작은 그림자가 어둠 속으로 자취를 감추자마자 페르메니아와 레피르가 스이메이에게로 달려왔다.

"스이메이 님!"

"스이메이!"

"…………."

두 사람의 시선에도 스이메이는 왼팔과 그곳에 단단히 휘감긴 거무스름한 연기를 응시할 뿐이다. 그런 스이메이에게 페르메니아가 물었다.

"괘, 괜찮으세요? 조금 전에 암마법에 당한 것처럼 보였어요……."

"응, 당했어. 그게 성벽을 뚫었어."

그렇게 말한 스이메이는 페르메니아에게 마술 행사를 유
지하기 위해 내밀었던 왼손을 보인다. 장갑과 소맷부리는
멀쩡하지만 성벽을 통과한 검은 연기, 그것이 휘감긴 팔과
손 부분은 거무스름하고 수분을 빼앗긴 것처럼 쭈글쭈글하
다.

"이, 이건?"

"아무래도 아스트랄 어택 중에서도 위력이 꽤 강한 공격
같아. 정신의 껍질뿐만 아니라 육체에까지 광범위하게 영
향을 끼치고 있어."

스이메이가 그렇게 말하며 얼굴을 굳히자 레피르가 발꿈
치를 들어 가까이 들여다본다.

"괜찮은 거야?"

"이대로 두면 썩어서 괴사할 거야."

"뭐, 뭐라고?!"

"크, 크크크크크큰일이잖아요! 어, 어서 회복 마법을! 아
니, 회복 마법으로 고칠 수 있는 증상이에요? 어, 어떡해요,
어떡해요, 어떡해——!!"

마치 남의 이야기를 하는 듯한 스이메이의 발언에 레피르
는 소리를 지르고 페르메니아는 거의 이성을 잃고 소리친
다. 우왕좌왕한다. 울상이 되어서 손을 파닥거리며 돌아다
니는 모습은 누가 다친 건지 묻고 싶을 정도다.

"진정해, 메니아."

"어떻게 진정해요! 그보다 스이메이 님은 어떻게 냉정할 수 있는 거예요!"

"그래, 스이메이. 괴사는 보통 일이 아니야!"

"괜찮다니까. 아스트랄 보디를 공격당해서 치유 마술을 써도 바로 낫지는 않는다는 것뿐이야."

"그런 거야?"

레피르의 물음에 스이메이가 끄덕이자 페르메니아는 과장되게 안도의 한숨을 내쉬었다. 주름이 생겨서 외양은 참혹하다. 하지만 실제 상태도── 참혹하지 않다고는 할 수 없다. 아스트랄 보디를 다쳤으니 중상이라고 해도 과언이 아니다. 단순한 상처가 아니기 때문에 원래 상태로 회복하려면 시간이 걸린다. 당분간 왼손은 쓸 수 없을 것이다.

스이메이가 다시 한 번 왼팔에 시선을 떨군 그때, 호각 소리가 들려왔다.

"……헌병이에요."

★

상당히 뒤늦게 달려온 헌병들에게 조사를 받고 얼마 뒤.

다소 귀찮게 되리라고 예상했지만, 그들도 스이메이 일행의 사정은 대충 아는 듯 조사는 예상외로 빨리 끝났다── 그리고 지금.

필요한 정보를 대충 보고하자 풀어주었다. 게다가 멋대로 현장에 들어가 이것저것 살펴도 못 본 척까지 해주었다.

문득 스이메이는 헌병들을 바라보았다. 분주하게 돌아다니지만 물론 조사는 그리 순조롭지 않다. 그들 역시 암마법에 관해서는 모르는 모양으로 머지않아 도착한 마법사 길드의 고문도 그저 고개만 저을 뿐이었다.

그때 뒤쪽에서 현장을 봉쇄하고 있던 헌병 무리가 소란스러워졌다. 곧이어 헌병들을 뚫고 군복을 입은 남자가 나타났다.

"──묘한 우연이군. 용사와 대결을 벌이는 자가 있다고 들었는데 그게 설마 너일 줄이야."

그 목소리는 들어본 적이 있는 목소리였다. 물론 생김새도. 얼마 전 도서관을 찾다가 리리아나를 데리고 간 그 남자였다.

"네…… 얼마 전 우연히 만났었죠. 제국군에 소속된 분이라는 건 알아봤는데, 여긴 어쩐 일이세요?"

스이메이가 묻자 남자는 얼굴색 하나 변하지 않고 눈을 감은 채 말했다.

"대답해야 할 의무는 없겠지. 네가 해야 할 일은 하나다. 여기서 있었던 일을 나에게 보고하는 것── 스이메이 야카기."

이름은 리리아나에게 들은 걸까. 명령에 가까운 말을 들은 스이메이는 흐트러진 옷을 여미고 묻는다.

"실례지만 이름을 여쭤도 될까요?"

"제국군 통신 대좌, 로그 잔다이크다."

그 이름을 들어본 적이 있는 걸까. 레피르가 눈썹을 찡그리면서 뭐라고 중얼거린다.

"칠검 중 한 명……."

★

마력로가 내뿜는 오렌지 빛을 배경으로 여러 개의 그림자가 바쁘게 움직이고 있다.

혼수 사건의 현장에서. 현장에 있었던 스이메이 일행을 돌려보낸 후, 조사에 쫓기는 헌병들을 감시하는 로그 앞에 군복을 갖춰 입은 작은 그림자가 나타난다.

"——어디에 갔었지. 리리아나."

쳐다보지도 않고 날아든 로그의 목소리에 리리아나는 움츠러들면서 대답했다.

"잠시, 밤공기를 쐬러……."

"쓸데없이 돌아다니지 말라고 일렀을 텐데?"

"죄송합니다……."

질책하는 로그의 말에 리리아나는 더욱 작아진다. 위축된 리리아나를 향해 로그는 다시 묻는다.

"됐다. 상황에 대해서는?"

"헌병들에게 대강 들어 파악했습니다."

"그래. 네가 보기에 헌병들은 어떤 것 같았지?"

"여전합니다. 범인의 표적이 평판 나쁜 귀족이라서 제대로 조사도 하지 않고 카드를 하거나 용사 이야기를 하거나 이제는 내기까지 하고 있었습니다."

"평판이 나쁘다……."

평소답지 않게 로그가 말을 되새기자 리리아나가 끄덕인다.

헌병들은 평소처럼 이 사건에 관해서는 심드렁하다. 이상한 일도 아니다. 제국의 고위층과 구세교회가 헌병의 의지를 꺾고 있었기 때문이다.

최근 수색에 뛰어든 용사도 헌병들을 효과적으로 활용하지 못하고 있다. 매번 뒷북만 칠뿐이다. 이쪽으로서는 용사도 귀족도 아무런 위협도 되지 않는다.

그들은── 시치미 뗀 얼굴로 현장에 돌아온 그녀는 그렇게 생각했다. 하지만──.

"나에게는 좋은 일인지도 모르지만 최근에는 주변이 시끄러워지기만 하는군."

"대좌님……."

그 투덜거림은 이번 사건의 폐해가 그의 머릿속을 어지럽히기 때문일까.

그렇다. 오늘 그녀가 쓰러뜨린 귀족도, 지금까지 그녀가 쓰러뜨린 귀족도 전부 평민의 신분으로 출세를 한 로그를 탐탁지 않게 생각했던 무리다. 생각에만 그치지 않고 그를 끌어내리기 위해 공작까지 벌인 자들. 그런 자들이 잇따라 사건에 휘말리면 쓸데없이 의심하는 자도 나올 것이다.

폐해는 있다. 그러나 그것이 무서워서 녀석들을 제거하는 일을 게을리 한다면 언젠가 로그는 귀족들의 시기와 질투에 무너지고 말 것이다.

그러니 설령 자신에게 무슨 일이 있어도 대좌는, 자신을 거두어 키워준 양아버지만은. 그렇게 다시 한 번 결의를 다지는 한편 마음속으로 로그에게 사죄하고 있을 때.

"리리아나."

"앗, 네."

로그가 갑자기 이름을 불렀다. 생각에 몰두한 나머지 딴 생각을 한 것을 들키고 만다. 그러나 로그는 그것에 관해서는 질책하지 않고 누군가가 사라진 방향을 응시하듯 한곳을 바라보며 말했다.

"지난번에 만난 스이메이 야카기 말이다."

"그 남자는 왜……."

"그에 대해 알아보거라."

양아버지이자 상관인 남자가 내린 뜻밖의 명령에 리리아나는 의아하다는 듯 되묻는다.

"스이메이 야카기를요?"

"그래. 아무래도 사건의 범인을 만난 것 같다. 수색을 하다가 우연히 발견했다더군."

"대좌님께서는 그가 범인이라고 생각하시나요?"

"그건 아니지만 신경이 쓰이는구나."

"……분부대로 하겠습니다. 대좌님."

그렇게 말한 리리아나는 헌병들에게 향하는 로그를 뒤따랐다.

제4장   마술 대 암마법

혼수 사건의 범인과 접촉하고 며칠 후. 그때부터 한숨도 못 자고 부상당한 팔 치료와 암마법 고찰에 몰두해 있던 스이메이는 이날, 제국이 자랑하는 대도서관 한 구석에서 책 등 표지를 노려보고 있었다.

"암마법……."

암마법. 이쪽 세계 마법의 전문가인 페르메니아의 이야기로는 여덟 속성 중에서도 특히 취급하기 까다로우며 특수한 마법이라고 한다. 페르메니아도 전문이 아니기에 아는 것은 당했을 때의 증상과 효과 정도였다. 아스텔에도 암마법을 쓰는 자가 있지만 그 인물이 타인과 관계를 맺는 것을 싫어하는 성격인 탓에 자세한 설명은 들을 수 없었다고 한다.

그래서 방대한 서적이 보관된 제립 도서관에 왔지만 암마법에 대한 마도서는 적었다. 있어도 어둠을 다루는 마법이다, 엘리멘트 중에서도 이단이다, 강한 적성이 아니면 취급할 수 없다, 술자의 몸에 치명적이다 따위가 적혀 있을 뿐 참고가 될 만한 내용은 없었다.

페르메니아와 레피르가 말하기를 암마법을 다루는 마법사는 역사를 통틀어서도 그 수가 적으며 앞서 말했듯 술자의 몸에 치명적이라서 요절하는 탓에 미처 저서도 남기지 못하기 때문이라고 한다.

"…………."

왼팔에 감은 붕대를 풀어 팔을 살핀다.

현란한 금빛 요새의 성벽을 뚫고 자신의 몸을 침범한 마술. 축축한 생물적 습기를 품은 그 거무튀튀한 연기는——어둠. 손과 팔은 후유증이 남아 쭈글쭈글하고 시커먼 멍 자국이 생겼다.

과연 이것은 무엇일까.

불, 물, 바람, 천둥, 흙, 나무, 빛. 이것은 물질적으로 존재하는 것이다. 엘리멘트와 어둠은 에너지로도 물질로도 특정할 수 없는 것이다.

보통 어둠은 빛을 흡수하는 것, 아무것도 없는 공간을 뜻한다. 공간에 빛이 결여된 상태일 뿐, 「어둠」이라는 물체가 존재하는 것이 아니다.

이 세상에는 다크 매터, 다크 에너지라는 것이 존재한다고 여겨진다. 이것은 이른바 물리법칙이 타당하다는 것을 증명하기 위해 존재하지 않으면 안 되는, 이론상 존재할 것으로 여겨지는 「겉보기 물질」, 「겉보기 수치」다.

그렇게 어둠을 정의한다면 술식도 짤 수 있다. 수비술에서 허수를 이용해 이 세상에 존재할 수 없는 수치를 조합해 존재할 수 없는 무언가를 재현해내면 되니까.

하지만 수학도 발달하지 않은 세계에, 근세에 발견된 허수의 개념과 「겉보기 수치」 따위가 존재할 리 없다. 게다가 그런 일이 일어난다 하더라도 암마법 같은 효과는 결코 기대할 수 없다.

다른 한편의 절대 허무── 무명(無明)은 재현할 수도 없다. 게다가 그 암마법은 아스트랄 보디에 직접적으로 영향을 끼쳤다. 이것은 평범한 사고방식으로 이끌어낼 수 있는 것이 아니다.

술식에 간섭하는 능력, 빛을 차단하는 힘, 정신과 신체에 직접적인 대미지를 주는 아스트랄 어택. 그런 여러 가지 특성을 모두 갖춘 단일한 힘이 과연 이 세상에 존재하는 것일까.

그런 생각을 하는 스이메이의 입에서 무의식적인 웃음이 새어 나온다.

"후, 후후후후후……."

그렇다, 이것이다. 신비를 좇다가 불시에 벽에 부딪히는 이때다. 바로 이런 순간 미지를 추구하고 있음을 느낀다. 이런 순간이 있기에 자신이 불가능의 영역에 손을 뻗는 자, 신비학자라는 것을 실감할 수 있다. 그리고 재확인한다. 역시 자신은 계속 추구해나가야 한다고. 이 암마법에 대해서도.

이 세계의 문명 레벨은 저쪽 세계에 비해 뒤떨어져 있다. 그렇다면 이론이나 법칙도 그 레벨에 맞춰 생각해야 한다. 열소나 연소가 존재했던 시대. 아니, 그것보다도 훨씬 먼 옛날. 그때 무엇이 있을까, 하고. 보통 아스트랄 어택은 게티아(이교 신동)를 사용한 것이 주류다. 신비적 존재의 힘을 빌려 인간의 손이 닿지 않는 정신의 껍질을 공격하는 기술. 마녀술이나 오래된 간드 마술, 음양술의 저주도 마찬가지다.

음의 방향으로 사고가 굳어진 것은 다른 사람의 정신과 영혼까지 해한다. 그렇다, 주술이다. 하지만 이 세계의 마법은 전부 엘리멘트를 이용한다는 전제가 깔린다. 그것에 입각하면 예외를 제외하고 주술이라고는 생각할 수 없다.

(하지만 그때 왼쪽에서 떠오른 건 분명 증오였어.)

──그렇다, 그때 무심코 소리 내 말했지만 분명 느낀 것이다. 신경을 침범하는 소름끼치는 감각이 무엇인지를. 그 힘은 분명 증오나 원한으로 불리는 음의 힘. 그것은 인간이 사용해서는 안 되는 힘이다. 스스로를 돌보지 않는 술식에 분노를 느꼈다. 그토록 작은 몸, 어린 나이에 그런 것을 사용한다는 사실에.

문득 머릿속에 리리아나의 모습이 스친다. 범인도 그녀만큼 어리다면 어떨까. 그렇다면 마술사로서의 자세를 바로 잡아줘야 하지 않을까──.

(머릿속이 복잡해. 정리해야 해.)

생각이 정리되지 않는다. 종종 그렇듯 막 생각난 연관성이 적은 사항들이 사소한 공통점으로 멋대로 이어져 마치 진실인 것처럼 변해 머릿속에 자리 잡는다. 지금 상황도 분명히 그런 조짐이다. 자신에게 예지력 따위가 있을 리 없다. 그러니 리리아나가 그 그림자일 리도 없고 암마법을 다루는 술자도 아니다. 잘못된 마도의 길을 걷고 있는 것도, 아니다.

"……스…… 메이……!"

그러니 잘 생각하자. 지금은 암마법을 생각할 때다. 그것은 분명 음의 방향에 존재하는 힘이었다. 그렇다면 엘리멘트를 이용한다는 것은 무엇일까. 아니, 애초에 이 암마법이라는 것은 엘리멘트를 이용한 마법이 맞기는 한 걸까. 어쩌면 그 전제가 처음부터 틀린 건 아닐까. 그렇다면 그것을 다루는 술은 신비의 역사를 역행한 것일까——.

"……스이메이 님!"

"——?! 아, 으응, 메니아."

생각에 잠겨 있던 스이메이는 갑자기 울려 퍼진 목소리에 고개를 홱 들었다. 목소리의 주인공은 페르메니아다.

그녀는 살짝 어이없어하며 물었다.

"무슨 일이세요?"

"잠깐 생각을 하느라."

그렇게 대답하자, "아…… 제가 방해를 했나 봐요"라며 페르메니아는 사과했지만 스이메이는 아니라며 책상 가까이로 그녀를 불렀다.

그리고 마도서를 읽기 위해 가지고 온 마술품을 대충 정리하면서 묻는다. 그녀에게는 계속 탐문을 부탁하고 있다.

"어땠어?"

"별로 소득이 없었어요."

"그래. 역시 협력해주지 않는구나."

"독실한 신자들이 제도 주민들에게 이미 정보를 전한 모양이에요."

페르메니아의 표정은 떨떠름하다. 당초 생각했던 대로 탐문에서 성과를 내는 것은 어려운 것일까. 역시 협력자들의 도움을 받는 것이 가장 효과적이다.

"하지만 헌병들은 비교적 협조적이었어요."

"어째서?"

"헌병들은 엘리어트 용사님을 싫어하는 눈치예요."

"그래?"

"용사님과 승부를 시작하기 전에 이미 용사님이 범인 수색에 참여한 사실은 아실 거예요…… 그때부터 헌병들은 용사님께 협력했던 모양이에요. 하지만 용사님은 배후에 있는 구세교회와 용사라는 직위를 이용해서 헌병들에게 모든 정보를 제공받고 아예 그들을 이용해서 수색을 하는 것 같아요."

확실히 용사라는 이름과 교회라는 뒷배를 이용하는 것은 유용하다. 그러나 부림당하는 쪽의 반발심은 어쩔 수 없다.

"헌병은「공적은 전부 용사님 것」이라면서 술만 마셨고 불만도 많았어요. 엘리어트 님은 그저 평범하게 일을 진척시키는 것에 불과하겠지만요."

용사 엘리어트. 땅거미 정에서 대화해본 것이 다지만 생각보다 더 고지식한 성격이다. 이번 폐해도 신자들이 떠받드는 탓에 수색에 직접 참여하지 못하고, 본인도 그로 인해 벌어질 폐해를 정확히 파악하지 못한 탓이다.

"그럼 뭐야, 헌병들은 그 분풀이로 우리를 이용하는 거야?"

"이미 내기까지 하는 것 같았어요."

"너무하네. 자국민이 피해를 당하고 있는데."

페르메니아가 한숨을 쉬자 스이메이도 관자놀이를 검지로 지그시 누르면서 원을 그린다. 그러자 페르메니아는 헌병들의 무기력함에는 다른 이유도 있다는 듯 말을 계속했다.

"그 점에 대해서도 뭔가 있긴 하지만, 좀 더 정확해진 뒤에 말씀드릴게요."

"그래. 그리고 우리가 갔을 때 있었던 그 귀족은 어떻게 됐어?"

"지금은 자택에서 요양 중인 듯한데 다른 피해자들과 마찬가지로 아직 의식은 돌아오지 않았대요."

키가 작은 그림자의 마술에 당한 듯한 남자는 곧바로 헌병에게 연행되어 스이메이도 멀찍이서 지켜봤을 뿐이다. 조사가 끝나면 그쪽에도 가봐야 할 것이다.

"그래. 그럼 계속 잘 부탁해."

페르메니아의 보고가 끝난 뒤 둘이서 나란히 도서관 의자에 앉아 쉬고 있는데, 스이메이는 문득 한 가지 사실이 신경 쓰였다.

"그러고 보니 말인데, 우리는 말도 문제없이 통하고 책도 읽을 수 있네."

요즘 들어 말이나 문장과 관련해 깨닫는 바가 많다. 엘리어트와의 대화의 차질이나 언어가 다른 도서관의 책을 아무런 장애를 느끼지 않고 읽을 수 있는 것이 그것인데——.

"영걸 소환의 가호가 있으니까요. 저번에도 비슷한 말을 한 적이 있는데."

"거기까지 신경 쓰지는 않았거든. 결국 말이 통하는 건 어떤 원리야?"

"영걸 소환 의식으로 불려 온 자에게는 언어가 변환되는 술식이 자동적으로 적용되는데, 그건 소환자의 지식에 준한다고 해요."

"호오?"

"스이메이 님 일행의 경우는 제 지식에 따르기 때문에…… 스이메이 님이 살던 세계에 존재하고, 제가 아는 개념에 비추어 일치하는 것이 있다면 언어가 변환돼요. 원래 스이메이 님이 살던 세계에 없는 것은 이쪽의 언어가 그대로 스이메이 님의 발음에 맞춰요. 물론 제가 모르는 것도 그쪽의 발음에 맞추고요."

그것은 즉 존재하는 개념과 존재하지 않는 개념에 따라 변환에 한계가 생긴다는 말일까. 분명 이전에 페르메니아와의 싸움에서 「결계 마법」이라는 단어를 썼을 때, 그녀는 그 단어를 이해하지 못했다. 그것도 변환의 한계일 것이다. 암마법은 저쪽 세계에도 없는 개념이지만 단순히 이쪽 세계에서도 암과 마법이라는 단어를 합친 것이니까 그렇게 변환되는 것이다.

그런 식으로 생각하는데 페르메니아가 자랑스럽게 풍만한 가슴을 활짝 폈다.

"그러니까, 스이메이 님이 무리 없이 말하고 읽고 쓰는 건 제 지식 덕분이죠."

"에헴" 하고 헛기침을 하는 그녀의 옆에서, "잘 되어 있네—" 하고 감탄하는 스이메이. 그리고 페르메니아는 화제를 바꿔 묻는다.

"그러고 보니 스이메이 님, 조사는 어떻게 됐어요?"

"틀렸어. 참고가 될 만한 게 전혀 없어. 휴."

그렇게 말하며 장난스럽게 두 손을 들어 보이자, 페르메니아는 우울한 표정을 짓는다. 침울하다. 자신과 페르메니아가 받아들이는 방식에 차이가 있다는 사실을 눈치챈 스이메이는 곧바로 장난기를 지우고 진지한 태도로 말한다.

"하지만 대책에 대해서는 지금 생각 중이야."

"대책이요?"

"그리고 그게 무엇인지에 대해서도."

"암마법은 저희로서도 모르는 부분이 많은데…… 스이메이 님이 있던 세계의 지식만 가지고 분석할 수 있는 거예요?"

"못 할 것도 없다고 생각해. 이 세상에 존재하는 모든 현상 중에 해명할 수 없는 현상이라는 건 없어. 일단 짐작 가는 데도 있고."

살짝 낙관적인 투로 말하는 스이메이. 지금까지 얻은 정보로부터 이게 아닐까, 하는 것은 있었다. 나머지는 현장에서 다시 한 번 관찰하고, 판별하는 수밖에 없다. 그러자 페르메니아가 살짝 고개를 갸웃하면서 말한다.

"그것과는 별개로 신경 쓰이는 부분이 있어요."

"뭔데?"

"그 암마법사가 외친 주문의 마지막에 첨가된 단어요. 그건 저도 처음 듣는 단어였어요. 으음……."

잘 떠오르지 않는지 얼굴을 찌푸리는 페르메니아. 그런 그녀를 대신해서 스이메이가 말한다.

"오르고, 르큐라, 라구아, 세쿤트, 라비에랄, 베이바론……."

"네, 맞아요. 그런 단어는 들어본 적이 없어요. 그건 대체……."

말끝을 흐린 페르메니아가 심각한 표정으로 생각에 잠겼을 때, 등 뒤에서 목소리가 들렸다.

"실례해도 될까요?"

그 목소리에 두 사람이 뒤돌아보자 도서관 직원복을 입은 흰 피부의 한 남자가 서 있었다.

그는 스이메이가 처음으로 도서관에 왔을 때 알게 된 사람이다.

"사서님이 오늘도 여러 가지로 조사를 하러 왔어요."

"야카기 군이었죠……. 오늘도 열심이네요."

밝은 목소리로 말하는 사서에게 스이메이는 "네, 뭐" 하며 묘한 웃음을 지어 보인다.

그러자 그를 모르는 페르메니아가 물었다.

"숲의 사람이에요? 스이메이 님, 이분은 누구예요?"

숲의 사람이란 즉 엘프를 말하는 걸까. 이전에 사서가 자신을 엘프라고 소개했으니 아마도 그것은 별칭일 것이다.

"이분은 사서인 로미온 씨. 저번에 왔을 때 도서관을 안내해주셨어."

"그렇군요. 신기하네요. 숲의 사람은 대부분 인간과는 엮이고 싶어 하지 않는다고 들었거든요."

로미온을 향해 신기하다는 듯 눈썹을 찡그리는 페르메니아. 그녀의 말을 듣고 도서관 사서인 그는 쓴웃음을 지었다.

"괴짜라는 말은 자주 들어요. 태어난 숲에서 나와서 살고 있으니까요."

자조하듯 말하는 것으로 보아 이쪽 세계의 엘프는 저쪽 세계에서 말해지는 엘프처럼 숲에 살면서 폐쇄적인 생활을 하는 것 같다. 그건 그렇고.

"그런데 무슨 일이세요?"

"아, 마침 지나가는데 암마법에 관한 이야기를 하길래 궁금해서요."

암마법에 관해서 흥미를 보이는 로미온에게 페르메니아가 뜻밖이라는 듯 눈을 크게 떴다.

"암마법을 아세요?"

"네, 저도 그럭저럭 살아온 세월이 있으니까요, 어느 정도는."

★

　의외의 장소에서 암마법에 관한 이야기를 듣게 되어 로
미온와 동석했다. 자리에 앉자마자 로미온이 말하기 시작
한다.

　"암마법. 한마디로 말하자면 불, 물, 바람, 흙, 천둥, 나
무, 빛, 어둠이라는 여덟 속성 중에서도 강력한 마법이지
요. 아니, 흉악한 마법…… 이라고 하는 게 옳을지도 몰라
요. 그런데 두 분은 왜 암마법을 조사하는 거죠?"

　"그게, 이것 때문에."

　스이메이는 왼손에 감긴 붕대를 푼다. 그러자 그것을 본
로미온이 깜짝 놀랐다.

　"이건…… 그래서 암마법을 조사하는 거군요…….'"

　살짝 내려간 안경을 손가락으로 추어올리며 심각한 표정
으로 신음하는 로미온에게 이번에는 페르메니아가 묻는다.

　"보고 안다는 건, 증상에 관해서도 아는 건가요?"

　"이 도서관에 오기 전에는 마법의로 일했거든요. 암마법
에 걸린 분의 치료를 맡은 적도 있어요. 야카기 군, 조금 보
여주겠어요?"

　특별히 거절할 이유가 없었기에 스이메이는 붕대를 푼 왼
손을 내민다. 로미온은 그의 왼손을 한동안 살펴보더니 머
지않아 감탄한 표정으로 "호오" 하고 숨을 내쉬었다.

"……상태가 안정되어 있네요. 보통은 이렇게 강력한 어둠의 힘에 침식당하면 몸의 중심까지 상태가 진행되는데…… 야카기 군은 이걸 직접?"

"제가 아는 치유술을 응용한 것뿐이에요."

"훌륭한 처치법이에요. 이렇게까지 굉장한 시술은 나도 처음 보는군요."

그렇게 말한 로미온은 이번에는 심각한 표정으로 물었다.

"어디서 암마법에 당했죠?"

"지금 세간을 떠들썩하게 만든 사건의 범인이 쓰더군요."

"──설마 습격을?!"

화들짝 놀라며 묻는 로미온에게 스이메이는 대강의 사정을 이야기한다. 여신의 신탁이 발단이 되어 엘리어트와 승부를 하게 된 것. 며칠 전 범인과 만나 싸운 것.

그것을 조용히 듣고 있던 로미온이 심각한 표정을 짓는다.

"……그랬군요. 그런 일이…… 용사님과 승부를 벌이는 분이 있다는 소문은 들었는데. 그게 야카기 군이었군요."

스이메이가 처한 상황을 걱정하는 듯 한숨을 쉰 로미온은 자세를 고쳐 앉았다. 그리고 진지한 눈빛으로 말했다.

"이런 말을 하는 것도 그렇지만── 그만두세요."

"그만두라는 건, 범인을 찾는 걸 말이에요?"

"네. 제삼자가 할 말은 아니지만, 범인이 암마법을 쓰는 마술사라면 너무 위험해요. 재수가 없으면 죽을병에 걸리거나 그 충격으로 생명이 단축될 수도 있어요."

"그래도 두 친구가 걸린 문제여서요."

"목숨과 바꿀 만큼 중요한 문제는 없어요. 용사님을 따라 가는 건 분명 위험한 일이지만……."

그렇게 말하며 로미온은 페르메니아 쪽을 흘끗 바라보았다. 로미온의 솔직한 의견에 그녀는 복잡한 표정이 되었다.

"그리고 조금 전 야카기 군은 베이바론이라는 단어도 언급했지요?"

로미온의 물음에 페르메니아가 눈썹을 찌푸리며 묻는다.

"그것에 대해서도……?"

"그 단어도 꽤 예전에 들어본 적이 있어요."

"알고 계신다면 알려주시겠어요?"

페르메니아가 부탁하자 로미온은 무겁게 고개를 끄덕인 뒤, 천천히 입을 뗐다.

"그건 만명(蠻名)이라는 거예요."

"만명이요?"

"네. 만명은 암마법과 함께 이 세상에 태어나 고대에 없어졌다고 알려진 저주의 말이죠. 이 말에는 특정 속성── 즉 어둠 속성의 힘을 증폭시키는 효과가 있어요."

"증폭?"

"네. 이 말을 붙인 암마법은 보통 마법을 썼을 때에 비해 위력이 몇 배나 크다고 알려져 있어요. 아마 그 암마법을 쓴 마법사가 주문에 그걸 추가한 거겠죠."

"그럼 암마법사는……?"

"분명 상당한 위력의 암마법을 쓰는 것 같아요."

로미온의 설명을 듣고 페르메니아는 숨을 삼킨다.

"다시 한 번 말하지만, 멈추세요. 목숨이 몇 개라도 부족할 겁니다."

"하지만 우리는 해야만 해요."

"친구들을 위해서요?"

스이메이가 끄덕이자, 더 이상 설득하는 것은 포기했는지 로미온은 반쯤 질린 듯 한숨을 쉬었다.

"그렇게까지 말한다면 말려봤자 소용없겠군요."

"도움을 주셨는데 죄송해요."

"알겠습니다. 암마법의 위험성은 절대로 잊지 마세요."

로미온은 그렇게 말하자마자 "그럼" 하고 가볍게 인사한 뒤 업무를 하러 돌아갔다.

"암마법에 만명…… 스이메이 님?"

페르메니아가 심각한 표정으로 고개를 갸웃했다. 그리고 두 단어를 중얼거리며 스이메이 쪽을 바라보았다. 스이메이는 멀리 시선을 던지며 중얼거렸다.

"만명……."

★

그 후, 범인을 특정하지 못한 상태에서 또 다른 희생자가 나왔다.

이날도 스이메이는 제도의 지리를 익히기 위해 혼자 길을 걸으면서 그 김에 고양이를 찾고 있었다.

헌병, 용사, 그리고 자신들. 수색에 뛰어든 자가 늘어나서인지 범인은 범행의 빈도를 줄였고, 밤 수색은 이렇다 할 성과를 내지 못하고 있었다.

그 때문에 현재는 다시 협력자를 모집하기 위해 뒷골목, 덤불 속, 공터 등을 둘러보고 있다.

그리고 바로 조금 전 발견한 두 번째 고양이를 안고서 스이메이는 골목을 빠져나왔다.

"야, 그만 깨물어. 내 손가락은 물어봤자 맛도 없다고."

한 번 쓰다듬었더니 뭐가 좋은지 질리지도 않고 손가락을 깨무는 고양이 때문에 살짝 난감해졌다. 고양이들이 무는 버릇은 기본적으로는 공격 대상이나 사냥감을 죽이기 위한 행동의 연장선상에 있는 것이지만, 지금 안은 고양이는 안정된 상태이기 때문에 만져주길 바라는 것인지도 모른다.

그렇게 생각하면서 쓰다듬어주는데 정면에서 아는 얼굴이 나타났다.

"스이메이 야카기……."

본 적이 있는 특징적인 외모는 리리아나 잔다이크였다.

"──여어, 트윈 테일의 안대 소녀. 오랜만이네."

"트윈 테…… 뭐죠, 그 명칭은."

"그냥, 그런데 이런 데서 만나다니 우연이네. 뭐야, 역시 과자가 먹고 싶어진 거?"

스이메이는 장난스럽게 물었지만 리리아나는 그럴 기분이 아닌 듯 어느 때보다 험한 표정으로 되받는다.

"아니요."

"뭐야, 아니었네."

"그런 건 관심 없습니다."

"그럼 무슨 일인데?"

　험악한 분위기를 풍기를 리리아나에게 묻는다. 평소와는 다른 의미로 어쩐지 분위기가 수상하다. 다만 이쪽을 쳐다보는 눈은 가슴 근처로 집중되어 있고, 어쩐지 초조해 보인다. 가슴에는 고양이 두 마리가 있는데.

"고, 고양이를…… 나, 나에게."

"……응?"

　리리아나가 고양이를 달라는 듯 두 손을 벌리면서 바싹 다가왔다.

★

　리리아나에게 안고 있던 고양이 중 한 마리를 안겨준 뒤, 지금은 분수 옆에 있는 의자에 앉아 있다.

"냐옹, 냐옹, 냐옹, 냐옹."

　리리아나는 이쪽에는 눈길도 주지 않고 고양이 울음소리를 흉내 내며 고양이와 놀고 있다. 고양이의 앞발을 쥐고 동요의 율동을 따라 하는 모습은 무척 행복해 보였다. 마치 오후의 낙원을 보는 듯하다. 그 표정은 지금까지 본 적이 없는 최고의 미소였다.

"냐옹, 냐옹, 갸옹~."

리리아나는 리듬이 끝날 때 고양이를 끌어안았다. 고양이를 무척 좋아하는 것이다. 모든 고양이는 사랑스럽다. 이쪽의 존재를 완전히 잊은 듯한 그녀에게 스이메이는 말을 건다.

"즐거워 보이네."

"……?! 어, 언제까지, 거기 있을 거죠?! 스이메이 야카기!"

"그야 고양이를 돌려받을 때까지겠지?"

그렇게 말하자 리리아나는 의아한 표정으로 물었다.

"돌려받아요? 이 녀석을요?"

"응."

"이 녀석은 길고양이잖아요. 당신의 고양이가 아니라구요. 왜 고양이를 잡고 있었죠? 경우에 따라서는 군사 재판소에서 사형을 당할 수도 있습니다만?"

이건 무슨 말일까. 차가운 눈빛으로 게다가 다짜고짜 사형이라니 살벌하다. 이쪽은 "냐옹" 하고 허락한 고양이들만 데리고 왔는데 말이다.

아무튼..

"왜냐니, 고양이를 만지고 싶었을 뿐이야."

"흠…… 그런 거라면 괜찮겠죠."

괜찮은 걸까. 리리아나는 그렇게 말한 뒤 다시 고양이와

의 놀이에 빠져든다. 납득하는 선이 어쩐지 모호하다. 그건
그렇고.

"고양이를 좋아하는구나."

"고양이만은 아니에요. 개도 좋아해요. 동물은 모두 착하
니까요."

그렇게 말한 리리아나는 조금 뒤 시선은 여전히 고양이에
게 향한 채로 질문을 던진다.

"용사와 사건의 범인 잡기로 승부를 하고 있다면서요?"

"응, 아는구나."

"정보는 자연히 알게 되니까요."

그것은 군 정보기관에 소속되어 있어서다. 특별히 자랑하
는 느낌도 없이 그렇게 말한 리리아나는 계속해서 물었다.

"왜 용사와 승부할 생각을 했죠?"

"나에게는 두 친구가 걸린 문제니까."

사정을 알고 있다고 간주하고 그렇게 말했다.

"여신의 뜻이 그렇다면 용사에게 맡기면 그만 아닌가요?
그게 문제에 휘말릴 일도 없고 당신에게도 편한 텐데요. 게
다가 여신의 신탁인데 별일이야 있겠어요?"

"꽤 냉정하게 말하네."

"그럴지도 모르지만, 그게 이치예요."

"이치."

스이메이가 무심코 말을 따라 하자, 리리아나는 살짝 화
가 난 표정이 되었다.

"당연해요. 그리고 그 손은 어떻게 된 거죠?"

"이것도 들었나 보네. 그래, 사건의 범인한테 당했어."

스이메이가 대답하자 리리아나가 왼손에 감긴 붕대로 시선을 떨어뜨린다.

"……심각한 거죠?"

"아니야. 금방 고칠 거야."

"고쳐요……? 고칠 수 있어요?!"

"응? 뭐야, 놀랄 일이야?"

리리아나의 반응에 스이메이 의아해한다. 그가 고개를 갸웃하자 리리아나는 얼굴을 휙 돌린다.

"아, 아니에요, 대좌님이 심각해 보인다고 해서……."

"그랬구나. 그래도 생각은 바뀌지 않아."

"바뀌지 않는다니…… 알고나 있어요? 범인은 지금까지 수많은 사람을 해친 위험한 인물입니다. 손을 떼는 게 좋아요."

"뭐야. 아까부터 계속. 혹시 걱정해주는 거야?"

"──아니에요."

즉답이었다.

"최근에도 비슷한 이야기를 들었어. 하지만 중간에 관둘 생각이었으면 처음부터 승부를 받아들이지도 않았어."

"왜죠. 왜 그렇게까지 하는 거죠? 게다가 그게 세계를 구하기 위해 필요한 거라면──."

체념하는 것이 보통이라는 걸까. 다수를 위해 소수를 희

289

생한다. 분명 위기에 닥친 상황에서는 그게 당연한 것일지
도 모른다.

"그전에."

"뭐죠?"

"이제 그만 놓아줘."

스이메이는 그렇게 말하며 리리아나의 품에 안긴 고양이
를 가리킨다. 고양이는 어느샌가 꼬리를 좌우로 흔들고 있
었다.

"고양이는 상황이 마음에 들지 않을 때 꼬리를 옆으로 흔
들거든. 안겨 있어서 살짝 더운 걸 거야."

"……싫은 걸까요."

리리아나는 시무룩해진다. 그리고 미련이 남은 표정으로
고양이를 놓아주자 고양이는 고개를 옆으로 기울이면서 리
리아나를 관찰하는 동작을 취했다. 고양이는 그녀에게 흥
미가 있고 아직 싫은 것은 아닌 듯하다. 고양이가 그런 텔
레파시를 보내자 그녀는 다시 눈을 반짝이면서 고양이를 바
라보았다.

"조금 전 질문 말인데요."

"응. 왜 여신이나 용사에게 맞서느냐고?"

리리아나가 끄덕인다. 스이메이는 숨을 내쉰 뒤 잠시 뜸
을 들였다가 대답한다.

"너는 지키고 싶은 사람이 없어?"

"지키고 싶은 사람이요?"

"그래. 지금 나한테는 그 두 사람이 그래."

"……."

그렇다. 자신에게는 다른 선택지가 없다. 페르메니아는 아무것도 바라지 않고 자신을 도우러 와주었고, 레피르는 말할 것도 없다. 자신에게는 두 사람 모두 반드시 지켜야 하는 존재인 것이다.

"저는 잘 모르겠군요. 그렇게까지 무리할 필요 없다는 것밖엔……."

"모르는구나. 그럼…… 가족이라면?"

어쩐지 목소리가 아닌 소리가 들린 것 같았다.

"＿."

"저는 가족이 없습니다."

차가운 목소리로 그런 대답이 돌아왔다. 혹시 무슨 실수라도 한 것일까. 무엇이 그녀를 화나게 했는지는 모르지만 그녀에게는 분명 아버지가 있다. 얼굴만 본 것까지 합치면 도합 세 번은 만났다. 올백 머리를 한 군인.

"그 사람 네 아버지잖아?"

"대좌님은 아버지기 이전에 제 상관이십니다."

그게 무슨 말일까. 보통이라면 그런 관계더라도 평소에는 아버지가 앞에 놓이는 것 아닐까. 스이메이가 그렇게 말하려고 한 순간, 스이메이의 생각을 읽은 리리아나는 고개를 숙이면서.

"대좌님은 제 친아버지가 아닙니다. 저는 부모에게 버림

291

받았습니다."

"……그랬구나. 미안. 별로 얘기하고 싶지 않은 이야긴가?"

"별로."

스이메이는 다시 한 번 "미안" 하고 사과했다. 그리고 다시 질문에 대답한다.

"두 사람과 알게 된 지는 얼마 안 됐지만 나에게는 소중한 사람들이거든."

"그래서 무리하는 건가요? 빨리 죽을 거예요. 바보 같아요."

"진짜 심하게 말하네."

"하지만 나에게도……."

"응?"

"아니에요."

별거 아니라는 듯 고개를 젓는 리리아나에게 스이메이는 "그래"라고 말하며 더는 묻지 않는다.

그리고 흘끗 그녀를 보자 어느샌가 조금 전까지 눈을 반짝이던 모습은 없고 건성으로 앞발을 툭툭 내미는 고양이를 쳐다보면서 손으로 놀아주고 있다.

한동안 멍하게 있던 스이메이는 근처에 있는 아이스크림 가게를 발견한다. 그리고 그곳에서 아이스크림을 사 왔다.

"자. 지난번에 신세졌잖아."

아이스크림을 본 뒤 졸린 눈으로 올려다보는 리리아나.

"필요 없어요."

"뭐 어때, 받는다고 어떻게 되는 것도 아닌데. 자, 얼른."

"됐다니까요."

"이미 산 걸 어떡해."

잠시 뒤, 고개 숙인 채 잠자코 있던 리리아나는 침울한 목소리로 물었다.

"왜 당신은 나에게 잘해주는 거죠?"

"왜냐니……."

"당신도 다른 사람들처럼 하면 돼요. 싫어하면 된다구요."

어둡다. 눈동자도, 거기에 비친 자신도, 모든 것이. 새까만 어둠 속에 있다. 버림받은, 기분 나쁜 존재. 그런 단어가 그녀의 처지를 상기시켰다.

"나는 기분 나쁘잖아요? 어린애가 위험한 마력을 가지고 있고 모든 사람에게 공격적이죠. 그러니까."

"모두 그런 거야? 그때처럼?"

"제국에서 나는 두려움의 대상이에요. 정보부의 그늘을 숨기기 위해 만들어진 크고 어두운 빛인 거죠."

"그래서 나 같은 사람은 없다고?"

"그래요. 없어요. 대좌님 외에는……."

뒤틀린 마음이 조금씩 냉정을 되찾아간다. 그리고 리리아나는 쓸쓸히 어깨를 늘어뜨리며 입을 다물었다.

"무뚝뚝해 보이던데, 좋은 사람이구나."

스이메이는 로그에 대한 감상을 말하며 호주머니에서 부

드러운 육포를 꺼내 고양이에게 내민다.

"하지만 괴롭지 않아?"

"그게 제 일입니다. 싫어도 거부할 수 없어요."

"그래서 이런 상황을 받아들이는 거야?"

"나는 대좌님의 부하입니다. 군무를 거부하면 저는 있을 곳이 없어요."

열두세 살의 소녀. 다른 선택지가 있을 리 없다.

"내 이야기뿐이잖아요."

"내 이야기도 듣고 싶어?"

"제국에는 왜……."

"찾는 게 있어서."

"그 이상한 마법은 어디서 배웠죠?"

"아버지한테서."

"범인은 어떻게 찾았죠?"

"찾다보니, 우연히."

"……."

"뭐야. 지금 심문하는 거야? 내가 어떤 사람인지 알아오라고 대좌가 시키디?"

"그래요."

리리아나는 아무렇지 않은 표정으로 바로 인정한다. 숨길 필요가 없다는 걸까.

그때.

"──우연이네, 스이메이 야카기."

옆에서 들려온 목소리에 돌아보자 그곳에는 용사 엘리어트가 있었다.

"아, 용사."

산책일까, 아니면 수색의 일환일까. 뜻밖의 만남이다.

"쉬는 중? 꽤 여유롭네. 혹시 수색이 쉽지 않은 건가?"

"너야말로 이런 곳에서 여유 부려도 되는 거야? 성과가 안 좋다는 얘기가 있던데?"

"어쩌다 한 번 범인을 만난 걸로 잘난 척하지 말지? 너도 지금은 동물과 노닥거리고 있잖아."

도발적인 말을 했지만 험악한 분위기로는 발전하지 않았다. 엘리어트는 인사만 할 작정이었고, 스이메이 역시 리리아나와 그런 대화를 나눈 뒤였기에 어쩐지 마음이 가라앉아 있었다. 그래서 이전처럼 격한 전개로 이어지지 않는다.

"오늘은 같이 다니던 마법 신관은 없네."

"크리스터는 늘 함께 다니는 건 아니야. 사생활은 확실히 있으니까. 근데 너는 또 다른 여자애랑 있네?"

엘리어트는 그렇게 말하면서 리리아나를 쳐다보았다.

"너는 여자한테 관심이 많구나."

"남자한테 있는 것보단 건전하잖아?"

"틀린 말은 아니네."

스이메이는 엘리어트의 농담에 어깨를 움츠리면서 못마땅하다는 듯 콧소리를 냈다. 그러자 엘리어트는 다시 리리아나를 바라보면서 물었다.

"누구?"

"일행은 아니야. 제국의 군인. 고양이를 잡다가 심문을 당하는 중이고."

"그건 꼼짝없이 현행범이네. 구치소로 연행하면 되겠어."

"웃기시네."

몰래 중얼거리는 스이메이를 곁눈질하면서 엘리어트가 웃는 얼굴로 리리아나를 바라보자, 그녀는 상대가 용사인데도 살기와 마력을 발산했다.

그 반응에는 엘리어트도 당황한 것 같았지만 특별히 침착함을 잃지는 않았다.

"싫어하는 건가."

"글쎄. 이 녀석은 늘 이런 식이라서."

그렇게 말하며 적당히 받아넘긴다. 스이메이도 리리아나의 생각은 알 수 없다. 그녀가 고양이와 노는 모습을 보고 있는데 엘리어트가 불렀다.

"저기 말이야."

"뭔데."

묻고 싶은 것이라도 있는 걸까. 스이메이가 무뚝뚝하게 대답하자 엘리어트는 진지한 투로 물었다.

"너는 왜 아르주나 여신의 뜻을 거역하는데? 설령 그 신탁이 이해되지 않는다 해도 네가 사는 세계의 여신의 뜻이잖아?"

"반대로 나는 다른 세계에서 온 네가 어떻게 이 세계 여신의 말을 맹신하는지 묻고 싶은데."

"특별히 맹신하는 게 아니야. 단지 내가 해야 할 일이니까 받아들인 것뿐이지."

엘리어트는 하늘을 바라보면서 그렇게 말했다. 그 말은 어디선가 들어본 듯했다──.

(레이지도 이런 마음이었을까.)

친구인 레이지도 엘리어트처럼 출처를 알 수 없는 책임감에 사로잡혀 오직 이 세계 사람들을 위해서라고 말했었다. 그것은 어쩐지 공통점처럼 느껴지기도 하는데.

"아르주나 여신은 이 세계를 창조한 신이잖아? 전지전능하고 사악한 것들로부터 인간을 지켜주는 존재라고 들었어. 그걸 염두에 두고 생각해보라고. 그런 숭고한 존재의 말이 무의미하다고 생각해?"

"숭고한 존재라."

그렇게 말한 스이메이는 마치 저급한 농담이라도 들은 것처럼 엘리어트의 발언을 비웃었다.

"뭐가 웃긴데?"

"뭐가 웃기냐고? 당연히 웃기지. 전지전능? 숭고? 지금 신이 선성(善性)의 존재라도 된다는 거야? 그들이 그렇게 고상한 존재라고? 그들은 자신들에게 유익하지 않은 존재는 모두 가차 없이 잘라버린다고. 잘도 그런 환상을 품는구나."

"환상? 그러는 네 말에도 근거는 없다고 생각하는데?"

"……그럴지도 모른다는 거야. 뭐가 사실인지 모르는 건 너도 마찬가지잖아?"

엘리어트는 반박할 수 없다.

"누군지도 모르는 존재 때문에 내 뜻을 꺾을 수는 없다고."

"네 말에도 일리는 있어."

엘리어트의 대답에 스이메이는 의아한 표정으로 바라보았다.

"왜."

"……아니, 뜻밖이라서. 조금 전의 흐름이라면 분명 그때 그 수행원처럼 신을 무시하는 녀석은 모두 적이라고 생각하는 줄 알았거든."

"나도 타인의 신심 정도는 분별할 줄 안다고. 내가 있던 세계에서는 유일신을 섬기진 않았으니까."

엘리어트의 말에 관심 없다는 듯 손을 팔랑팔랑 흔드는 스이메이.

"그렇다면 그런 생각으로 이번 일도 이해해주면 좋겠는데."

"그건 다른 얘기다. 그녀가 우리와 함께하는 게 어떤 의미인지는 모르지만, 이 세계 사람들을 구하기 위해 필요하다면 데리고 갈 수밖에 없어."

"또 그 얘기네."

"이 세계는 전부 운명이라는 톱니바퀴로 맞물려 있어. 무의미한 일은 하나도 없다고."

"그럴지도 모르지만 그렇다고 승부를 하는 것도 웃긴 것 같은데."

"그럼 네가 포기하든지."

"무슨 소리."

내뱉는 스이메이. 엘리어트는 설득을 포기했는지 이야기는 여기서 끝이라는 듯 손뼉을 탁 치면서 말한다.

"방해를 했네. 네가 말이 통하는 사람이라 다행이다. 그런데 말이야——."

엘리어트는 잠시 뜸을 들인 후 말한다.

"나는 네가 싫어."

"신기하네. 나도 어쩐지 네가 싫거든."

스이메이가 그렇게 말하자 엘리어트는 왔던 길과 반대 방향으로 스이메이의 앞을 지나갔다.

대화가 안 통하는 사람이라고 생각한 걸까. 그래서 그것을 확인하러 온 걸까. 아니면 단순히 한 하늘을 받들 수 없다고 선언하러 온 걸까.

스이메이가 엘리어트의 속뜻을 추측하고 있을 때 리리아나의 주름 장식이 들어간 장갑에 고양이의 발톱이 걸렸다. 리리아나가 손을 뺀 순간 장갑이 벗겨졌다.

리리아나의 팔과 손이 드러났다.

"——?!"

리리아나는 재빨리 장갑을 올려 팔을 가렸다. 아무래도 엘리어트는 장갑의 안쪽을 보지 못한 것 같다.

"왜 그래? 괜찮아?"

엘리어트가 뒤늦게 쳐다보았지만 리리아나는 아무런 대

답도 하지 않는다. 어쩐지 당황한 기색으로 스이메이 쪽을 바라보더니 서둘러 떠나려 했다.

"먼저 가볼게요!"

도망치듯 떠난 그녀의 등을 바라보면서도 스이메이는 그녀를 불러 세우지 못했다.

장갑 안에 있던 손은 데모나이즈(사령 빙의)된 인간의 피부처럼, 거품이 인 것처럼 검게 변질되어 있었기에——.

★

"——범인을 찾았다는 게 정말이에요? 스이메이 님!"

"스이메이, 그게 정말이야?"

페르메니아와 레피르의 놀란 목소리가 울려 퍼진다.

집으로 돌아온 스이메이가 두 사람에게 간략하게 알리자 두 사람은 하던 일을 멈추고 우당탕 달려왔다.

마술 공부를 하느라 후줄근한 차림의 페르메니아와 고양이들에게 둘러싸인 레피르에게 복잡한 심경으로 끄덕이는 스이메이.

"……응."

"왜 그래, 스이메이. 범인을 찾았다면 이 나라에도 우리에게도 좋은 일이잖아?"

"그건 그렇지만, 그렇지도 않달까……."

심각한 얼굴로 한숨을 쉬는 스이메이를 페르메니아가 의

아하다는 듯 바라본다.

"그게 무슨 말이에요?"

"저번에 리리아나를 만났다고 했었지. 오늘도 고양이를 찾다가 그 녀석하고 만났거든……."

잡아먹을 듯 들여다보는 두 사람에게 대강의 추측을 털어놓는다. 더듬더듬. 더듬더듬.

말하는 도중에 자신이 해야 할 일이 머릿속에서 서서히 윤곽을 갖춰 나간다. 자신에게는 사명이 있다. 그런 자신이 지금 이 이세계와 이세계에서 일어난 사건과 소환된 용사와의 경합의 벽을 뛰어넘어 어떻게 해야 하는지. 새삼스럽게 생각할 것도 없는 문제일까. 지금까지 그래왔듯 앞으로도 오직 자신이 믿는 것을 관철하면 되는 거니까.

그리고 그 모든 것이 확고해졌을 때 귓속에서 울려 퍼진 것은.

──구원받지 못할 여자를, 구원해줘.

아버지가 했던 말이었다.

★

밤. 이날, 제도에서 일어난 혼수 사건의 범인 중 하나인 키가 작은 그림자── 리리아나 잔다이크는 키가 큰 그림자에게서 얻은 정보를 바탕으로 그가 말한 「로그에게 해가 되는 귀족」을 제거하기 위해 가고 있었다.

밤의 거리를 뛰면서 어둠의 영역과 혼미한 어둠을 행사할 마력을 대기시키는 한편, 그 술식을 준비하는 일에는 이미 익숙해진 것일까. 불안한 마음을 애써 무시한 채 만월이 만들어낸 자신의 그림자 위로 소리 없이 착지한다.

이럴 때마다 생각한다. 자신이 그림자 위에 착지한 건지 그림자가 자신 위에 착지한 건지를 말이다. 강력한 마력을 쓰다보면 이따금 헷갈릴 때가 있다. 지금 밟고 있는 어두운 형상과 달에 비친 자신 중 어느 것이 진짜 자신인지.

고개를 숙이자 울퉁불퉁한 지붕의 그림자가 보였다. 어쩐지 사악한 미소를 짓고 있는 듯하다. 그것이 착각인 것은 알지만 오히려 그렇기 때문에 불안한 것일지도 모른다.

때때로 조용한 목소리로 자신을 일깨워주는 키가 큰 그림자는 지금 없다. 그에게도 용무가 있을 것이다. 오늘은 혼자서 움직인다. 대부분 함께 행동했지만 오늘처럼 혼자서 목적을 완수하는 날도 적지 않다. 키가 큰 그림자의 지원은 없지만 자신은 여러 번 제국의 군사 작전에 참가한 적도 있다. 불안하지는 않다. 오히려 시시할 정도로 간단한 일이다. 상대는 말할 거리조차 안 되는 자니까. 헌병도 용사도 자신을 찾을 수 없다.

하지만 일말의 불안은 있었다. 저번처럼 스이메이 야카기가 나타나면 간단하게만은 끝나지 않을 테니 말이다.

"…………."

리리아나는 오후에 있었던 일을 떠올리며 지붕 위에 멈춰 선다. 오후, 로그의 명령으로 스이메이 야카기와 접촉했을 때, 부주의로 팔을 보이고 말았다. 장갑 안에 감춰진 그것 은 암마법을 쓸 때마다 변질이 진행되어 흉하게 변한 손과 팔이다.

이것을 보고 그는 무슨 생각을 했을까. 그 역시 괴물이라 고 생각했을까.

생각해보면 자신을 겁내지 않고 말을 걸어준 사람은 로그 이외에 그가 처음이었다. 타인과 그렇게 대화한 것은 처음 이었을지도 모른다.

지붕에서 내려와 안대를 벗고 달이 비친 유리창을 바라본 다. 유리창에 비친 것은 자신의 얼굴과 왼쪽 눈, 그리고 또 하나. 인간의 것이 아닌 마치 용(龍)과의 동물이 가졌을 법한 오른쪽 눈. 눈꺼풀은 검고 자잘한 비늘로 덮여 있고, 동공 은 세로로 길고 가늘다. 흰자가 있어야 할 부분은 온통 금 색. 이것을 본 사람은 모두 자신을 혐오했다. 괴물이라고. 자신의 친부모도 예외는 아니었다.

이것을 봐도 그는 변함없이 대해줄까. 주변 사람들과는 다른 사람. 들려오는 말에도 흔들리지 않고 다정하게 대해 주는 사람. 스이메이 야카기. 첫인상은 별로였지만 참견하 길 좋아하고 부드럽게 웃을 줄 아는 사람이다.

다음에 만났을 때도 그래주었으면 좋겠다. 그러면 지금의 관계를 유지해나갈 수 있다. 그러니 범인을 찾지 말기를. 더 이상 자신을 찾지 말기를. 소중한 사람들은 포기할 수 없겠지만, 자신만 잡히지 않는다면 그들에게는 승리도 패배도 없는 것이다.

——그러니 부디 오늘 이곳에 그가 나타나기 않기를.

"냐옹."

"…………."

문득 찬물을 끼얹는 소리에 정신을 차린다. 또 고양이다. 담 위에서 이쪽을 바라보며 꼬리를 몸에 감고 앉아 있다. 최근 들어 자주 보게 된다. 지금 그 소리는 혹시 자신을 부른 걸까. 그런 생각이 머릿속에 떠오르는 순간.

'응——?'

문득, 깨달았다. 주위에 수많은 눈이 있다는 사실을. 그렇다, 고양이의 금빛 눈동자에 둘러싸여 있다는 사실을. 주위를 둘러본다. 고양이. 고양이. 고양이. 담장 위, 건물의 그림자, 지붕 위, 가지 위, 길 위, 모든 장소에서 고양이가 이쪽을 바라보고 있다. 어느 사이에 어디에서 나타나 이렇게 고요한 어둠 속에 몸을 숨긴 자신을 보고 있는 걸까. 대체 이것은 어떻게 된 일일까. 냐옹. 냐옹. 냐옹. 냐옹. 냐옹. 냐옹. 고양이의 기분 나쁜 울음소리와 어둠 속에 떠오른 눈빛이 주변을 압박한다.

이윽고 울음소리가 멎는다.

그리고 조금 전 처음으로 발견한 고양이가 다시 입을 벌렸다. 냐옹, 하는 입모양이지만, 소리는 나지 않는다. 마치 하품을 하듯. 그 수수께끼 같은 동작을 보고 있자니 고양이의 울음소리가 들리는 것처럼 느껴지기도 했다.

'——설마!'

그때 문득 무언가를 떠올린다. 그리고 깨닫는다. 스이메이 야카기가 나타난 그날. 그날도 분명 고양이 몇 마리를 보았다는 사실을. 그리고 그 뒤, 스이메이 야카기가 나타났다는 사실을.

오늘, 스이메이 야카기는 고양이를 데리고 있었다. 사람을 잘 따르지 않는 제도의 고양이를 길들여서 무엇에 이용하려 하는지에 관해서는 생각조차 해보지 않았다.

……어떤 식으로 고양이를 아군으로 만들었는지는 모른다. 도움을 받는 건지도 알 수 없다. 하지만 스이메이 야카기는 자신이 모르는 마법을 구사하는 방심할 수 없는 상대다.

——여기 녀석들은 다들 그래. 자신의 눈앞에 존재하는 신비를 부정하기만 하지.

마법사 길드의 마법사들에게 내뱉은 그 말이 자연히 머릿속에 떠오른다. 그렇다, 그의 말대로다. 「가능할 리가 없다」는 말은 마법사에게는 족쇄에 불과하다.

그렇다면 지난번에도 지금처럼 고양이가 그에게 자신들의 위치를 울음소리로 알려준 것이라면. 그리고 오늘도 자신의 위치를 그에게 정확히 전달한 것이라면——.

깨달았을 때에는 고양이들은 사라진 뒤였다. 그 대신 완만한 비탈 위에 사람의 형상이 나타났다. 주위를 감싼 어둠은 칠흑과 같고 눈 안에는 짙은 보랏빛 잔상이 떠다녔다. 그것은 자신이 다루는 흑(黑)보다 훨씬 업보가 많은 것. 지식 끝에 존재하는 예지를 손에 넣은 자만이 가질 수 있는 것——.

"또 만났네."

모습을 드러낸 그림자—— 스이메이 야카기는 그렇게 나지막이 중얼거렸다. 언제나의 허물없는 인사가 아니라 어딘지 연민이 섞인 목소리와 눈빛으로.

아아——, 저도 모르게 숨이 새어 나온다. 결국 그는 포기하지 않은 것이다. 에둘러 경고했건만. 오늘 낮에 만났을 때 범인에게 관여하는 것은 위험하다고, 다음번에는 다치는 것만으로는 끝나지 않을 거라고 했는데도.

"미안. 모처럼의 충고를 허사로 만들어버려서."

"?!"

충고. 자신의 생각을 읽힌 것 같은 기분이 들어 심장이 뛰었다.

"너, 리리아나지?"

심장을 있는 힘껏 가격당한 듯한 충격을 진정시킬 새도 없이 그런 물음이 날아들었다.

어떻게 알았을까. 정체를 들킬 만큼 어설프게는 행동하지 않았다. 하지만 저 눈은 확신에 차 있다. 틀림없이 정답을 말했다는 눈이다. 그렇다면 시치미를 떼는 것도 소용없다. 하지만.

"──어떻게!"

"그냥, 그런 것 같아서."

그런 것치고는 너무나 솔직하고 거침이 없다. 이어서 스이메이 야카기는 질문을 던진다.

"왜 이런 짓을 하는 거지? 아무리 정보를 다루는 특수한 부서라고 해도 이런 사건을 일으키는 게 군인의 임무는 아니잖아?"

"당신에게 말할 이유는 없습니다. 당신과는 아무 관계 없어요. 그래도 꼭 묻고 싶으시다면."

그렇게 말한 리리아나는 대기시킨 마력을 드러낸다. 순식간에 주위를 점유한 농후한 마력에 노출된 담벼락과 지면이 약품을 끼얹은 것처럼 깎여 나가면서 기포가 발생했다. 전투태세다. 그도 그 의미를 눈치챘듯.

"힘으로 들어라?"

그렇게 중얼거린 스이메이 야카기는 그러나 마력에는 대응하지 않고 다시 입을 연다.

"너한테 하고 싶은 말이 있는데."

"얌전하게 잡혀라? 아니면 지금 내가 하는 짓은 잘못됐다?"

"아니, 그런 건 잘 몰라. 네가 마법을 건 녀석이 나쁜 건지, 네가 나쁜 건지도 아직 모르니까. 모르니까 말릴 수도 없어."

"그럼——."

"그래도 나는 인정할 수 없는 게 있어. 바로 네가 사용하는 그 마법."

"암마법……?"

"그래. 그 마법을 쓰는 것만은 그만둬. 그건 사람이 다루면 안 되는 마법이야."

"무슨 근거로 그런 말을 하는 거죠?"

"이유라면 있어. 듣고 싶다면 알려줄게."

"아뇨. 나는 할 일을 하는 것뿐입니다. 그러니……."

그렇다, 그래서—— 자신은 여기서 그를 해칠 것인가. 자신을 지키기 위해서. 그 사람을 위해서라고 변명하면서. 암마법을 걸 것인가. 자신의 적인 귀족도 아닌데.

"——크윽."

그렇게 생각하자 영창을 외쳐야 할 입이 제대로 움직이지 않는다. 정말 이대로 괜찮은 걸까. 그런 의문이 머릿속에서 맴돈다. 하지만 시작한 이상 돌이킬 수는 없다. 자신은 그 길을 끝까지 달릴 뿐이다. 누군가가 막지 않는 이상, 끝은 없다. 그러니.

"——어둠이여. 그대 이승을 수놓는 남보랏빛의 덧없음. 눈부심은 불길함에 아랑곳 않고 변화하여 모든 운명의 싹을 제거하라. 오르고, 르큐라, 라구아, 세쿤트, 라비에랄, 베이바론······."

영창 뒤에 만명을 읊조리고 건언을 외친다.

"——트랜션트 호프(희망은 모두 실망으로 귀결된다)."

그 직후, 주위에 존재하는 어둠과 그림자가 기포로 구의 형태를 갖추고 팽창한다. 주위에 떠오른 수많은 거품은 모든 빛이 색을 잃을 때까지 늘어났다. 불규칙적으로 궤도를 그리던 그것이 정확히 스이메이 야카기에게로 쇄도했다.

거품 사이로 보이는 남자는 초조함과는 거리가 먼 모습으로 차분하게 입을 열었다. 그리고.

"——Aski Kataski Haix Tetrax Damnameneus Aision(모든 어둠은 빛에 의해 물러나고, 실의에 빠진 대지는 태양에 의해 그 진실을 되찾으리)······."

달빛도 닿지 않는 어둠의 거품 속에 묻혔다.

······끝난 걸까. 이것은 자신이 다룰 수 있는 암마법 중에서도 특히 강력한 주문이다. 이전에 쓴 마법도 그는 막지 못했다. 그러니 이번 마법도 절대 막을 수 없다. 어둠의 기포에 노출된 자는 검은빛으로 온몸을 물들인 채 경련하다가 끝내 죽는다. 예외는 없다.

"············바보 같아."

그것은 그에게 한 말일까, 아니면 자기 자신에게 한 말일까. 누구를 향해서인지 모를 작은 읊조림이 어둠 속으로 사라져간다. 이런 결과는 원했던 것이 아니다. 하지만 자신에게는 다른 선택지가 없었다. 상대에게도 양보할 수 없는 뜻이 있다면 상대를 쓰러뜨려 그 뜻을 꺾는 수밖에 없다. 하지만 후회가 밀려왔다.

어쩌면 처음으로 친구가 생긴 것인지도 모르는데. 그런 마음은 결국 검은 물거품 속으로 사라지고 말았다.

"바보…… 같아……."

이윽고 마법이 종말을 맞이한다. 거품을 일으키며 부풀어 오르던 어둠은 순간 팽창을 멈추고 서서히 원래의 어둠으로 되돌아간다. 그러나 벽돌 길 위에 쓰러져 있어야 할 스이메이 야카기는 없었다.

"아……."

──처음으로 눈에 들어온 것은 흰빛을 뿜어내는 마법진이었다. 낯선 문양과 문자를 그리며 아름다운 원을 이룬 서클(진). 그것은 어둠과 함께 부서졌어야 할 주인을 지킨 걸까. 그 바로 위에는 한 점의 그늘도 없이 달빛에 비친 공간이 있었다. 손가락을 튕긴 것처럼 기분 좋은 소리가 울려 퍼지고, 하늘을 떠돌던 어두운 포말의 잔재는 폭풍에 휘날린 듯 흔적도 없이 사라졌다.

이윽고 주위의 어둠이 다시 되살아났다. 무언가에 겁을 먹은 것처럼 술렁거리는 나무들. 바닥에 나뒹구는 기와 조각들. 붉은 벽돌담과 산울타리, 담장 위의 철책, 은색 대문까지도 원래의 색을 잃고 따분한 그림 속의 풍경처럼 잿빛으로 변해간다.

주변은 어느새 가을밤처럼 찬 공기로 가득 차 있다. 붉은

빛을 띤 달이 얼굴을 비추었다.

　그리고 그 중심에는——

"——그 마법은 이제 나한테 안 통해. 레프트 핸드 소서러
(암마법사)."

진홍빛 눈동자로 이쪽을 응시하는 마법사가 있었다.

오늘 밤도 사건의 핵심에 임한 스이메이는 가슴속에 두
가지 진의를 품고 있었다.

……범인과의 밤의 해후는 오늘로 총 세 번째다. 그러나
앞선 해후와 다른 점은 범인의 정체를 안다는 것. 그리고 자
신과 그녀 외에는 아무도 없다는 것.

　지금 이곳에 페르메니아와 레피르는 없다. 리리아나를 설
득하기 위해서 오늘은 혼자 가겠다고 했다. 다른 사람이 함
께 있으면 경계해서 달아날지도 모르기 때문이다.

　그래서 오늘은 혼자다. 신탁에 대해서는 잠시 접어두고
그녀를 만나러 왔다.

　어째서 이런 짓을 하느냐고 묻기 위해서. 암마법을 쓰는
것을 그만두게 하기 위해서.

"어, 어떻게……."

강력한 암마법을 완벽히 방어당해서일까. 곤혹스러운 목소리가 들려온다.

행사한 마술은 방어 마술. 달의 여신인 디아나의 벨트에 새겨져 있던 액막이 주문. 아스트랄, 에테릭과 유사한 요소로 몸을 구성한 신이라는 존재, 그 몸을 지키기 위한 주문이기에 이는 아스트랄 보디를 위협하는 공격에 효과가 있다. 아스키·카타스키·하익스·테트락스·담나메네우스·아이시온. 어둠, 빛, 땅, 태양, 진실을 의미하는 그 단어들은 고차원에 존재하는 악의적인 힘을 막아낸다. 상식적인 마법사들은 전혀, 라고 해도 무방할 만큼 사용하지 않는 마술이다.

특히 달이 뜬 밤에 이 마술은 더욱 효과를 발휘한다.

그리고 이 마법에 의해 위력을 잃는 암마법이.

"어둠의 엘리멘트. 이 마법 체계를 만든 녀석은 결국 그 출처 불명의 힘이 무엇인지 끝까지 몰랐던 모양이야."

스이메이가 한숨을 쉬듯 그렇게 말하자 리리아나는 이해가 안 된다는 듯 눈썹을 찡그린다.

"무슨 말을 하는 거죠? 어둠의 엘리멘트는 여신의 종, 마법사의 능력 가운데 하나입니다."

"아니, 그건 너희가 말하는 그런 게 아니야. 다들 뭔가 착각하는 것 같은데. 그래서 지금처럼 나에겐 그걸 막을 수 있는 수단이 있는 거야."

"――어, 어둠이여. 그대는 하늘을 가르는 번개처럼 날카

롭다. 스러스트 오브 다크니스(어둠이여 돌아보지 말고 달려라)!"

리리아나가 마법을 행사한다. 직선적이지만 속도를 중시한 마법이다. 그러나 암마법은 어둠을 틈타는 것이 정석이다. 달빛 아래 행사한 마법은 스이메이에게 통하지 않는다. 스이메이는 여유롭게 그녀를 희롱한다.

리리아나를 향해 손가락을 튕겨 그녀의 눈앞에 있는 바닥을 폭파시켰다. 리리아나는 예상치 못한 전개에 그 자리에 멈춰 섰다.

"——처음 당했을 때, 어떤 건지는 대충 짐작했어. 아스트랄 보디에 직접적으로 영향을 끼치는 요소는 많지 않으니까. 게티아에 의해 사악한 신의 힘을 빌려 일으키는 신비. 올바른 신심에 대한 데모니스트(악마 숭배자)의 특수 공격. 진성 주언. 저주. 괴이의 공격. 그중에서도 증오하는 마음을 상대에게 직접 퍼붓는 방식이 가장 오래된 것으로 알려져 있어. 생각하는 것뿐인 술식은 개념도 없고 단순하지만, 그만큼 강력해서 오래된 토착 신앙에서 자주 보여."

"……그게 내가 다루는 힘과 무슨 관계가 있다는 거죠!"

"모르겠어? 어둠의 엘리멘트 따위는 존재하지 않아. 『증오와 원망은 저주가 되어 실제로 사람에게 영향을 끼친다』는 말처럼, 그건 현세에서 넘쳐나 갈 곳을 잃은 증오의 말들이 외각 세계에서 굳어진 거라고."

저주의 가장 오래된 형태. 그것은 즉 사람, 사물, 동물 따위의 증오의 덩어리다. 어디까지나 생각으로만 존재하는 것이기에 그것을 퍼부을 대상만 있다면 방어를 하건 말건 공격할 수 있다. 금빛 요새 성벽이 뚫린 것은 그 때문이다. 성벽은 성벽. 생각으로부터 몸을 지키는 벽이 아니다. 약한 마법이라면 술식을 방어하고, 저주라면 마술사가 가진 내성으로 막을 수 있다. 하지만 저주가 내성보다 강력하다면 뚫고 들어오는 저주를 막아낼 방법은 없다. 강력한 것이라면 더욱 그렇다. 마족이 지닌 힘과의 차이는 거기에 있다.

초조하게 행사된 마법을, 스이메이는 다시 방어한다. 그리고 계속해서.

"하지만 그건 누구나 쓸 수 있는 건 아니야. 일부라면 몰라도. 증오는 인간을 파멸시키고 또 인간이 본질적으로 싫어하는 것이기도 하니까. 그런데 유일하게 그걸 자유자재로 쓸 수 있는 자가 있어. 증오에 동조할 수 있는 마음을 가진 자. 바로 지금의 너처럼."

"내가 그런 걸 품고 있단 말인가요?"

"그래. 지금까지 네가 했던 말과 행동, 또 네가 그런 마법을 쓰는 걸 보면 알 수 있어. 너는 그걸 자각하지 못할지라도 말이야."

"그런 일은———."

"없다고? 그런데 있잖아, 그 증거가 네 장갑 아래 있어. 네가 증오에 동조하고 그 힘을 이용하고 있기 때문에 신체의 말단처럼 침식되기 쉬운 부분이 변질된 거야. 아마 그 안대로 가린 부분도 그렇겠지? 음의 힘을 빌려 살아왔기에 인간 본연의 형태에서 벗어난 거야."

리리아나는 빠르게 안대로 가린 눈동자를 누른다.

"그래. 네가 쓰는 마법은 인간이 다루면 안 되는 저주의 마법이야. 그건 굳이 내가 말하지 않아도 네가 더 잘 알 텐데?"

"하지만 이 마법이 없으면, 난……."

"멈춰. 그 마법은 결국 널 파멸시킬 거야. 지금이라면 아직 늦지 않았어. 암마법에서는 손 떼고, 몸을 치료해야 해. 안 그러면 언젠가 너는 네가 아닌 게 되고 만다고! 그러니까."

"그러니……."

정곡을 찔린 리리아나가 감화되려 한 그 순간, 그녀의 등 뒤로 그녀에게 동조한 악의가 아지랑이처럼 피어올랐다. 그것을 계기로 리리아나는 다시 눈을 부릅떴다.

"──그, 그래서 어쩌라는 거예요! 그런 건 이미 알고 있어요! 이 마법을 계속 쓰면 언젠가 나는 어둠에 잡아먹히겠죠. 하지만 당신하곤 아무 상관도 없잖아요! 그런데 왜 이러는 거예요?!"

"마술사로서 그런 마술사의 존재 방식을 인정할 수 없으니까."

그렇다, 암마법을 다루는 마술. 그것은 음비학에서 좌도라고 불리는 마술이다. 라틴어로 『sinister』, 즉 『좌(左)』를 가리키는 단어는 영어로는 『불길(不吉)』을 뜻한다. 좌는 악덕이나 사악한 영혼을 다루는 마술사에게 붙여지는 단어다. 마술사의 세계에서도 그들은 정당하지 않은 것으로 취급받는다. 그러니 그런 그녀의 레프트 핸드 소서러(오직 파멸로 치달을 뿐인) 존재 방식을 스이메이는 인정할 수 없었다.

그리고——.

"또, 워낙 못 말리는 참견쟁이라서 말이야."

"——."

스이메이가 어색하게 웃자, 리리아나는 어이없는 표정을 짓는다. 그리고 그런 그녀에게 진심을 묻듯 스이메이는 또다시 질문했다.

"너는 그런 인생을 살아도, 그걸로 괜찮은 거야?"

"무슨——?"

"그렇게 몸을 망치면서 산다고 좋은 점이 있는 것도 아니잖아? 후회는 하지 않을지도 모르지만, 암마법을 계속 사용하면 너는 절대 행복해질 수 없어."

리리아나는 스이메이가 하는 말 전부를 듣지 않겠다는 듯 세차게 머리를 흔든다.

"하지만 그러면 난 싸울 수 없어! 싸우지 못하는 날, 이 나라는 필요로 하지 않아! 대좌님도 그럴 거야! 부모에게 버림받은 뒤로 늘 혼자였어! 대좌님이 거둬줘서 제국에 왔고 처음으로 있을 곳이 생겼어! 인간 병기라고 불려도! 다들 날 싫어해도! 이 마법이 없으면 난, 난 다시……!"

"그걸로 괜찮은 거야?!"

"?!"

"아니잖아! 네가 원했던 게 정말 그런 거냐고!"

리리아나에게도 바라는 것이 있을 것이다. 마음속으로 간절히 원하는 것이 있을 것이다. 그것은 결코 고통을 담보로 한 머물 곳 따위가 아니다. 낮에 만났을 때처럼 천진하게 웃을 수 있는 그녀라면, 결코 그런 불행 따위는 원하지 않을 테니까.

"내가 바란 것……."

"그래. 네가 바란 건——."

스이메이는 다시 한 번. 눈을 떠, 라고 호소한다. 그러나 리리아나는.

"시끄러워! 사람들이 내게 원하는 게 이런 거라면 나는 이대로라도 상관없어!"

그 어느 때보다 격하게 소리쳤다.

그리고 그 말과 함께 리리아나를 감싸고 있던 어둠이 폭주한다.

"아, 아아아아아아아아아아아!!"

연기처럼 솟구친 어둠은 저주. 아니, 악의. 외각 세계에 존재하는 원한의 결정이 리리아나의 몸을 매개로 무서운 기세로 출현했다. 물론 그것은 리리아나의 마음이 동조했기 때문이다. 조금 전의 절규가 모든 감정을 뒤집었다.

"멈춰!! 스스로 어둠을 받아들이지 마!!"

발치에서 급격히 부푼 악의의 중심으로 빨려 들려는 리리아나. 그런 그녀를 구하려 스이메이는 뛰어들었다.

"으으, 아아아아아아아아아아아아아아아아!!"

스이메이의 고통에 찬 절규에 정신을 차린 걸까. 리리아 나가 눈을 부릅떴다.

"무, 무슨 짓을, 당신은⋯⋯."

"거기서, 나와⋯⋯. 안 돼. 그 길은 네가 걸을 길이 아니 야⋯⋯."

"아, 안 돼요. 가까이 오면 당신까지 어둠에!"

어둠이, 저주가, 악의가, 스이메이의 몸에 스며든다. 리 리아나가 행사한 암마법과는 비교도 안 될 만큼 강력하고 짙은 힘이다. 정신을 바싹 차리지 않으면 정신까지 침범당 하고 말 만큼. 하지만 상황은 일각을 다툰다. 달의 가호를 외친 뒤 행동에 옮길 여유는 없다.

리리아나의 외침에도 스이메이는 그녀를 구하기 위해 그 대로 영창을 외친다.

"Luce sacra Ad utrorumque ergo corrigendum(성스러운 빛이여 가득 차, 지금 마땅히 있어야 할 모습을 구하라)⋯⋯ 으윽."

저주를 물리치는 주문을 눈을 감은 채 외쳤다. 식은땀이 뺨을 타고 떨어지는 감각이 선명히 느껴지는 것은 초조가 극에 달해서일까. 부풀어 오른 저주의 기세는 식을 줄 모른 다. 주위에 소용돌이치는 어둠이 리리아나를 빼내려고 하 는 스이메이의 몸을 침범해간다.

"크, 으윽…… 으…… 하압——!!"

기합으로 쥐어짜낸 힘. 스이메이가 뻗은 손이 리리아나를 잡는다. 그리고 힘껏 잡아당겨 저주의 소용돌이로부터 그녀를 빼냈다.

당겨진 리리아나와 반동으로 쓰러진 스이메이. 스이메이의 상태를 깨달은 리리아나가 일어나 가까이 다가간다.

"스이메이 야카기……?"

"바보야……. 진짜 죽을 뻔했잖아……."

숨이 끊어질 듯하면서도 웃는 스이메이. 그런 그를 보고 자신의 어리석은 행동을 깨달은 리리아나가 무릎을 꿇었다.

"미안…… 해요……."

"진짜…… 제발 얌전히 좀 있어……."

그렇게 말하며 이제 안심하라는 듯 창백한 얼굴로 억지로 웃어 보이는 스이메이. 리리아나를 빼냈으니 안심이다. 그렇게 생각하며 조용히 몸을 일으킨다.

하지만 일은 그리 간단히 수습되지 않을 것 같았다.

"헉——."

"응——?"

별안간 세상이 요동친다. 땅이 위아래, 좌우 할 것 없이 크게 흔들렸지만 주위를 둘러봐도 흔들림만 있을 뿐 아무것도 움직이지 않는다. 나무도 떨어진 돌멩이도 조용하기만 하다. 지진이 아니다. 다른 현상, 그것은——

——마나 필드 바이브레이션(신비력장 요동).

"젠장…… 악의가 과잉된 건가."

흔들리는 세계를 바라보며 스이메이는 욕을 퍼붓는다. 초월적인 힘이 출현할 때 종종 일어나는 현상이 거리를 뒤흔들었다. 리리아나를 매개로 흘러넘친 악의가 공간의 한계를 뛰어넘어 과도하게 팽창한 것이다. 이 상황까지 왔다면 분명 뭉쳐진 악의가 형태를 갖출 것이다.

머지않아 스이메이가 예상한 대로 시각적으로나 청각적으로나 엄청났던 사태가 그런 식으로 진행되었다. 사람의 한을 형상화한 안개가 서서히 밤의 흑색과는 다른 남보랏빛 어둠을 드리우고 허공에서 응어리졌다. 아직 희미한 윤곽이 내지르는 새되고 불쾌한 소음은 듣는 자의 등골을 오싹하게 한다.

"저, 저건……."

"나타난다. 물러나 있어……."

나타하기 전, 공간 주위로 번개가 스치는 현상은 흔한 전조다. 틈을 두지 않고 악의가 구체적인 형태를 갖추어간다.

그리고 내려앉은 것은 소름끼치는 형상이었다. 굴곡이 없고 지나치게 매끈하며 새까만 윤곽뿐인 체구에는 골격을 무시한 터무니없는 팔다리가 박혀 있다. 살아 있는 듯한 끈끈한 점액을 휘감고 있으며, 머리로 보이는 부분에는 눈알을 본뜬 듯한 접시 같은 붉은빛 하나가 오른쪽으로 치우쳐 박혀 있다. 마치 인간을 추악하게 데포르메한 듯한 조형은 그림으로 그린 것처럼 조악하다. 하지만 만약 그것이 인간 본연의 형태라고 선전한다면 이 이상은 없다고 할 정도로 우수한 디자인 같기도 했다.

죄 많은 형상이 울부짖기 시작한다. 귀에 거슬리는 새된 목소리, 낮고 굵은 목소리, 이 세상의 어두운 부분을 다 알아버린 아이의 목소리, 어리석은 노인의 목소리, 귀를 괴롭히는 온갖 도깨비들의 목소리가 겹치고 겹친 듯한 울림이 아직 한을 품고 있다.

"아, 아아……."

"귀 기울이지 마. 끌려들어갈 거야."

리리아나는 그 소름끼치는 목소리가 불러일으키는 혐오감에 맞춰 몸을 떨었다. 매개자인 만큼 감화되기 쉬운 것이다. 스이메이가 그 어깨에 손을 얹자 의식을 초월해 움직이려 하던 몸이 멈추었다.

죄 많은 형상이 움직였다. 그러자 형상의 다리가 짓누른 바닥이 거무스름하게 변했다. 가까워질 때마다 공기가 악의로 오염되어갔다. 그것이 미칠 영향은 가늠조차 할 수 없다.

그것을 본 리리아나가 불리한 상황을 호소한다.

"도, 도망쳐야 해…… 저건…… 안 돼……."

그녀를 부추기는 것은 공포감이다. 보통 사람은 저런 존재를 맞닥뜨리면 사는 길을 포기한다. 마술에 빠져 있기에 그 심상치 않음이 훤히 보이는 것이다.

"도망쳐서 어쩌려고? 저런 건, 그냥 둬선 안 돼."

"하지만 무리예요……. 저런 걸 무슨 수로. 게다가 그런 몸으로는……."

"그렇게 말하면 더 하고 싶은 성격이거든."

스이메이가 그렇게 대담하게 말하자 마치 인간의 언어를 알아듣는 듯한 타이밍에 부르짖는 소리가 날아왔다.

"————!!"

주택가에 울려 퍼진 섬뜩한 목소리는 충격파가 되어 몸을 때린다. 악의의 벽에 가로막혀 소리가 주변에 새어 나갈 일은 없지만 이변은 언젠가 누군가에게 알려진다. 생명이 있는 모든 것을 괴롭히는 목소리와 형상이 유유히 활보할 때, 영원의 시간은 지옥이 될 것이다. 그것만은 피해야 한다.

죄 많은 형상이 뛰어올랐다. 인간이 두 발로 한 도약도, 네 발로 달려드는 짐승의 도약도 아니다. 그 기괴한 도약에 반응해 스이메이는 리리아나를 마술로 산울타리까지 이동시킨다.

달려드는 모습을 보며 뒤로 물러선다. 닿으면 위험하다. 어디에 닿더라도 짓밟힌 벽돌 길이나 방패막이 된 담장 꼴이 날 것이다. 착지와 동시에 그림자가 따라붙는다. 행사한 것은 지탄의 마술. 하나, 둘, 셋, 총 4회에 걸친 핑거 스냅 공격에도 꿈쩍도 하지 않자 스이메이는 옆으로 뛰어 피한다.

예상과 달리 죄 많은 형상의 추격은 없었다. 애초에 전투

개념으로 습격한 것이 아니다. 날뛰고 싶은 것일 뿐. 달라붙고 싶은 것일 뿐. 똑같은 불행을 늘리고 싶은 것을 뿐. 어디까지나 악의에 불과한 것이다. 그 대신 형상은 검고 거대한 고무 모양의 팔을 마구 휘둘렀다. 끝이 맞닿 싶을 정도로 뭉툭한 팔 끝이 바람을 일으키고 휘어진 두 팔은 폭풍 같은 기세로 지면을 으깨 그 위력을 과시한다.

두 팔로 머리를 막은 스이메이는 실눈을 뜨고 충격을 견딘다. 그리고 눈앞의 형상이 팔을 이용한 공격을 거두어들인 것과 동시에 도인(刀印)을 본뜬 손가락 끝에서 새파란 번개를 해방한다. 「아브라크아드하브라(Abreq ad Habra)」 푸른 칼끝이 죄 많은 형상에 부딪쳤다가 산산이 흩어졌다. 죄 많은 형상이 경련을 일으켰다.

즉흥적이었기에 효과는 미비하다. 죄 많은 형상은 곧바로 몸을 가누었지만 사지를 따로따로 움직이고 있을 뿐이다.

"……봐. 저건 모든 악의가 뒤섞여 만들어진 형상이야. 하지만 다양한 감정이 뒤섞여 있어서 목적은 뚜렷하지 않아. 그래서 움직임도 일정하지 않지. 그러니 너무 겁내지 않아도 돼."

"으…… 하지만……."

"약해지지 마. 홀리면 그때야말로 끝장이니까."

죄 많은 형상을 바라본다. 인간이 가진 잠재적 공포를 부추기는 그 형상을.

……이것이 인간의 마음에 들러붙어 결코 떨어지지 않는

죄업과 속박의 말로. 질리지도 않고 마음의 틈새를 노리며, 모든 이의 귀를 틀어막게 하는 추악한 것. 그 끝에 존재하는 이것은 이 세상에 결코 존재해서는 안 될 악이다.

죄 많은 형상은 여전히 귀에 거슬리는 목소리로 소리 지르고 있다. 리리아나는 머리를 감싸듯 귀를 틀어막고 목소리에 현혹되지 않으려고 필사적으로 고개를 젓는다. 싫어, 싫어, 라고. 그 모습은 그 나이 또래의 소녀의 모습. 결코 악의로 더럽혀져서는 안 될 존재다.

그러니 자신이 어떤 상태라 하더라도——.

"물러설 수 없어."

움직이기 시작한다. 죄 많은 형상. 금속을 날카로운 것으로 긁은 듯 새된 절규를 내지르며 비탈을 깨뜨리며 달려온다. 마치 유성과도 같은 초월적 돌진. 전방에 존재하는 모든 사물의 시간이 멈추고, 지나쳐온 뒤쪽의 물체부터 산산조각 나 흩어진다.

부딪치면 그냥은 끝나지 않을 거라는 마술사의 직감으로 전력을 다해 피했다. 하지만.

"크, 으윽……."

통증이 몸을 파고들었다. 리리아나를 죄 많은 형상의 폭주로부터 구해낼 때, 악의에 침식당한 부위가 최악의 타이밍에 비명을 내질렀다. 그 통증이 스이메이가 피할 타이밍을 빼앗았다. 몇 초 동안의 의식이 날아갔다. 정신을 차렸을 때는 이미 돌이킬 수 없는 국면에 접어들어 있었다——.

"피할 수 없으면 안 피하면 돼······."

우측의 도인으로 그은 것은 텔레마 헥사그램(육망성). 뺨을 타고 흐른 땀이 방울져 떨어진다. 통증을 견디며 입술을 파르르 떨었다. 멀찍이서 리리아나가 뭐라고 소리치지만 지금은 듣지 않는다. 들리지 않는다. 마음은 굳혔다. 이번 맞대결에서 반드시 쓰러뜨리겠다고. 마력을 손가락 끝에 안정시킨다. 지금은 밤. 블레스 블레이드(푸른빛이 새겨진 검)는 쓸 수 없다. 창명참(蒼銘斬)은 사용 불가다. 마술을 선정해야한다. 그 사이에도 빠르게 다가오는 무음의 시간. 이윽고 소음은 걷히고 슬로모션으로 흐르는 시간 속에 존재하는 것은 오직 자신과 상대뿐이다.

바람이 뺨을 스쳤다.

──부추기지 말라고.

무심코 내뱉은 말 다음에 남겨진 것은 등 뒤로 스쳐간 죄 많은 형상과 텔레마 헥사그램을 의미하는 도인. 죄 많은 형상은 브레이크를 걸지도 않고 지면 위를 굴러 어둠 속으로 사라졌다.

이 맞대결의 승리자는 야카기 스이메이.

······죄 많은 형상이 소멸하자 주위를 가득 채웠던 무거운 공기도 함께 사라졌다. 그 순간 전투로 인한 피로와 악의에 침식당한 통증이 동시에 몰려왔다. 스이메이는 고통을 참

으면서 리리아나에게 다가갔다. 그리고 주저앉았다.

"다 끝났어."

리리아나는 눈앞에서 벌어진 상황이 믿기지 않는 걸까. 눈을 동그랗게 뜬 채 스이메이와 죄 많은 형상이 사라진 곳을 번갈아 바라본다.

"말해줘⋯⋯ 왜 이런 짓을 한 거야⋯⋯?"

"그, 그건⋯⋯ 귀족들이 대좌님을 다치게 하려 한다고. 그 사람이 그렇게 말해서⋯⋯."

"그 사람? 너와 함께 있던 다른 한 녀석⋯⋯?"

자신의 부상도 살피지 않고 스이메이가 그렇게 물은 순간이었다. 멀리서 헌병대의 호각 소리가 들려왔다. 죄 많은 형상의 출현으로 주변은 이계화한 상태였기에 지금의 소란은 들리지 않았을 것이다. 그런데 왜——.

머지않아 엘리어트를 필두로 크리스터와 헌병대가 나타났다.

"이쪽이다!"

울려 퍼지는 엘리어트의 중성적인 미성. 도착한 그는 쓰러져 있는 스이메이와 리리아나를 발견하고 당황한다.

"스이메이 야카기와 너는 분명 그때⋯⋯."

"너희야말로 어째서——."

여기 있는 거야. 스이메이는 그렇게 물으려던 순간 깨달았다. 리리아나가 동요하며 작게 떨고 있다는 사실을. 갑자기 몇 걸음 물러나는 리리아나. 엘리어트의 등장과 헌병대의 소란. 악의에 침식당한 몸에 허용치 이상의 사건이 더해져서 그녀는 한계를 맞이하고 있었다.

"왜 하필 지금……."

스이메이는 입안 가득 쓴맛을 느끼며 신음한다. 이래서는 쓸데없는 녀석들이 오지랖을 떨 게 뻔하고 그러면 리리아나와 조용히 대화할 수 없다.

서서히 악화되어가는 상황이지만 일단 스이메이는 몸을 일으켰다.

"괜찮아, 조금 귀찮아질 것 같긴 하지만 가자. 리리아나."

"나는……."

스이메이가 안절부절못하는 리리아나에게 손을 내민 그때였다.

——이대로 괜찮겠나? 여기서 멈추면 네 목적은 달성할 수 없을 텐데?

"——?!"

별안간 날아든 목소리에 리리아나가 몸을 떨었다. 올려다보니 지붕 위에 키가 큰 그림자의 모습이 보였다.

"당신은——?!"

스이메이가 소리쳤지만 키가 큰 그림자는 개의치 않고 다시 리리아나를 향해서.

"어떻게 할 거지? 나는 상관없지만. 너는 그렇지 않을 것 같은데?"

"으, 으——."

"안 돼! 귀 기울이지 마!"

"——가라."

키가 큰 그림자가 반대 방향을 가리켰다. 리리아나에게
그쪽으로 가라고 말하는 걸까.

그와 동시에 주위에 연막을 치듯 돌풍이 휘몰아쳤다. 엘
리어트와 크리스터는 재빨리 대처했지만, 헌병들은 갑작스
러운 사태에 허둥대기 시작했다.

"젠장—— 으윽?!"

스이메이는 움직일 수 없었다. 달리려고 해도 몸이 따라
주지 않았다. 조금 전에 입은 대미지 때문이었다. 더 이상
은 무리가 통하지 않았다.

한편 리리아나는 어쩔 줄 몰라하며 몸을 떨다가——.

"아, 으아아아아아아아아!"

모든 상황을 외면하려는 듯 소리를 지르며 키가 큰 그림
자가 가리킨 비탈 끝 어둠 속으로 뛰어들었다.

"으⋯⋯. 리, 리리아나⋯⋯ 가지 마⋯⋯."

가슴을 누른 채 리리아나가 사라진 곳을 향해 손을 뻗었
다. 비탈길 위에 막아서듯 서 있는 것은 키가 큰 그림자.

"이 자식⋯⋯."

스이메이의 말에 키가 큰 그림자의 입꼬리가 조소로 일그
러졌다.

에필로그

리리아나를 놓아준 키가 큰 그림자는 스이메이 일행과의 대치를 끝내고 지금은 그들이 우왕좌왕하는 모습을 지켜보면서 혼자 웃고 있었다.

몸을 기댄 곳은 제국에서 두 번째로 높은 곳인 필라스 필리아 대성당의 종루(鐘樓) 옆. 저런 상태인데도 감과 시각이 예사롭지 않은 스이메이 야카기를 주시하면서 현장을 살폈다. 헌병대가 주위를 에워싸고 용사는 스이메이에게 다가갔다. 수행원에게 회복 마법을 쓰라고 지시했지만 스이메이는 꼿꼿하게 거부하고 있다.

키가 큰 그림자는 앞으로의 행동에 대해서 생각한다.

이번이 두 번째 실패다.

용사는 언젠가 위협이 되겠지만, 지금은 내버려 둬도 괜찮다. 이번에도 진즉에 선수를 빼앗겼으니 말이다.

하지만── 스이메이 야카기. 저 남자는 방심할 수 없다. 이쪽이 용사와 헌병대를 교란하고 있을 때 또다시 리리아나의 움직임을 파악하고 접촉했다.

"······흐음."

리리아나가 만든 영역 안에서 무슨 일이 있었는지는 모른다. 하지만 스이메이와 그녀가 여러 번 마주 보았던 것으로 볼 때, 스이메이는 전투 중에 그녀를 설득했던 것 같다. 그렇게 생각하면 위험한 상황이기는 했다.

하지만 더 이상 그의 위력에 마음을 졸일 일은 없다. 암마법에 과도하게 노출되었으니 살 가망은 없다—— 아니, 회복할 수도 있겠지만 그렇다고 하더라도 당분간은 제대로 움직일 수 없을 것이다.

귀족을 습격하는 장면까지는 들키지 않았지만 리리아나는 스이메이 야카기와 용사에게 얼굴이 알려졌다. 그렇다면.

"이제 그 계집을 쓰는 것도 그만둬야겠군……."

그렇게 중얼거린 뒤 키가 큰 그림자는 어둠 속으로 사라졌다.

후기

《이세계 마법은 뒤떨어졌다!》 3권을 마지막까지 읽어주셔서 정말 감사합니다. 감사합니다. 몇 번이고 쓰고 싶습니다. 히츠지 가메이입니다. 1, 2권에 이어서 읽어주신 분들에게는 오랜만에 인사드립니다.

이번에도 이 작품이 무사히 세상에 나올 수 있었던 것은 오직 이 책을 읽어주시는 여러분, 그리고 웹 연재본을 읽어주신 여러분 덕분입니다. 정말 뭐라고 말씀을 드려야 할까요. 감사합니다!

쓰는 속도가 느려서 스스로도 이거 위험한 거 아니야, 하고 생각하면서도 전혀 속도가 붙지 않는 요즘, 우연히 컴퓨터를 하다가.

──사흘 만에 한 권 다 썼다.
──한 해에 열일곱 권 냈다.
──하루에 200쪽 썼다.

······정녕 사람이신가요.

대단해서 입이 딱 벌어졌습니다. 위를 쳐다보면 끝이 없으니 이 이야기는 그만하겠습니다.

그럼 이번 에피소드에 대해서 살짝 언급해볼까 합니다.

이번 《이세계 마법은 뒤떨어졌다!》 3권은 자신이 살던 세계로 되돌아갈 방법을 찾기 위해 이세계에서 여정을 시작한 스이메이가 겨우 거점을 마련했다고 생각했더니 또다시 새로운 사건에 휘말리게 된다는 내용입니다. 녹록지 않은 여정입니다.

2권에 이어 등장한 레피르를 길벗 삼아, 라기보다는 그녀의 저주를 풀기 위해 돕는 것이니 굳이 따지자면 스이메이가 길벗 삼아졌다, 라고 하는 게 맞는 표현이라고 생각합니다만 어쨌든.

작아진 레피르의 사랑스러움을 두드러지게 하려면 어떤 느낌으로 표현하는 게 좋을까 고민하면서 히죽거리며 키보드를 두드리는 이상한 작가입니다.

'원래의 레피르가 좋았는데!'라고 생각하시는 분들, 죄송합니다. 조금만 더 기다려주세요. 언젠가는 부활하니까요.

그리고 이번 권에는 1권에 등장한 히로인 페르메니아 스팅레이가 다시 나옵니다. 앞으로도 허당녀 캐릭터로 마구 등장시킬 생각이에요.

그리고 새로운 캐릭터 진짜 로리(가짜 로리는 레피르입니다) 리리아나 잔다이크. 이번 암마법 편의 주요 캐릭터입니다. 그녀가 나오는 장면 중에서 하이라이트를 꼽자면 고양이와 노는 장면일 겁니다. 귀여운 고양이와 노는 귀여운 소녀. 떠

올리는 것만으로도 마음이 따뜻해집니다…… 네? 중요한
건 그게 아니라고요? 그렇지요.

에피소드를 언급한다고 했으면서 캐릭터 이야기만 잔뜩
해버렸네요.

앞 권에서는 마족과의 전투를 그렸습니다만, 이번에는 제
목 그대로 《이세계 마법은 뒤떨어졌다!》라면 이것! 이라는
느낌이 들도록 현대 마술과 이세계 마법이 격돌하는 내용을
그렸습니다.

현대에는 존재하지 않는 속성인 암속성. 땅, 물, 불, 바람
따위의 원소와도 통하지 않는 그야말로 이세계 오리지널의
정체불명의 에너지. 그게 대체 뭐야, 하는 부분에서 늘 그
랬듯 스이메이가 해명해줍니다.

아니, 겨우 그런 이야기를 쓸 수 있었다고 해야겠지요.

'이세계에 왔는데 이세계 마법은 안 나오잖아.'
'현대 지식과 이세계 마법 어디를 비교하는 거야?'

그런 의문이 들 법한 내용에서 벗어나, 제대로 그려지고
있다고 독자분들이 느낄 수 있는 내용이라고 생각합니다.

나머지는 작아진 레피르, 스이메이 바라기(?) 메니아, 고
양이와 리리아나처럼 말랑말랑한 요소가 많은 느낌입니다.
지난 에피소드는 긴장을 늦출 수 없는 내용이 대부분이었으

니, 이번에는 이세계 마법의 말랑~한 부분을 즐겨주시면
좋겠습니다.

　이번 이야기는 갑자기 끝내버리는 형식을 취해 3, 4권을
합친 상하권 구성으로 꾸몄습니다.
　아직 밝혀지지 않아 수수께끼로 남은 부분, 리리나아의
행방, 제거되지 않은 복선, 그 밖에 새로운 등장인물은 4권
에서 밝혀지리라 생각합니다.

　……그리고 글이 바닥난 저의 앞날. 어떻게 될까요.
　3권도 무사히 출간했으니 뭐, 앞으로도 괜찮겠지요.
　그러니 4권을 기다리시는 여러분, 안심하고 기다려주세요.
　끝으로 이번에도 이 책을 읽어주신 여러분, '소설가가 되
자'에서 《이세계 마법은 뒤떨어졌다!》와 저의 비정기 갱신
을 따뜻하게 지켜봐주시는 여러분, 담당자 S 씨, 일러스트
를 그려주시는 himesuz 씨, 디자이너 호리에 히데아키 씨,
교정회사 오라이도, 오버랩 문고 편집부 여러분, 이번 3권
을 출간할 수 있도록 도움을 주셔서 진심으로 감사합니다.

히츠지 가메이

The Different World Magic is Too Behind! 3
© 2014 Gamei Hitsuji
First published in Japan in 2014 by OVERLAP, Inc.
Korean translation rights reserved by Somy Media, Inc.
Under the license from OVERLAP, Inc., Tokyo JAPAN

이세계 마법은 뒤떨어졌다 3

2015년 12월 1일 1판 1쇄 발행
2018년 10월 15일 1판 4쇄 발행

저   자 히츠지 가메이
일 러 스 트 himesuz
옮 긴 이 김보미
발 행 인 유재옥
본 부 장 조병권
담당편집자 김민지
편   집 강혜린 김다솜 김민지 김혜주 이문영 박은정 이경규 조찬희 정영길
라이츠담당 박선희 오유진
디 지 털 최민성 박지혜
인쇄제작처 코리아피앤피
발 행 처 ㈜소미미디어
등   록 제2015-000008호
주   소 서울시 마포구 토정로222, 403호 (신수동, 한국출판콘텐츠센터)
판   매 ㈜소미미디어
마 케 팅 한민지 한주원
물   류 허석용 최태욱
전   화 편집부 (070)4164-3962, 3963 기획실 (02)567-3388
              판매 및 마케팅 (070)4165-6888, Fax (02)322-7665
ISBN 979-11-5710-205-1 04830
ISBN 979-11-5710-085-9 (세트)